青味文丛

青味文丛编委会 //

主　　编：梁永周

副主编：许新栋　李振凤

编　　委：（按姓氏笔画排序）

王建忠　王梅梅

刘存玲　刘　莲

许新栋　李振凤

李永福　陈旭东

周庆吉　梁永周

沙 棘 花

许新栋／著

中国文史出版社
CHINA CULTURAL AND HISTORICAL PRESS

图书在版编目（ＣＩＰ）数据

沙棘花 / 许新栋著. -- 北京 : 中国文史出版社，
2022.10
（青味文丛 / 梁永周主编）
ISBN 978-7-5205-3643-1

Ⅰ．①沙… Ⅱ．①许… Ⅲ．①短篇小说－小说集－中
国－当代②小小说－小说集－中国－当代 Ⅳ．① I247

中国版本图书馆 CIP 数据核字（2022）第 156286 号

责任编辑：方云虎

出版发行：中国文史出版社
社　　址：北京市海淀区西八里庄路 69 号院　邮编：100142
电　　话：010-81136606　81136602　81136603（发行部）
传　　真：010-81136655
印　　装：临沂市昱昇印刷有限公司
经　　销：全国新华书店
开　　本：32 开
印　　张：10.875
字　　数：173.9 千字
版　　次：2022 年 10 月北京第 1 版
印　　次：2022 年 10 月第 1 次印刷
定　　价：396.00 元（全 8 册）

穿越命运的斜坡

□雁　阵

　　近年来，临沂小说家们匠心独运，在小说语言、人物刻画和故事情节诸方面进行深度营构和挖掘，形成了百花争艳、群星灿烂的格局。当我读到许新栋近年创作的小说作品，不仅叹服他的小说呈现出来的艺术亮色，更重要的是他的小说创作水准提高之快，让我惊讶。近期，他以"城漂族"作为小说创作的重心，以人物如何穿越命运的斜坡作为突破口，实现了小说艺术的"蝶变"。

　　在中国，乡村和城市是两个不同的地域世界。在农村，几千年来中国农民随遇而安、固化的生存和生活方式深深影响着农村的变革与发展，农村城镇化的改革也形成了巨大的冲击力，但依然不能撼动农耕文明的根基和格局。在城市，社会变革的大潮冲击着一切，大浪淘沙，泥沙俱下，各种社会问题和社会矛盾交织错落，造成了时代的巨大阵痛。尤其是市场经济"狂飙式"的冲击，加速了城乡之间的两极并立。

在这种背景之下，在城乡之间，衍生出一种新的族群，那就是"城漂族"。"城漂族"多为大学毕业而找不到工作的知识青年，或农村里不安于现状有梦想的青年。他们有理想、有抱负，面对农村生活和生存的困境，又不甘受命运的羁绊，从家园出发，带着美丽的梦想和美好的憧憬，来到城市闯荡，寻找人生和心灵间的彩虹。然而当他们来到城市，在另一番天地里去奋斗、打拼时，面对这个光怪陆离的世界，多元的价值观和金迷纸醉的诱惑，他们的价值观、人生观发生了很大的改变，有的随波逐流，有的经受不住利益的诱惑，沉沦堕落，人性的善恶发生了错位，他们从人生的一个斜坡滑向另一个斜坡。小说作家的高明之处，就是以敏锐的社会洞察力，切入社会矛盾的焦点，剖析现代人的生存困惑，而对于命运不断抗争和超越，走出命运的"斜坡"。

许新栋把"城漂族"作为小说创作的"深水实验区"。《"美女"是条狗》《农民王五》《迷途》这些小说，都是以"城漂族"为题材的探索力作。《"美女"是条狗》里的云彩、刁军，《农民王五》的王五，《迷途》里的二妮，是"城漂族"的代表人物。尽管他们从乡村到城市的出发点不尽相同，但命运的归宿几乎是相同的。"美女"云彩的命运充满着坎坷，她在爱情、婚姻、家庭、梦想、生活以及精神的世界都有着强烈的追求和人生的抉择。命运之神使她与深爱她的人丁文俊失之交臂。文艺青年丁文俊穷困潦倒，而刁军家庭非常富有。生活的窘迫、父亲的多病，使云彩不得不以农村落后愚昧的"买婚"方式嫁给离婚的刁军,以使父亲和弟弟走出生活的困境。婚后,由于婆婆的蛮狠和百般刁难和丈夫的虐待,云彩身陷囹圄。特别是她生了一个女儿之后,由于农村根深蒂固的重男轻女观念,云彩的生活更是雪上加霜。后来,云彩冲破了婚姻的樊篱,毅然选择了与刁军离婚这条路。云彩为了生计,孤身一人在来到城里,成为一名"城漂族"。然而"城漂族"在城市里没有"根",难以立足。云彩举步维艰,不得不在命运面前低头,不得不过起"花瓶式"的生活。《迷途》里的二妮本是一位心地善良、纯朴的乡下妹,好友艳玲在她面前炫耀城市生活给她带来的"洋气"和"阔气"。她为了出人头地,来到城里,在一家酒店从服务员做到领班。在酒店经理的"提携"下,她春风得意,欲望也随之不断膨胀。为了金钱和享乐,她甘心情愿做了某局长的"陪客",渐渐迷失了自我。在以前她认为是大逆不道的事,如今却成了理所当然。灯红酒绿的生活,使她迷醉,远离了自己的理想和奋斗的方舟,她与家乡、亲人、恋人渐行渐远。好在她在最后的逆境和困境中幡然醒悟,迷途知返,一场梦魇也随之消失。《农民王五》里的王五,原本是老实本分的农民,后来他做了一名"城漂族"之后,冷酷的现实使他就变得"刁钻"起来。王五的家境贫寒。轮到王五时,爹一把瘦得跟干柴样的骨头,没有能力再给王五盖房娶妻了。王五为了盖房,不得不向几个哥嫂求援。可惜世态炎凉,亲情冷漠,哥嫂断然拒绝。王五和未婚妻小翠到城里去打工。然而到了城里打工,老板和欺行霸市的同行都是黑心贼，王五受尽屈辱。王五自从成了一名"城漂族"后，性格和人性发生了很大变化，他由善良本分、逆来顺受，变得刁钻强硬，以暴制暴，以恶抗恶。后来他又从城里回到乡下，对待哥嫂，他不屈不挠，据理力争，由弱者变成了一个强者。许新栋在揭示"城漂族"的命运，顺应人性的特点，从人性的角度考量。这些作品中的人物或者变为命运的主宰者，或者屈从于命运的安排。

许新栋在小说里精心营造和渲染小说特定的社会环境，着力凸显命运的斜坡，让小说作品中的人物在这个斜坡上演绎着不同的人生。一位作家说过，命运是小说创作的全部密码。许新栋的小说是人物命运的复合体。这些人物的命运线交叉、叠合在一起，相互影响，相互反弹，谱写成一曲富有人生意味的咏叹调。比如《溪园》《传家宝》《歧途》这些小说在揭示人物的生存际遇时，聚焦矛盾的激化点，显示出人物命运的变化流转和不可把握。《溪园》讲述的是清末辛亥年间的故事。小说自始至终弥漫着一种悲情气息。主人公李征和夏小天虽然地位、家境不同而相爱，他们生死相依，志坚如磐，挑战权贵。面对官府的淫威和草菅人命，夏小天自缢于坠石园，以死抗争。《传家宝》里朴老汉的命运颇具戏剧性，作为"传家宝"的字画两度失而复得而给他的人生带来悲悲喜喜、起起落落，字画则成了验证朴老汉亲情的晴雨表。第一幅《卧冰求鲤图》画被骗子骗取，最后被派出所破案追回，原来老汉误认为的赝品，竟然是乾隆年间的珍品。

　　第二幅是朴老汉珍藏的清朝年间的对联。被大儿子偷去，经过专家验证是假字后，大儿子又将这幅字偷偷送回老汉的住处。这两幅字画，充分显露了人性的变化与世态的炎凉。字画的真真假假也反衬出人情的真真假假。朴老汉将字画付之一炬。老汉知道，字画再珍贵，却使人世间最珍贵的亲情散失殆尽，这"传世之宝"又有何用？

　　小说《陈向阳》中的主人公带有作者的影像。主人公陈向阳是一个很受争议的人物。他因家境贫困受人资助上了大学，毕业后完全可以在条件相对优越的家乡任教，但他放弃了这些优遇，选择了一条充满荆棘和坎坷的道路——到贫穷的山区支教。他的选择给他人生带来许许多多的纠结和磨难，妻子不愿继续跟着他受苦受累，和他离了婚，他因而失去了家庭的美好和个人的幸福。父亲对他更是百般不解，常常扼腕叹息。陈向阳以自身个体命运的悲剧，企图改变山区孩子们的整体命运。这篇小说难能可贵的是，作者在刻画主人公的命运时，更关注的是人性的崇高和灵魂的救赎。

　　其实，对于一个小说家而言，其人生命运与文学命运往往是一致的。作家又与小说作品同属一个命运体。坚忍的跋涉，执着的穿越——与小说中的人物同行在一个命运的斜坡上，共同完成一个生命的旅程。作家又是一只搏击长空的孤鹰，在命运斜坡的上空振翼飞翔着，鸟瞰着尘寰万象。许新栋为了文学的梦想，矢志不渝，披肝沥胆，砥砺前行，一面撒播着"青藤文学"的绿色火种，一面进行着文学创作。近年，他的小说创作也进入佳境，不断超越着自我。

贝多芬在《命运交响曲》第一乐章的开头，写下一句引人深思的警语："命运在敲门。"当命运在不停地敲门时，许新栋说，只要心中的梦想还在，信念还在，穿越命运的斜坡之后，必定会拥抱人生灿烂的光芒！

（本文选入雁阵的《坐看云起》文学评论集）

2016 年 8 月 18 日初稿于月亮湾

（雁阵，本名林琳，中国散文学会会员，中国诗歌学会会员，中华诗词学会会员，山东省作家协会会员，山东省散文学会会员，临沂经济技术开发区作家协会常务副主席。）

目 录

传家宝

春 部

朴老汉屁股扎蒺藜似的，坐不住了！一刻也坐不住了！

自从贾仁那小子拿走那幅画，就像人间蒸发，电话打不通，鬼影子也不见。朴老汉后悔得捶胸顿足：准被那狗日的给骗了！心里便如刀割一样，哧啦哧啦地疼起来。

心里一有事儿，朴老汉就埋怨俩儿子，忙，都说忙！回来商量下，能这样？！

豁出去了！报案！看你俩还回来不回？朴老汉嘟囔着推起三轮车，瞪一眼"小狼"：好好看家！"小狼"摇摇尾巴，滴溜溜的小眼瞅着朴老汉出了大门。

从孝庄到镇派出所，朴老汉骑得"嗖嗖"的，像风一样快。一路上，朴老汉反复提醒自己：不管怎么样，那幅画都是真的！跟谁说都是真的！

派出所。朴老汉向民警小张叙述事情经过。其间，他让小张给大儿子朴忠打个电话。

哥俩来到了镇派出所，是半个小时后。

哥俩推门进屋，见朴老汉正趴在桌前给民警说什么，喊了声"爹"。朴老汉忙站起身回头，瘦核桃似的脸笑得一下子开了褶。朴老汉还没开口，老二朴厚便问道：爹，怎么了？

就简单几个字儿，让朴老汉的委屈霎时涌上来。朴老汉看着两个儿子，嗫嚅了半日，愣没憋出一个字儿。

朴忠急了，忙问小张：警察同志，俺爹啥被骗了？说着又瞅瞅朴老汉，只见朴老汉正惴惴不安地在那里低着头搓手。

小张劝道：让老人平静平静，你们回家说吧。我们马上立案侦查。

听到"立案侦查"四个字儿，朴忠吓了一跳，忙问朴老汉：爹，到底怎么回事啊！

朴老汉耷拉着双眉，瘪鼓着嘴，老半天才挤出一声叹息：唉……

从进派出所，哥俩就听朴老汉说了这一个字儿。朴厚埋怨道：爹，恁到底说话啊！

见朴忠朴厚咄咄逼问，小张忙站出来救急：你们先别急，就一幅画儿，估计是老爷子搬家时被盯上的，正懊悔呢，你们回家好好安慰安慰。

出了门，小张将朴忠叫到一旁，悄悄交代了几句。

回去的路上，朴老汉望着前排坐着的俩儿子，心里微微一颤，竟有些激动，千言万语却一时难以出口。

朴忠瞥了眼后视镜里的朴老汉，说：爹，俺哥俩一天到晚忙自己的事儿，家里什么都顾不上，让您老受委屈了。朴厚忙附和道：是啊，是啊！

儿子表示了歉意，朴老汉心里顿时敞亮了，脸上放了晴，忙探过头，说：前几天我给你们打电话，就是想商议这事儿的，你们就是太忙。

爹，有啥事你直说不就行了么！我哥俩再忙也得回来呀！

朴厚埋怨起来。

朴老汉不以为然，笑眯眯地摆摆手：都过去啦，不提啦。今天你哥俩回来，也别急着走，咱爷仨好好喝盅！又问朴忠生意可好？朴厚工作如何？孙子孙女长得是否还好等等家长里短。

车开到镇中心街。朴老汉忙叫朴忠停车。

干啥？

朴老汉摆摆手，也不吱声，下了车，便急急忙忙跑了出去。

见爹远去，朴厚瞧了眼朴忠，悄声问：哥，你说咱爹那画值钱吗？

朴忠望着车外，漫不经心：值什么钱！他喜欢这个，鸡毛都当令箭呗！

朴厚不信，笑吟吟地凑到朴忠脸上：这画肯定值钱，不然爹不会报案的，你说是吧？

朴忠没再理会朴厚，而是望着车窗外蹿满叶子的柳树，叹道：春天怎么说来就来了。

兄弟俩有一搭没一搭地闲聊着。

不一会儿，朴老汉兴冲冲地跑回来。一上车，就扬着手中的菜肴：看，买两个你哥俩最喜欢吃的菜！

弟兄俩深知爹节俭，看到在眼前晃悠的菜肴，意外得都不曾注意爹的话。爹，您老想开了？朴厚很惊奇，就是嘛，该吃吃该喝喝。

朴老汉撇着嘴：哼！算你小子有良心，要不是供你上大学，你爹我天天吃香的喝辣的。走，去孝庄。

又搬了？朴忠发动了车。

是啊，住俩月了。普村比咱早拆半年，可人家今年就能住上新楼，咱这还没影儿呢！朴老汉话语明显夹杂着一丝怨言。

车子停在大门口。这是一个门朝东开的独院，门前几米开外是一条南北走向的铁路，一辆火车静静地停在南面不远处。院子很大，北面三间瓦屋，靠院东墙是一个土坯墙的锅棚，南面搭了个狗棚。"小狼"见到朴忠、朴厚，一阵狂吠。朴老汉一跺脚：狗东西！再咬！"小狼"忙顺从地躲进狗棚，翻着白眼珠儿盯着弟兄俩。

站在院里，朴忠环顾四周，格局与老家无异，只是有些空旷，这让他想到了老家的院子：一条笔直的红砖小路从大门通到堂屋门前，把偌大的院子分成了东西两半。小路西侧南面是方方正正一个花墙园子，红砖垒的低矮的花墙，一条甬径从东向西蜿蜒贯穿其中。园中种有竹、梅，几块瘦石立于梅树一旁；花墙外侧脚下，一溜沿儿的兰草，蓊蓊郁郁。园子北面是几架葡萄、几畦菜地，葡萄架下小游廊自北向南，夏可乘凉，秋可收获，冬可赏景。院子春夏郁郁葱葱，秋冬诗情画意。那时，朴忠、朴厚言和意顺，略无参商，他们的童年过得快乐美好，意趣横生。而眼前的院子铺了硬硬的水泥地面，一片灰白，毫无生机。除了靠南墙几棵刚刚钻出一点嫩芽的杨树苗子外，整个院子空旷而沉闷。

朴老汉满脸堆笑，忙不迭把两个儿子让进堂屋，道：我拾掇下，一会儿咱开饭。说着，一溜小跑去了锅棚。

朴忠见靠东墙的书案上，笔墨纸砚一应俱全，走过去翻翻看看，不禁一笑：咱爹还是喜欢舞文弄墨。

喊！又不能当饭吃，你看。朴厚说着，嘴朝饭桌上一努。朴忠瞅过去，皱起了眉头：黑糊糊的饭桌上锅碗瓢勺、筷子，夹杂着残羹冷炙满满摆了一桌，地上的凳子、马扎、酒瓶子东倒西歪，黢黑的蚊帐罩着不大的床，上面被子、衣服像拧麻花。但见床头的墙上方方正正地挂着全家的合影照，相框和镜面被擦得洁净明亮。那是朴厚考上大学前照的全家福，爹一直挂在床头，没承想搬到这里，仍旧如此。

屋里的邋遢让哥俩心里多少不是滋味儿：难道爹的日子就是这样杂乱无章吗？

面对屋里的脏乱，朴忠、朴厚哥俩坐立不是。正犹豫着，朴老汉跑进来，忙搬了凳子，笑道：快坐下。一语未了，一面收拾碗筷一面说：平时一个人在家，懒得拾掇，瞧这乱七八糟的。

老爹都动手了，自己还能傻愣地站着？哥俩这才不情愿地忙活起来。

见俩儿子也来帮忙，朴老汉又是激动又是难为情，一股子温暖和幸福开始冲撞他的大脑。满脸堆起笑，忙拦道：哎呀，你们别动手了，脏，歇着吧！

时值仲春，天已回暖，忙活了半日的朴老汉棉袄里像捂了麦芒。他一面解袄一面望向窗外，院子里像被水刚刚洗过一样，亮亮堂堂，阳光也正好。再看看俩儿子，朴老汉心里从未有过的踏实，脸上一层火热，洋溢着幸福的笑容。

朴老汉端起成摞的碟碗出了屋门。看着老爹的高兴劲儿，朴厚忙凑到朴忠跟前，低声道：咱爹丢了东西，怎么一点儿不心疼？我看还挺高兴的！

朴忠抬眼望去，朴老汉正在压水井边哼着小曲儿刷着碗。朴忠一脸茫然，没再言语。

叮当一阵子，加上在镇上买的菜，六个菜摆上了桌。朴老汉点着头，心满意足的样子，拿围裙擦着手道：六六大顺，吉祥！说着忙跑到床边，跪下来，侧歪着身子，从床底下摸索了半天。爬起来时手里拎了瓶酒，他顾不得胳膊上的尘灰，扬起酒便朝弟兄俩显摆起来：看，这瓶好酒我可是一直没舍得喝，今天咱爷仨把它干喽！

朴忠眼盯着酒瓶：爹，你现在还喝酒？

两个儿子回来了，还能不喝？朴老汉一拍胸脯，理直气壮。

朴厚见爹有些逞强，劝道：那也不能多喝！

朴老汉憨憨一笑：平时就我一个人，再好的酒喝得也没味儿。

酒过三巡，菜过五味。朴老汉忧郁地看着俩儿子，不一会儿竟哭起来。

那会还笑甜甜的脸，这会子突然晴转雨。朴忠忙劝：爹，丢就丢了，别心疼了。只要人没事就行。

朴厚接过话：俺哥说的是。这骗子可恶，骗一张画能发财吗？！

朴老汉摇摇头，双手搓了把脸，端起牛眼酒盅一饮而尽。

爹，这是一幅什么画？朴厚往嘴里扔了颗花生米，问道。

朴老汉打开了话匣子：搬孝庄后的一天，从铁道那边来一个青年到咱家要水喝，见屋里有字画，就和我聊起来，他说他姓贾。嗳！看他说的还怪懂。后来他整天跟我聊天，家里也不冷清了。他说收藏字画很有潜力，他认识很多倒腾字画的，可以把家里的老字儿老画拿到市场。我想想也是，再好的字画搁手里也不是钱啊，拆迁还建还差不少钱呢！我就给了他那张画，结果……结果他一去不回了。朴老汉恨恨地骂了句：这狗东西！

　　爹，你就这样把个宝贝给了一个生人？很显然，朴忠对朴老汉的做法不仅质疑，甚至是气愤。

　　朴老汉明白朴忠的质问。心中虽满是委屈，但还得要辩解两句：我想喜欢书画的都是品行不错的人，见他说话又实在，谁想到啊！想给你们商议，可你们都忙。

　　见老爹的辩解中夹带着怨言，朴忠便觉自己的话问得有些唐突，口气立即变得温和：爹，那是什么画？

　　朴老汉咂咂嘴道：是张《卧冰求鲤》图。你爷爷留下来的，据说是清朝的。你爷爷的书法了得，我真不如他啊！

　　朴忠默默地点点头。朴厚不关心是谁留下的画，也不关心谁的书法如何，他关心的是画的真伪和价值。听爹如是说，便道：小张说的真是轻巧，我还当不值钱的玩意呢！原来是宝贝啊！

　　朴老汉已是醉眼蒙眬，他并没发现朴厚对此有什么质疑，仍道：谁想到他是骗子啊！你们都忙，我找谁商议去？

　　朴忠心里的酸楚一下子钻到鼻子尖：唉！爹，让您受难为了。

　　朴厚眼珠一转，又忙道：爹，这回可要注意了，再有什么值钱的字画不能再上当受骗了。这家伙如果再来，非得把他抓起来！

　　朴老汉默默点点头。继而一愣，抬起头却与朴厚的目光碰在了一起，他一下子捕捉到朴厚眼里一丝异样的东西。朴老汉心里一沉，他边摸烟边思忖，点上烟琢磨了半天，说：还有一幅字儿，也是清朝的，本来想把这字儿和画在我百年之后，给你们弟兄俩当"传家宝"的。这回可好！

嘁！一幅字画儿还能值多少钱？还传家宝呢！朴忠鄙夷一笑。

朴厚对朴忠的话不以为然，忙问：爹，啥字儿呀？

朴老汉道：是一副对联，何绍基的。

噢，知道，清朝的，是仿的吧？朴忠言语里流露着不屑。

朴老汉道：那还有假？

见朴老汉义正辞严，朴忠点点头，又问：啥对联？

朴老汉瞅了眼弟兄俩，像古代文人诵读诗词一样摇头晃脑地念起来：忠厚传家远，诗书继世长。

朴厚脸上堆起了笑容：爹，那拿出来咱长长见识呗！

朴老汉指指书案底下的箱子，一摆手：压箱底的，翻出来太麻烦。下次你们回家，我拿给你们看。

回去的路上，朴厚旁敲侧击：没想到咱爸手里还真有硬货啊！

朴忠鼻孔里哼出一丝轻蔑：哼！别听老爷子瞎说，他喜欢水墨，但不会是"硬货"，农村人哪有什么好东西。只是老爷子被骗心疼罢了。

朴厚仍不放心，忐忑不安地叹了口气，说：要不下次来，咱们看看？

此话一出，朴忠心里顿是七上八下了，思忖片刻，回了句：到时再说吧。

俩儿子一走，屋里立刻凉了下来。

朴老汉望着书案，沉默良久才站起身走过去。从书案底下大木箱子里费了力气才把那幅字儿找出来，放在书案上缓缓展开。

　　那是朴老汉的爹——朴忠、朴厚的爷爷朴诗林留下来的。那时，朴忠、朴厚还小，朴诗林弥留之际，跟儿子朴家远交代，他教了大半辈子私塾，没啥东西，只有一些字画和半箱子书。那时还不兴收藏，年轻的朴家远也没把朴诗林留下的字画当好东西，因父亲又是这般状况，朴家远只擦着满脸的泪水可劲儿地点头。

　　朴诗林走后，朴家远闲了才翻起那些字画和书籍，其中的王祥《卧冰求鲤图》和"忠厚传家远，诗书继世长"的对联深得他的喜爱。他时常拿出来仔细品玩，这是一幅清朝何绍基的书法对联，笔意纵逸超迈，骏发雄强。每一笔，都让朴家远喜欢得不得了，对于喜爱了一辈子书法的他，自然视如奇宝，珍爱有加。

　　年轻的朴家远时常临联揣度。时间一长，他的书法里多少也有些何绍基的味道。书法成了他生活中的营生，特别是老伴去世后，朴忠、朴厚不在身边而他却一直能够独居生活的原因。

　　然而，朴家远临摹了多年才发现那幅对联竟然是假的，是别人仿何绍基的书体写的。

　　虽是赝品，但字儿确实是好字儿。

　　所以，朴老汉给俩儿子说这事的时候，心里多少有些胆虚。才一天的工夫，他的角色就从受骗者转变为骗子，想来自己都捏一把汗。实在不应该，可是不这样，又能怎么办？俩儿子一年到头回来的次数用五个手指头数都够了，而且每趟回来腔上就跟扎蒺藜似的。当他看到俩儿子对自己收藏字画的反应时，便临时起意把这字儿冠上"传家宝"的名头，意义当然也就不在于字儿的本身了。

有了这幅字儿，我看这俩小子能不能回来看我！想着，朴老汉又裹了裹棉衣。

仲春已过，太阳一落山，屋里便立刻凉下来。

夏　部

好不容易挨到周六，一大早朴厚就火急火燎地给朴忠打电话：哥，咱回家一趟吧？

电话那头的朴忠故作镇静，笑吟吟地嘲讽道：我知道你小子惦记那幅字儿！

被朴忠猜中了心事，朴厚也只嘿嘿一笑：我担心骗子重出江湖，得多提醒着老爷子。

值不几个钱，但那是老爷子的爱好，不能让他心冷了。收拾收拾开路！朴忠顺水推舟。

朴厚忙道：我早就准备好了。

朴老汉没想到朴忠、朴厚这么快又回来了，哥俩竟然还拎着大包小包，把朴老汉激动得手忙脚乱。

孩子们这次回来，居然对朴老汉的生活起居嘘寒问暖了。一会儿让老爷子吃这补品，喝那补酒；一会儿又让换上新买的衣服。朴老汉瞅瞅这个，瞧瞧那个，幸福的小嘴怎么都合不拢了。

从此，弟兄俩隔三岔五带着老婆孩子回来，爹长爹短，忙前跑后。欢声笑语呼啦一下子挤满了这个原本寂寞冷清的小院，连"小狼"都很快从懒洋洋的状态中活跃起来，追着两个孩子撒欢。朴老汉很快由孤独寂寥的苦熬日子开始享受着被前呼后拥、关怀备至的幸福生活，老脸慢慢开了褶，渐显红光。每天听着柳琴，哼着小曲，走路腰都挺直起来了。

朴老汉每天都盼周末，盼两家子回家陪他，对"小狼"自然比不上以前上心了。

朴老汉的幸福晚年让几个老伙计着实羡慕，他们见了朴老汉就夸：老朴，你这俩孩子真孝顺，以前没住这儿俺们不知道，现在都看着了。俺儿子要是有这一半就烧高香了。

朴老汉坐着马扎靠着墙，瞟了瞟几个老伙计便眯上小眼，听着小曲，晃着脑袋，跷着二郎腿，光笑不说话。

很快，朴老汉成为孝庄村快乐幸福的独居老人。

院子南墙根的杨树苗子开始你追我赶地疯长。没几天，绿叶成荫，不时有一群雀儿落在树枝上叽叽喳喳叫。朴老汉看着眼前这景，不禁从心里涌出一句诗，摇头晃脑地吟起来：狂风落尽深红色，绿叶成荫子满枝。特意加重了后一句的语气，声音一落，"小狼"摇起尾巴，"汪汪"两声。朴老汉瞪它一眼，笑道：小东西，你高兴什么！

这天，妯娌俩在锅棚热火朝天地炒菜，朴忠、朴厚陪老爷子在院子里聊天。

朴厚觉得时机差不多了，便投石问路：爹，那个骗子最近没再出现吧？

朴忠连忙拦住：爹正高兴呢，提那事儿干嘛！心里却嘲笑自己：朴忠啊，就跟你多清高似的，你不也是为了那张字儿吗？

朴厚淡淡一笑：我就是提醒爹，那个小贼子再来，报警是必需的，不能再让他得逞了。咱不还得讨回那张画嘛！

哼！那狗东西他还敢来？让我见着他，不砸断他的狗腿！朴老汉的脸立刻由晴转阴，一股怒气又往脑门子上直冲。

朴厚笑笑，说：嗯嗯！哎，爹，不把那张字儿拿出来咱看看嘛！

朴老汉心里一惊，那天搪塞过去了，今天还有什么理由呢？于是，朴老汉故作镇静，手伸进口袋里，一面摸索着掏烟一面琢磨，拿出那幅字儿会不会露馅？也行，我临了那么些年都不知道真假，这俩小子肯定看不出来。

朴老汉心里稍稍宽慰了些，慢慢点上烟，深深抽了口道：好，看看去！便站起身朝屋里走。

朴忠、朴厚紧跟其后。

朴厚朝朴忠得意地笑笑，悄悄竖起了大拇指。朴忠亦喜不自禁。

朴老汉边走边叮嘱自己：这字儿是真的，不管啥时候都是真的！就像当时给自己提醒那幅画一样。

爷仨慢慢展开这幅绫子装裱的对联，宣纸有些发黄。朴老汉边看边啧啧称赞，仿佛当年他第一眼看到这幅字儿一样惊喜。朴忠、朴厚眼里放着光，一个劲地叫好。

朴厚指着对联抑扬顿挫地念起来：忠厚传家远，诗书继世长。哎，这幅对联里有我和俺哥，爹，还有你的名字啊！一个"忠"字，一个"厚"字，还有"家远"。爹，这幅对联就像是给咱们量身定做的一样！看得出，朴厚很激动，很兴奋。

朴老汉失落地叹气道：是啊，当时就是从这对联上给你哥俩起的名字。所以就把它当传家宝了！

朴忠默默点点头：真是传家宝。又问：爹，这幅字是真迹吗？

朴老汉心里一沉，身子一抖，眼一瞪：还有假！这些年我没拿出来露示，要不是被人骗了，我早晚死了才给你们，你看。说着指着落款：何绍基啊，清末大书法家、画家和诗人，这还了得！

见爹振振有词，朴忠心里微微颤了一下，他这才认真去欣赏这幅字儿，从墨、装裱和风化程度来看，他觉得爹的话不假，手心慢慢沁出了些许汗，点着头说：真的，真的。爹，您可搁好，这是咱家的宝贝。

朴老汉不屑地瞅眼朴忠，坚定地指着对联说：那是！这个最后不还得传给你哥俩，你们还得继续传下去啊！

说话间，两个妯娌将酒、菜端上桌。朴老汉说：不说了，来来来，开饭！

后来一次吃饭，朴厚的媳妇侯美己提出了一个问题，或者说担忧。她说：爹，您得把家看好喽，现在别说骗子，有的都进家里来偷来抢呢！我瞅"小狼"看家怪好。下回来，我给它捎些狗粮，奖励奖励它。说着瞟眼朴厚，见他正朝自己默许地点头。

朴忠脸立马沉下来：人都管不好，还管起狗来了。有工夫多回来两趟，照顾照顾爹。话语里明显多了几分埋怨。

侯美己不但没有悔意，反而朝朴忠笑起来，朴忠脸"唰"地一下红了，他很快明白了侯美己的意思，看到她眼神里有一股子挑衅的味道。

侯美己不饶人，夹了筷子菜放到朴老汉碗里：爹，快吃菜。继而又"哼"了声，晃着脑袋瞅着朴忠两口子。

朴忠媳妇钟丽姿刚要开口，朴忠一把拦住：吃饭！

朴老汉若无其事地吃饭夹菜。心里却轻轻发出一个字儿：哼！

果然，朴厚两口子说干就干。第二个周末，人家没再搭乘朴忠的车，而是趾高气扬地坐上去孝庄的公共汽车。除了给朴老汉买些农村没有的时令新鲜果蔬，还真给"小狼"带来了些许狗粮。朴老汉觉得这个新鲜，琢磨着：如今的狗也吃起狗粮来了？他好奇地上前扒拉了半天，一脸不屑：这不就是五谷杂粮掺的嘛！侯美己炫耀起来：爹，不一样，这些都是最好的五谷杂粮，里面还有肉干肉粒，都是进口的呢，好贵的嘞！它比人吃得都好。

朴老汉觉得脸上有些烫，喊，浪费，对它再好，也是个看家狗！朴老汉心里不自在。

朴厚推了媳妇一把：怎么说话呢！

侯美己自知失言，吐着舌头缩到一边；又忙从袋子里拿出一个盒子，笑着脸迎过去：爹，俺给您买件半截袖，您快试试。

朴老汉受宠若惊，扭捏起来：回头……回头再试吧。

朴厚催促道：爹，您试试，不合适咱再去换。言语里充满了自豪和炫耀。

朴老汉这才拘谨地穿上。侯美己相模了半天，竖起大拇指：爹，您这一穿，直接年轻了十岁。来转转，俺再看看。

久违的幸福感涌上心头，朴老汉顿时哽咽了，老眼里泛起了泪花，木偶一样转着身给朴厚两口子看。

这时，朴忠两口子推开门进来。钟丽姿见状，心里突然腾地蹿起一股子无名的妒忌，三步并作两步直蹿过去，拉住朴老汉的手道：爹，这件不好看，看俺给您买的。说着，从手里的牛皮纸提袋里掏出件 T 恤，挂在朴老汉前胸打量起来。

很显然，这件 T 恤衫要比那件半截袖上档次得多，侯美己明知当教师的自己比不上做生意的朴忠两口子，脸一下子沉下来，一阵冷嘲热讽：孝顺和有钱是两码事，谁不知道谁想的啥啊？是吧，哥。说着，瞅向了朴忠。

朴忠看看侯美己、朴厚和爹，刚要说话，朴老汉接过话来：你们的心我都懂，各人有各人的情况，能想着就不孬了。

这句话，明显把自己和侯美己划了等号，钟丽姿很不乐意，说：爹，俺给您买的，都是大商场名牌专柜的，可不是那些地摊货，跟打发要饭的似的。

侯美己眼一瞪：你说啥？谁打发要饭的！有钱烧包呀？有钱还惦记那宝贝干啥？

钟丽姿仰头哈哈大笑，拍着巴掌道：你这么孝顺，刚才谁还说"谁心里想的谁不知道"，装！

兄弟两个忙把两个媳妇拉开。

见妯娌俩吵吵起来，朴老汉气得脱下半截袖，顺手塞给了钟丽姿，发现给错了，愣怔一下要拿回，又觉得不合适，便扭头朝屋里走去。钟丽姿狠狠一甩手，把衣服撇到地上，脱口而出：什么破烂玩意儿！

这无疑像一个大巴掌，狠狠扇在侯美己的脸上，侯美己顿觉得脸上一阵火辣辣，就朝朴厚撒起泼：嫁个男人不中用，啥钱没有还不努力！你倒是放个屁呀！

朴厚也生起嫂子的气，见媳妇又如此闹，便吼了句：都不是省油的灯！转身跟爹朝屋里去了。

朴忠瞪着两人，恶狠狠地说：看你两个要闹成啥样？！

说着，也朝屋里赶去，边走边喊：爹！爹！

朴老汉坐在床沿上默默地抽烟。朴忠、朴厚坐一旁的马扎上，也不敢说话。两个媳妇像门神样一边一个站着，男人们不说话，她俩更不敢吱声。

屋里静了好一会子。

为了打破僵局，朴忠抬起头道：你俩愣着干什么？还不去做饭！

钟丽姿、侯美己听言，低着头就要朝锅屋走。朴老汉开腔了：不用了，你们回吧！

朴忠、朴厚张口刚喊了声"爹"，朴老汉一摆手，低着的头扭向一边。

本来好好的家庭聚会，就这样不欢而散。

朴忠、朴厚走后，朴老汉沉默了许久，听见外面"小狼"狂叫，才起身出去，外面竟飘起了秋雨。

一时间，朴老汉感觉到了些许凉意，叹了口气。

回到屋里，朴老汉从书案底下的箱子里翻出那张字儿，铺在书案上，端详了许久。他抚摸着这两行字儿，越发感觉丝丝凄凉。

该不该把这幅字儿的真实情况告诉他们？朴老汉知道这俩儿子回来的目的。因为这幅字儿，天伦之乐还没来得及好好享受便"哧溜"一声滑走了。如果公布……朴老汉不敢想下去。

这场急雨浇透了大地，屋里迅速凉下来，朴老汉找件褂子披上。这褂子还是老婆子给买的，如今物在人亡，衣服虽然厚实温暖，但朴老汉却黯然神伤。

秋 部

此后，为了避免见面时的尴尬以及媳妇们闹嘴仗，朴忠和朴厚便岔开时间回孝庄。你上午去，我就下午去。你见不着我，我见不着你。大路朝天，各走一边。

虽说时间岔开了，可两家子有时还是不期而遇。

只要两个儿媳碰到一起，很难免会来一场激烈的唇枪舌剑，蹦出的火星子也不是一星半点，充斥着小院，甚至蹿到墙外。浓浓的火药味呛得朴老汉焦躁难忍、坐立不安。小院的上空不再是晴空万里。随着初秋的结束，杨树叶子纷纷飘落，随风缱绻，落到地上，哗啦哗啦地卷着丝丝凉意，把秋天硬硬地留在了这个小院。

如果说早先是含而不露的暗地较劲，那么后来就是台面上面红耳赤的争夺。他们把最切自己利益的内容针锋相对地摆出来，谁也不让谁。最后得出结论：一幅对联，一家一半，你家上联，我家下联。

这个问题还没落地，妯娌俩又为谁家上联谁家下联的问题争论不休。钟丽姿和侯美己都想在势头上压过对方，坚持要上联。朴忠、朴厚则暗地里骂自己的媳妇：你懂个锤子，妇人之见。下联有落款有印章的，才最值钱！

朴老汉在村里虽说不是最有文化的，可自朴诗林那代，也算是书香之家。没想到了到了朴忠、朴厚这代，娶了两个见钱眼开、见利忘义的媳妇。朴老汉悲愤之际，一气之下跑到书案跟前，边拉箱子边骂道：我烧它个龟孙子！让你们争！

两个媳妇顿时傻眼了，争吵也戛然而止。弟兄俩忙上前拦住劝慰。怎奈朴老汉横着牛心不听劝，硬生生地把那箱子从书案底下拉了出来。

可是，翻箱倒柜却怎么都找不到那幅字儿了。

朴老汉蹲在箱子前成了个闷葫芦。这个结果，无疑像一个重磅炸弹，冷不丁地落到屋里，一家子顿时炸开了锅。

朴忠、朴厚赶忙挤上前去，瞟了眼呆愣着的爹，忙伸手在箱子里翻腾，却始终寻不到那幅字。

朴厚急了，心道：这小伎俩也太拙劣了。如此一想，话语里就充满了埋怨：爹，俺哥俩也不是为了这幅字儿孝顺你的，再说您老留着也没用，早晚都是俺兄弟俩的，干嘛要这样！现在分了，大家都高兴，对您也孝顺得舒心嘛！

哎哟哟！难道那幅字还成仙得道长腿跑了不成？侯美己在一旁冷嘲热讽：早不没晚不没，偏偏在这时候没了，您老编瞎话也得符合逻辑呀！

这句话算说到钟丽姿心里去了，她这才拿正眼瞧了瞧侯美己，应声附和：就是。你瞧瞧，这么大个地方，说没就没了，鬼才信呢？

朴老汉抬起头欲言，侯美己走过来，张牙舞爪地刚要张口，朴忠摆摆手说：咱们是来孝顺爹的，不是冲那幅字儿，不要因为这个伤了和气。丢就丢了，也不是啥好东西。咱没必要为一件不值钱的东西争得这样，是不？

侯美己道：你说得倒轻巧，不值钱！老头还报案？还当宝贝似的藏着掖着？喊！

朴老汉急道：你们怎么就不信？我也着急啊！

侯美己又一声冷笑，揭挑起来：你当然急啊！还要急着烧呢？给谁丢脸子看呢？不要什么都攥手里，到最后还是俺们给你养老送终！！

钟丽姿迎合道：就是！啥事长远着看！

朴忠厉声吓道：你们都少说两句吧！两个媳妇面面相觑，齐眼瞪着朴忠。侯美己鄙夷地"哼"了声，这才停下来。

本想拿出字儿让几个孩子多回来看看自己，没想到他们却为此争得不可开交。朴老汉越听越气，猛地站起身狠狠一跺脚，指着儿子、儿媳吼起来：你们就争吧！你们眼里光有钱是吧？你们都是从石头缝里蹦出来的吗？你们蹦出来一下子就长这么大吗？朴老汉气得手直哆嗦，脸憋得发青却再说不出一句话，两手狠狠一甩，背到身后，梗着脖子在屋里踱了半天，手一抡，怒气冲天：滚！都滚！

朴忠给大家扬手示意。朴厚先走出屋子。

哼！侯美己嘟囔着朴厚，又瞪了眼朴忠也要朝外走。

走到门口，侯美己见屋里的晾衣绳上挂着上次买的半截袖衬衫，又折回去一把拽下来，两个手指头厌恶地捏着，气冲冲地说：买也瞎买，白花钱！俺给扔沟去！走出门外，左看右看，一把扔到锅屋门口。

"小狼"愣愣地看着一个个阴沉着脸从家里离开。

回去的路上，钟丽姿问：哎，你说，你爹那幅字真没了？

朴忠光握着方向盘看着前方：你问我，我问谁去！

秋夜。

朴老汉将侯美己扔掉的衬衫拾到屋里挂了起来，他坐在黑影里瞅着衬衫，擦了把泪，他感觉有些冷。

今年的秋凉得比往年要早。天刚上黑影儿，朴老汉就躺下了，却在床上翻来覆去"烙饼"，愣愣地瞅着面前漆黑的墙好一会子。索性坐起来，望向窗外，只见云影横空，月华如水，小院如白昼般亮堂。朴老汉一眼便瞅到南墙的杨树，春上还是树苗子，一个夏秋就长得一拃多粗了，不知是树影在摇晃，还是秋风吹着地上的树叶在跑，只见得树下影影绰绰。

朴老汉披了件衣服走出屋门，放眼望去，满目萧瑟。不禁叹道：今晚的院子这么空？他窸窸窣窣地走到院子中间，南墙的杨树一棵一棵地挺立着，东墙大门后棚里的"小狼"见他站在院里，扬起头，瞪眼好瞧着朴老汉。

朴老汉转过头，见"小狼"瞅着自己，便道：你要是会说句话就好了。

他有些想老伴了。

周末，朴厚越想越憋得慌。他突然想到：爹说那幅字儿没了，大家都急，唯独朴忠不急，还一个劲儿劝人，莫不是他与爹穿一条裤子？说不定那幅字儿现在就在他朴忠手里。不行，得去把这事儿挑明，我不能这样稀里糊涂。

于是，他屁股上像扎了圪针，一刻也坐不下了，匆匆合上备课本，急忙赶到汽车站，坐上去孝庄的客车。

老家的大门半掩着。门南旁墙根下，几个老头正打牌，朴老汉没在场，朴厚便知道爹一定在家。

朴老汉正给"小狼"拌食儿，听朴厚在门外喊：爹！爹！朴老汉刚抬起头来，"咣当"一声，朴厚推开门一个大步就跨进来了，双手插着腰站在他面前。朴老汉见这架势，正疑惑着，朴厚就吼上了：爹！我不指望你给我多少，就希望您能一碗水端平，不要厚此薄彼！

朴老汉让这突如其来的话问愣了。"小狼"也呆呆地看着。

片刻，朴老汉才莫名其妙地问：什么情况？

朴厚冷冷一笑，质问起来：爹，你怎能这样啊？偷偷把那幅字儿给我哥，还合起伙来骗我？真是用心良苦！我不就多花了您几年的钱读了大学嘛，心也不能偏到这样。他做买卖，不缺钱。现在困难的是我——您二儿子！

朴老汉反问：骗你？咋啦？

这时，门外的几个老头在门口都探着脑袋朝里瞅过来。

朴厚瞅一眼他们，没理会。又大声重复了刚才的话：你说奇怪吧？那幅字怎么说没就没了，一大家子都急得不行，就你和俺哥一点也不急，这里面的事儿不是秃子头上的虱子——明摆着嘛！偷偷摸摸给俺哥，再编个谎给大家听。我到底哪里不好了？同样是儿子，还分厚薄吗？话声很高，又像是说给门口的老头听的。

朴厚越说越激动，他抹了抹嘴角的唾沫，继续嚷嚷：这样也行。那字儿给俺哥就是了，老家房子这不还建了吗，分下来给俺！这样总该扯平了吧？

一语未了，朴老汉的怒火便冲上头来，想道：平时对我不管不问，现在因这宝贝，你们一个个都挤破门，连"小狼"都明白是怎么回事！如此想来，朴老汉顿觉两个儿子还真指望不上，气得发抖的手戳着朴厚：你们……你们……人家都比着孝顺，你们俩龟孙子却较着劲气我！别说宝贝没了，就是有，你们也别指望！

朴厚一转身，躲开了朴老汉的指责，耍起了赖皮：好啊，那你就让朴忠养老吧！我先撂下句话——一碗水得端平，你把那幅字儿给了朴忠，我就要定了那套房子。不信等着瞧！

这句话无疑让怒火中烧的朴老汉火上浇油，他怒视着朴厚。一边骂指望狗也指望不上你们，一边往四下里找笤帚疙瘩：我非打你这个不孝的龟孙子！

"小狼"看到院里闹起来，挣着狗链子，冲着朴厚狂吠起来。

门口的几个老头也喊起来：打！该打！朴厚的脸一阵儿红一阵儿紫，见爹拿着笤帚追过来，一闪身，扒开大门，跳出几个老头围着的门口，一溜烟下了趟子。

看着朴厚逃跑的身影从巷子拐角处倏地消失，朴老汉呆立那儿许久，才失落落地回到院子，见"小狼"眼里也涌着泪花。他便坐下来，抚摸着"小狼"的头号啕起来，"小狼"竟往他怀里直拱。门外的几个老伙计已走到他身边劝说一番，不想却越劝，朴老汉越伤心。

不久，天空飘起了雨。老伙计们见朴老汉拭泪不止，多劝也无益，便都提着马扎回去了。

朴老汉关上大门，飕飕的秋风夹杂着冷雨点吹着，小院里顿时卷起一股子凄凉。他仰望着飘雨的天空，觉得秋后的这一场雨来得有些快，有些凉。见"小狼"正可怜地瞅着他，朴老汉竟又流下泪来，遂解开"小狼"的绳索，牵它进屋。关了屋门，屋里顿时暗了下来，没有了"风雨助凄凉"的侵袭，却感觉从头顶上流下千万丝凉气。朴老汉裹裹衣服，挪着步子上了床，盖上被子的瞬间却更有一股子刺入骨髓的冷。

而这天，朴忠竟出奇地没来。

朴厚猜得没错。那幅字儿的确在朴忠手里。然而，朴老汉并不知道，当然钟丽姿、朴厚和侯美己也不知道。

那个周末，朴忠叫钟丽姿去老家，钟丽姿说不去了，去烦了。瞎折腾！还不知是个婆婆是个娘。朴忠自知劝也没用，便自己去了。

朴忠见过那幅字，知道内容，也知道爹把它放在哪里。——其实那是朴忠最不安的一天。

朴忠一直与爹聊别的话题，只字没提那幅字儿的事。实际上，从爹被骗那幅画到现在，朴忠对那幅字提及很少。朴老汉自然对他少了些许提防之心，他一直认为朴忠是这四个孩子当中最本分的一个，话语不多，但都暖人心。

因此，朴忠才轻易下手。

朴忠把那幅字儿不动声色地搞到手，就在朴厚被爹拿笤帚疙瘩追出门的那天，找了市里文化口的一些专家、书法家鉴定。结果这一瞧不打紧，朴忠大惊失色，这幅字竟然是假的！专家说，懂书法的稍加辨认，就能看出一些纰漏，根本不是何绍基的，而是后辈临摹的，虽然仿得比较形象，而神却差得很。

竟然是假的！爹拿一幅假字儿骗我们干什么？难道他不知道这是假的？专家还说，不是说了嘛，懂书法的就能看出来。何况你爹写了这么多年。

朴忠有些懊恼，自己绞尽脑汁设计的局，竟然围着一幅不值钱的假字转了半天。

朴忠想：既然字是假的，被骗的那幅画肯定也真不了！爹还都当宝贝了。不过也说得过去，他喜欢字画，自然把这些东西当宝贝。

回去后，朴忠才告诉媳妇偷字、鉴定的事情。钟丽姿先是一愣，后又一惊，继而又哈哈大笑了半天，才道：我靠！拿一幅假字当传家宝，您爹真是喜死人！倏地又收住笑容道：哎呀，东西都白搭进去了，伺候祖宗似的折腾了这么长时间。

　　既然是假字儿，搁在手里也就没有必要了。钟丽姿戏谑道：你再送回去吧，那是你爹的"传家宝"。我眼不见心不烦。

　　说者无心，听者有意，一句话提醒了朴忠。他思忖再三，为了让这个设计更加天衣无缝，他决定把这幅假字悄无声息地送回去。

　　朴忠的到来，让朴老汉顺理成章地向他诉起苦来。听到朴厚对爹的胡乱猜忌，并无理索要拆迁还建房时，朴忠佯装义愤填膺：爹，你白省吃俭用供他上这么多年大学了，读那些书，脑子里灌了糨糊吗，怎么一点事理也不明白。坚决不能给！

　　只一句话，朴老汉便对这个儿子感激涕零，一阵阵温暖和幸福感直向他脑门子上冲撞。

　　到了饭时，朴忠才想起来，看一眼饭桌，才发现上面竟然只有白开水、咸菜和煎饼渣，心里一酸，道：爹，过日子不能将就，要好好吃好好喝，我去街上买几个菜，咱爷俩再喝杯。

　　不一会儿工夫，朴忠带回四个菜，一瓶酒。整齐地摆上桌，顿时珍馐美味，四溢飘香，朴老汉想着最近糟杂的日子，而今日竟像过节一般，不觉抽泣起来。他自己都不曾想到，日子竟会过成这样。

　　心情不好，喝酒上头自然快，才几杯，朴老汉已晕晕乎乎。他站起身，手指向院子，趔趔趄趄地就向外走。

　　朴忠明白爹是去茅房的，便觉时机已到。待爹出门不远，朴忠警觉地瞥一眼外面，慌忙把字儿从包里拿出来，又迅速将书案底下的箱子拉出来打开，以迅雷不及掩耳之势把那幅字放进箱子的原来位置，复又匆忙地把箱子推进去。看这一切都在自己计划的时间内完成，朴忠放心地拍拍手，松了口气，这才朝门外警惕地一瞅，却惊讶地发现爹就站在门外直愣愣地看着他。

朴忠慌了，站在那里不知所措。

朴老汉慢腾腾地走进屋里，站到朴忠面前，死死盯着朴忠。突然，朴老汉的胳膊在空中抡了一个半圆，一个响亮的耳光狠狠地扇过去：滚！

说完便坐到桌前，大把大把地抹眼泪。

朴忠的脸上如五根烧红的铁棍烙了一般，火辣辣地疼。他呆愣着戳在那里。他不相信爹会打他，从小凡大事小事，爹没动他兄弟俩一指头，今天为了一幅字，而且还是一幅假字儿，竟然打了自己，而且还是脸！

想着，朴忠心中便升起一股怨气。刚要张口唠叨，却见朴老汉拿胳膊朝桌面上一挥，菜盘子、酒瓶子、筷子、酒盅子，稀里哗啦，落到地上蹦跳起来。

没想到爹愤怒了。朴忠吓了一跳，怒火瞬间被熄灭，忙蹲下来，愧疚地望着朴老汉：爹……

滚！快滚！朴老汉还没等朴忠说下去，又吼起来。

朴老汉知道骗儿子们的事情已经败露，藏是藏不住了。

朴忠无地自容。脚才挪到大门口，就听到爹在屋里号啕大哭，四十年来，朴忠从未听到过爹这样哭。

回去的路上，朴忠思忖良久，他证实了自己的猜测：字已确认是假的，那画肯定也真不了——老爷子手里的确没值钱的东西，几次三番骗自己只是让我和朴厚多回家几趟而已。很快，他的心情从沉重的愧疚感和失落中回归到仿佛解脱了禁锢的轻松之中。

虽然俩孩子让朴老汉伤透了心，但在仲秋之夜，他还是满怀期待地等着他们回来。可是，一直到月上树梢，终究还是没盼来一个。屋里与院子里一样安静，静得朴老汉心里空荡荡的。

朴老汉提着杌子和马扎来到院子。月光铺满了角角落落，影子跟着朴老汉走到狗棚前，"小狼"忙爬出来，摇着尾巴朝朴老汉撒娇。朴老汉放下杌子，又回屋拿了花生米、酒。邻家响起了老赵两口子和儿女们推杯换盏的吆喝声，朴老汉愣愣地听了半天，眉头一耷拉，无精打采地走到杌子旁，摆上花生米和酒。炒花生米是老婆子爱吃的，当然朴老汉也爱吃。朴老汉坐下来，牛眼盅里的酒一个接一个地往肚子里灌，朴老汉边喝边说，讲了很多话，"小狼"在旁边好生瞅着，时不时地吱两声。朴老汉喝得有些多，两只眼睛的光也渐渐暗淡下来，愣愣地盯着"小狼"说：狗东西。说着，拿筷子夹一个花生米扔给"小狼"，"小狼"猛地一扬头一张嘴，那粒花生米就吞进它的口中，一卷舌咽了下去，吃完还不忘咂咂嘴。朴老汉朝它笑笑，它朝朴老汉摇摇尾巴。

朴老汉瞅瞅天上的圆月，再看一眼静静的大门，叹口气，擦把泪，感觉这样的仲秋之夜也不错！只是有些冷。

冬　部

俩儿子不再来了，可俩儿媳却裹着初冬的北风依次造访。

朴忠与朴老汉那次不欢而散后，钟丽姿见他蔫头耷脑，问了几句也不说话。便戳了他一指头：你到底放个屁啊！朴忠仍是一声不响。钟丽姿急了，去翻包，也没见那幅字儿。便问：送去了？

朴忠这才点点头。

那你还跟出雄的驴×样，干啥？

朴忠拿眼神反驳了钟丽姿的话，爹知道是我偷的了。朴忠毫无兴趣地说。

那又怎样？他拿一幅假字儿骗俩儿子比着劲地孝顺他，就好了？钟丽姿冷笑一声。

朴忠摆摆手不再说话。

钟丽姿说：看你那个熊样。不去拉倒！哪天抽空儿，我去问问他，到底安的什么心！

朴忠暗想：这样最好了。

钟丽姿还真去了。那天她一进门便嚷嚷起来：你说谁家有这样的老人，把真宝贝送人了，拿个假货当成"传家宝"骗这个骗那个，朴忠、朴厚是你养的不？还这么提防！要不是朴忠，我们还蒙在鼓里呢！哎呀，我说爹呀，您老要是缺钱，吱一声，俺们划拉仨瓜俩枣，还不够你花的？

朴老汉担心的事还是来了，他没想到儿子不来，儿媳妇却冲来说三道四。这事儿，他要说不知道字儿是假的，恐怕没人会相信。此时，朴老汉心里一阵阵的羞愧、懊恼。

那幅字若一直在朴老汉手里倒也无所谓，可是一经朴忠这手，就成麻烦事儿了，无论真假。

这些细节，不知怎么传到朴厚耳朵里。他证实了自己的想法——爹与朴忠就是合起伙来骗我朴厚的。

朴厚回到家，为了发泄怨气，就给媳妇竹筒倒豆子般全捅了出来。最后还恨恨地埋怨：没想到竟是假货！拿假货来哄人！

侯美己抢过话来，恨恨地瞪了他一眼，说：假货？到现在你还死心眼！

朴厚顿时醍醐灌顶，满脸惊讶：是啊，兴许这是他们放出来的风，又是一计呢！

哼！侯美己给他一个白眼。

当然，退一步讲，若是真的呢？你朴忠还张扬出来吗？朴忠啊朴忠，真有你的。在这事上，没想到你表面风平浪静，肚子里却是坏水翻涌。这个老头也不知是吃了他什么迷魂药，竟然把这东西给了他朴忠！

字儿是真是假暂且不说，可给了朴忠却就不是这么回事了。侯美己越想越亏，她怂恿朴厚去理论，说：就是假的，你也得给我抢回来那一半，不能这样欺负人！

可朴厚还记得爹拿着笤帚疙瘩追打他的情景。他死活也不愿去了。侯美己拧着他的耳朵骂了句：你瞎顶个男人的名，啥事也指望不上你！你就在家里做缩头乌龟吧！

侯美己一刻也等不及了，没多会儿就坐车去孝庄了。

进了门，她见朴老汉在屋里忙活，站在那里也不说话，抱拳一个劲儿瞅着。

朴老汉该忙啥还忙啥。他知道，该来的早晚都会来。

许久，侯美己终于忍不住了，一阵冷嘲热疯：你到底怎么想的？60 岁的人了，办事怎么还跟小孩似的。一会儿真的，一会儿假的，一会儿要烧，一会儿又没了，这会子又给了朴忠，给了就给了呗，还让我们知道了。还当成"传家宝"耍我们，真是好笑啊！即使这样也无所谓，可是俩儿子虽然有先后，却不能有高低！你老这样做，让我们怎么养你老啊！

朴老汉争辩：那字确实是假的，我就是想让你们多来看看我。可是……他还要想再多解释，可是觉得怎么解释都苍白无力，甚至越描越黑，也就懒得说了，任由侯美己在一旁唠叨。

最后，朴老汉从箱子里抽出那幅字儿，往桌上一撒：事就是这样，谁想拿就拿走！

侯美己一愣，她清晰记得是这幅字儿，还在就好。话说到这个份上，她侯美己也不说啥了，一甩手，下了趟子。

侯美己回到家，一屁股坐到那里，连连摆手：那是你爹耍的把戏，骗咱们回家看他的。真是的！

果然是假的？朴厚郁闷地思来想去，又问：你说那幅画呢？

侯美己白了他一眼说：哪还有画啊！你爹还有好东西？

朴厚默默地点点头，自言自语：怪不得，爹被骗后，一点也看不出心疼的样子。

就你是个傻种！侯美己"喊"了声。

朴厚一时陷入无限的失望和惆怅中。

一幅画被骗，一幅假字儿说成真的被儿子识破。在这之前，朴老汉的生活还算挺安宁的。可是事情发生后就不一样了。突然的变故，给朴老汉心里塞进了许多东西，又把更多的东西从他身边硬生生地抽走了，生活也就改变了模样。这让朴老汉有时无法忍受。此时，书画也无趣了，只有"小狼"还一直陪伴着自己，朴老汉轻轻抚摸着"小狼"，才觉得"小狼"从以前的伴儿变成了一条狗，又从一条狗变成了现在的伴儿。

门前的铁路是向粮油储备库运输粮食的，两天一趟。火车轰隆而过，朴老汉朝那边瞅过去，火车远去了。空虚就像海绵的水一样，把朴老汉的心填得满满的，沉沉的。

很多时候，他很想老伴。

很多时候，他抱着"小狼"想朴忠、朴厚小时候的事儿。

入冬以来，俩儿子再也没有登过门，朴老汉的日子恢复到以往冷冷清清的状态，每天还是依旧简单的做饭、吃饭、写字儿、喂"小狼"、逗"小狼"。天一冷，几个老伙计也懒得出门，朴老汉一天也说不上三句话。

这几天气温骤降，朴老汉感觉到从未有过的寒冷。北风犹如一条条吐着舌头的毒蛇从门缝、墙缝、窗户缝往屋里灌，冲进屋里，在地上打个旋，顺着朴老汉的裤腿、袖口、领口任性地往里钻，朴老汉打个寒战，又裹紧了棉衣。

有时，朴老汉紧握着手机，愣愣地盯上半天。往年，这弟兄俩还隔三岔五打个电话，问这问那。可今年一出这事儿，手机就像一块冰，一天到晚冷冷的，死气沉沉。

慢慢地，朴老汉又习惯了一个人的孤独生活。

朴忠、朴厚终究没来电话，民警小张却打来了。他告诉朴老汉：案子已破，那幅被骗的《卧冰求鲤图》追回来了；并据犯罪嫌疑人供述，那是一幅清乾隆年间的真迹。让他第二天去派出所里领回。

朴老汉脑袋"嗡"的一声，呆愣在那里。他郁闷地耷拉着脑袋，犯起嘀咕：怎么是真的呢？你们真是上心！朴老汉顿时吓出了一身汗。

可是，这档子突如其来的"好事"并没让朴老汉有一点点惊喜，反倒使他忐忑了一整夜。第二天，他惴惴不安地朝派出所赶去。

当朴老汉走到小张的办公室门口时，却看到朴忠、朴厚早早在那里等着了，弟兄俩见老爹来到，起身笑迎。

小张忙把朴老汉让进屋里坐下，解释道：昨天我通知了朴忠、朴厚。由他们保护着您把画领回去，这样我们才放心。这回可别大意喽！

朴老汉怯怯地看看朴忠、朴厚，继而又无奈地摇摇头。

办公室里，朴老汉展开那幅画，看了半日。然后回过头来，对朴忠、朴厚说：既然来了，咱们就回家吧！

朴忠、朴厚相视而笑。

车上，汽车的马达声轰轰作响。三人一路无语。

回到家时，天上竟飘起了入冬以来的第一场雪。

爷仨进了屋，就感觉一股子寒气卷着风刀冰剑袭身而来。朴老汉裹紧棉袄，走到书案前，他将箱子从书案底下拉出来，气喘吁吁地翻出那幅假字儿，与《卧冰求鲤图》一起抱在怀里，坐到了靠床沿的杌子上，默默地抽起了烟。朴忠、朴厚分别找了马扎坐在朴老汉对面。

屋里沉寂下来。

朴厚不再追究父亲骗他们的事实，他怯怯地看着父亲，见父亲两眼鳏鳏，又瞅瞅他怀里的画，才笑吟吟地说：嘿嘿，没想到，这幅画真的。这才是真正的传家宝。

朴忠沉默不语。

许久，朴老汉突然说：我也没想到。

这个回答让弟兄俩很意外。

朴厚质问道：爹，你一直认为这画是假的？

朴老汉抬头瞪朴厚一眼：你们俩东西光过自己的好日子去了。你们多长时间没回来看我了？

朴厚虽然不服，可还是没敢反驳。

朴老汉盯着朴厚，觉得要把一些话说开了，便道：我是骗你们了！怎么啦？假的我就不报案啦？我报了案，又拿那幅假字儿骗你们，你们就不想想为什么？

说到那幅假字儿，朴厚故意给朴忠递了个别有意味的眼色。作为哥哥，这是几十年来，朴忠第一次在朴厚面前没了底气。

朴忠、朴厚摇摇头。

自从你娘走后，我一个孤单老头子日子过得艰难。走到哪里，谁不知道我朴家远的两个儿子都进城结婚买房子了。你们虽然给我挣足了面子，可是哪个知道我天天"开门一把锁，进屋一盏灯，出门一拐杖"的滋味儿？等到哪天"撒手一空房"，我就不用再这样吊着过日子了。我把那幅字儿拿出来，不是让你们看字儿的，是让你们看我的，可你们眼里除了钱就是钱。你俩也不看看我的日子里，除了写写画画，我还有啥？你们知道吗？

朴忠、朴厚想起爹杂乱无章的生活。

朴老汉将字、画轻轻展开，端详了许久，又慢慢卷上。朴忠、朴厚相互看了看，没说话。

朴老汉道：太冷了，烤烤火吧。说着拿打火机，竟把那两幅字画点着了。

朴忠惊呆了，朴厚疼得喊了声"传家宝"，就忙要上前阻止。朴老汉一声喝：坐下！

　　火越烧越大，照映着三人的脸，朴忠、朴厚脸越发红了，他们也分明看到爹的脸上挂了两行老泪。朴老汉冷不丁打了个寒战。快燃烧尽时，他叹了口气，说：传家宝早就丢了，这只不过是一幅字儿、一幅画罢了……

　　（发表于 2015 年第 1 期《洗砚池》，入选《齐鲁文学作品年展 2016》并获优秀奖）

　　　　　　　　　　2015 年 12 月于南府梅园
　　　　　　　　　　2019.4.4 又修改

连根拔起

一

刘家坞村中心街。刘大牙老婆叫骂的唾沫星子喷了三天。

刘大牙两口子很对付。刘大牙瘦得像根麻秆儿，大高个子。可他老婆鲍彩花就不一样了，鲍彩花身子胖得像装满粮食的麻袋，似乎衣服都绷不住她圆滚滚的身体，扣子随时要被绷飞似的，脖子短了一大截，溜圆的大脑袋像直接坐在肩膀子上，粗胳膊粗腿，走起路来晃晃悠悠。

但鲍彩花骂起街来，却完全是另外一个样子。

那天，鲍彩花呼哧呼哧地喘着粗气，一扭屁股一跺脚，稳稳当当地站在村中心街上。她两腿一叉，一手掐着麻袋腰，一手指天划地，唾沫星子满天飞，开始了一次让整个刘家坞村男男女女都恨不得钻进地缝里的叫骂。鲍彩花骂刘家坞村的男人是猪是狗是王八，骂女人是满嘴跑火车、横竖都能用的裤裆嘴。

鲍彩花忘情地叫骂着，整个刘家坞村的上空好像响着不住点儿的惊雷，村里男男女女没一个敢出来放声小屁的，就连街上的小猫小狗都不敢正眼瞅，提着脚步贴着墙根远远躲着走。

鲍彩花发挥得完全像一个经验丰富的演说家，到了忘我的境界。骂得酣畅淋漓，收尾干净利落，最后一个字从香肠嘴里蹦出后戛然而止。人们便看到她晃悠着她那丰乳肥臀消失在村中心街上。

鲍彩花前脚刚走，刘大牙的女儿出现了，站在鲍彩花刚才站着的地方。刚要喘口气的人们一下子缩回去，屏着气小心地瞅着这个和鲍彩花一个模子里倒出来的丫头。只见丫头胖嘟嘟的指头缠弄着凌乱的头发，扭捏着滚圆的身体骂起来，那骂不似鲍彩花那样一嘟噜一串的没完没了，像是自言自语，声音很细，却跟锥子似的极具穿透力，仿佛能穿透厚土墙，再钻进躲在院里的人的耳朵里，让你烦躁得要爆炸，但还得按捺着性子，不敢喘一口气儿。

刘大牙的女儿小名就叫"丫头"，的确有病，大脑有问题。说起这病，鲍彩花就想逮着刘大牙狠狠掐一顿。不到两岁的时候，鲍彩花就发现了。后来刘大牙两口子带着丫头去县城看，没查出个子丑寅卯来。鲍彩花心直口快，当着刘大牙的面就问医生：如果铅中毒，怀孕时会不会导致脑子发育问题？医生边在那儿记边漫不经心地说：有可能。就这三个字，丫头的精神病让鲍彩花全都归咎于刘大牙在化铅厂工作的经历。

丫头的精神病这几年就表现在骂街，不管别人有没有得罪过她，她总是在清晨或傍晚站在村中心街的路边上骂，大家不知道骂谁，丫头自己也不知道骂谁。这些年了，大家都习惯了，没人惹她——谁跟精神病一般见识？何况她还有一个谁都不敢惹的娘！

娘俩的叫骂像每天上课一样，准时到来，准时离开。

第一天这样，第二天这样，第三天还是这样。整整三天，刘家坞村就像中了咒，村民们没一个敢吭声的，都由着那娘俩骂。

拉布踩着电瓶壳子,翘着脚后跟,从墙头悄悄探出半个脑壳,朝街上瞟了半天,转过身轻轻蹲下来,凑到老爷爷耳边,声音压得很低:丫头有病,那个疯女人也有病嘛!刘大牙怎么找这样的骚娘们!老爷爷默不吱声,拉布就白了老爷爷一眼,自言自语:我得去找谭主任汇报。老爷爷不说话,看着村西那片树林子。

老爷爷是村里辈分和年龄最大的,年轻时在村里教过私塾,是村里德高望重的老人。人老了,就常常坐在村西头大槐树底下的磨盘上向西瞅,村子的路从这里通到西头的省道上,那是刘家坞村唯一一条像样的路。

前几年,老爷爷见人就说,近处清冷冷的水渠,远处的稻田、树林子、蓝天白云,让人看着养眼,看着舒服,他说他想起了小时候。可这两年,老爷爷话语明显少了,每天就静静地坐着,呆呆地望着远处,一整天也说不上一句话。有人说老爷爷闲得没事儿干,可从他的眼神里看得出,老爷爷心里装满了事儿。

第四天,人们充分做好了"迎战"准备,可等了大半上午,娘俩跟人间蒸发一样,鬼影子不见,村子静得像个荒村野岭,只有凉凉的小风"嗖嗖"地吹着。

人们一个个战战兢兢地探出脑袋东瞧西望,街上空空如也,这才怯生生地从家里、从街巷里出来,瞅瞅有些灰暗的天,跟往常没什么两样,便放松下来,又该说说该笑笑,该干什么干什么了。

街道上很快恢复了往日的样子。

曹利济收拾妥当,摆着架势要出门,纪一艳一把拉住:干啥?曹利济挣脱了她的手:咋?去厂子看看!招呼工人回来干活不行？纪一艳脸一沉，叫起来：不行！你小尿罐溜门子——找挨滋呀！

曹利济"哼"了一声：此地无银三百两！他刘大牙就是厂子倒闭了破产了，关我屁事！纪一艳气得龇牙咧嘴：人家举报不署名，刘大牙最先怀疑的就是你！

曹利济返回屋里，一屁股坐下，两手一摊：咱不也被查了嘛！他刘大牙作死，该他倒霉！再说，你躲在家里就行啦？

躲什么！今天带小河进城。忙正事，谁也说不出啥来！纪一艳边收拾着边嘟囔。

想起儿子曹小河的事，曹利济就没招了，皱起眉头，一摆手：行行行！一脸不耐烦。

原来，两口子结婚三年，纪一艳一直怀不上，是"种子"不行还是"地"不好，两个人相互埋怨。后来去了几家医院检查，结果完全一致，曹利济的"种子"都是"秕谷"——先天没有生育能力。这下可吓坏了曹利济的爹娘，曹家岂不是要绝种？后来两口子商议着领养一个。但曹利济爹娘坚决不干。曹利济的娘那时还活着，她鱼眼珠子一瞪，脸一拉二尺多长：跟了我儿，就得给曹家生个孙子！小两口掂掇一些日子，决定"借种生子"。于是，便去外地一家大医院做了人工受精，经过三番五次，受罪不少，但纪一艳终于怀上了。

曹小河的出生，让全家高兴得乱了套。但医生告诉曹利济两口子，孩子哪儿都好，就"那里"小。孩子小嘛，蛋蛋小不是问题，长大了就好了。又问纪一艳，是不是遗传？

问话的是个女医生，一句话毫不客气地戳到了曹利济的痛处。曹利济顿时瞪起眼珠子：遗传？老子好着呢！掏出来你看看？！噎得女医生朝他直翻白眼，扭头就走。

不甘心的纪一艳那几年带着曹小河去大城市求医问药，医院的意见基本一致，都说等到孩子青春期再看看。纪一艳一边等着孩子的成长发育，一边到处给看病，大医院小门诊，中药、西药，甚至偏方、保健品都用了。

青春期如约而至，曹小河的蛋蛋跟正常孩子一样，两口子顿时松了一口气，特别是纪一艳，多年的努力没有付之东流，可是进一步检查的结果又让一家人掉进冰窟窿，明明不是他曹利济的种，为啥还是一样的病？！纪一艳心里急得跟野猫抓似的，整天催促曹利济带孩子去医院。曹利济看着大家都开工厂赚大钱，正焦得团团转，哪里静得下心来，又因这里那里的考察项目，便常让纪一艳自己带孩子走南闯北地去瞧医生。

跑急了，纪一艳回到家就摔这摔那发牢骚。纪一艳嫌曹利济不管不问，曹利济总说忙，一脸无奈。没办法，纪一艳苦水只能往肚子里咽，劝自己想开些，毕竟这孩子不是曹利济的种，他管是情理，不管，自己也没招，总不至于和他离婚。她常常抹着泪叹道：有的小女孩子八岁就来月经、小男孩十岁就遗精，小河却没一点动静。这就是命吗？！

其实曹利济心疼老婆和儿子，可什么都帮不上，觉得挺对不起这娘俩。

曹利济跟厂里打电话，让田大农招呼人回厂干活儿。

推摩托车刚出大门，曹利济就看见白茫领着张小三的儿子张森森朝东走，便吆喝：忙啥呢？白茫一扬手：带这孩子请人去。曹利济心里咯噔一下，皱起眉头：怎么啦？

白茫停下来，给曹利济递了根纸烟，自己点上，狠狠抽了口，吐个烟圈才说：张小三的老婆走了，肺癌。昨晚刚从医院拉回来。

白茫说得轻描淡写，曹利济心里却是一惊：这么快？

好日子刚开始，真是没享福的命！这几年，张小三盖了几间瓦房，剩下的都砸医院去了，钱花光了人也没了。查出来还不到一年！老的小的一大窝，这日子可怎么过？白茫望一眼张森森，叹了口气。

曹利济默默地点点头：走了好，活受罪。说着，瞅着张森森，欲言又止。张森森忙躲在白茫身后，惊恐的小眼儿盯着曹利济。

白茫摆摆手：不说了，请人去！

白茫走了，曹利济跨上摩托车，边戴头盔边埋怨：这个刘大牙！

怎么了？纪一艳问。

那几个小孩在化铅厂门口捡碎铅，我不收，他们就找刘大牙，这家伙不但收，还怂恿小孩子们呢！这东西有毒啊！

纪一艳说：管那么多干嘛！走！

说曹操，曹操到。刚骑到村中心街时，曹利济猛然拐了个弯，一加油门，"噌"地钻进另一条小路上。纪一艳推了他一把：往哪去？！

曹利济说：我看刘大牙从大队部出来了！

吓死你！不做亏心事，你怕什么鬼叫门呀！纪一艳埋怨了句。曹利济不解释，还是躲过了刘大牙，出了村子。

刘大牙的确刚从大队部出来。有人举报他的化铅厂污染，被上面关停了。鲍彩花气不过，骂他是怂种，让人骑脖子拉屎尿尿了还不敢放屁！刘大牙被骂得龇牙咧嘴，满头是汗，也不敢吱一声，被鲍彩花踹了一脚，才悻悻地去了大队部。

他找到村主任谭公华说被举报的事儿。谭主任弹弹烟灰，义正辞严：你说老曹举报，证据呐？上面不是也查他了嘛！不要听村里那些搬弄是非的老娘们瞎扯！你们都是村企，既要抓好经济又要顾好形象，要知道你们是刘家坞的村企。还有，管住你老婆，骂人家是裤裆嘴，她不是？！刘大牙低头嘟囔着：我说她了，要不还没完没了。

哼！就你能管了她？！

刘大牙脸上一阵烧，嘀咕起来：再说，又不是我让她骂的！你们不管，我也举报他！

谭公华一巴掌拍下去，桌子上的茶杯蹦了三蹦。刘大牙一蹦愣，歪着身子躲闪到一边，不敢吱声了。谭公华瞪着刘大牙：你们举报来举报去，有意思吗？让老百姓看笑话？有本事比着劲搞好生产抓经济呀！去赚大钱啊！

原来，刘大牙的化铅厂被举报不久后的一天，刘大牙在回家的路上，见到几个老娘们在路边扎堆嘀嘀咕咕，说老曹和他同行，同行就是冤家，一准是老曹举报的！那声音既想避开他，又想让他听见，说完了还瞥着刘大牙嘿嘿笑。刘大牙看到那笑里很明显藏着幸灾乐祸，气得大牙咬得吱吱响。他确信无疑，一定是曹利济举报的。怪不得我停工，他狗日的却丁点事儿没有！

直肠子的刘大牙心里藏不住屁大的事儿，一回到家，憋着的火就竹桶倒豆子般都捅给了鲍彩花。话还没说完，鲍彩花一把扔下手里的活，气势汹汹地蹦起来，满嘴粗言秽语叫骂着就往外走，一直骂到村中心街，没有任何准备和设计，就给了刘家坞村男男女女一场"精彩绝伦"的"表演"。一骂就是三天。

刘大牙被谭主任奚落了一顿，想想也是，折腾来捯饬去，倒真不如做好生意。这时候，他完全将鲍彩花的话忘到了脑后，泄了气一般，说：谭主任，这事你得帮我给上面协调下，咱孬好一年给村里创收不少，你不能不管！

谭公华瞥了眼刘大牙，吐了口烟，冷笑道：你们搞个烂摊子，让我去擦屁股呀？！刘大牙立刻明白，不禁心生喜悦，凑上前，摊起笑甜甜的脸，轻轻拍着谭公华的手说：谭主任，钱不是问题，您放心！

谭公华夹着烟的手指指刘大牙，脸上严肃起来：少给我来这套！我是说搞好治污比什么都好。安全生产，守法守纪，带好村民致富，交集体的子儿一个不少，我就烧高香了！

刘大牙忙不迭地点头，他感觉一下子和谭公华成了亲弟兄，忙笑起来，嘴角都快咧到耳朵跟了，那两排大黄牙显得更长了，像老鼠牙。

刘大牙离开大队部，谭公华望向窗外，缭绕的烟雾将他团团围住。他思索着：这俩家伙虽然明争暗斗，可两个小厂子却带动村里的发展，解决一部分农村闲余劳动力，怎么样把他们这种钩心斗角引导为良性竞争，促进乡村发展，使村民脱贫致富。

这一趟大队部之行真没白去。刘大牙在路上就琢磨。回到家就汇报了与谭主任交流的具体细节，还不时添油加醋。鲍彩花一边听着一边又骂起来：都他妈说你是老鼠，我看他才是耗子精！

刘大牙说：老婆哎，这样就不错了，破财免灾，咱不得尽快开工嘛！我就不信了，咱一个坐地户子还斗不过他这个倒插门！

让曹利济郁闷的是，带老婆孩子进城三天，孩子的病没看成，回来却发现刘大牙的化铅厂又冒起了黄烟。他狗日的刘大牙又开张了？！

纪一艳捅了他一把：不知这"耗子"填了多少东西呢？

回到家。纪一艳在锅棚里做饭炒菜。曹利济在堂屋抽闷烟。曹小河见爸爸不高兴，凑上前说：爸爸，我的病慢慢看，你不要放在心上。

望着曹小河稚嫩的小脸蛋儿，曹利济心里暖暖的。他轻轻抚摸着小河的头，眼神里涌满了怜爱。小小的人儿不知道自己的身体出现这种状况，还劝慰别人。曹利济觉得对不住这孩子，这会影响他的一生啊！曹家的根难道要在小河身上断掉？

曹利济暗暗下决心，好好赚钱，给儿子治病。

叮当一阵子，几个菜炒好了。纪一艳咳嗽了一会儿，端着菜饭摆上了桌。"在家千日好，出门一时难"，这几天吃住在医院，三口子耗尽了精力。回到家，好好犒劳一顿。

吃饭的空当，纪一艳又咳嗽一阵子，曹小河就上去给她捶背。纪一艳心里一酸，眼里就充满了泪，说：儿子长大了。声音有些颤抖。突然，她更觉得对不住眼前的这个小可怜。曹利济忙转移话题：怎么老是咳嗽，炒菜又放干辣椒啦？曹利济瞅瞅几个菜，又说：没有呀！

纪一艳说：刚回村那会儿，就闻到一股怪味儿，这会子又没了！真是奇怪！说着，给小河夹了块肉。

夜里，曹利济睡着了。纪一艳躺在床上，想着这几天给小河看病的经历，望着窗外，夜空一片阴暗，她才想起，前两天在城里，城里的月亮像挂在那边楼顶上的圆盘，像小时候看到的月亮。她清晰地记得，小时候的夜空虽然黑，但黑得澄澈，黑得通透，月亮和星星清晰可辨，亮得纯粹。而现在呢？许久没见过月亮了，从初一到十五，从十五到三十，每夜都阴沉沉的，月亮像晕染坏了的中国画，模糊不清，给人脏兮兮的感觉，而且几乎见不到星星了。纪一艳有些憋闷。

纪一艳又咳嗽两声。她竟然怀念起城里的月亮。

她忽然觉得，自己的咳嗽和炒菜并没关系，进城的三天始终很好，可一回到村就闻到那股怪味儿，还咳嗽起没完，狠狠咽两口唾沫，嗓子眼还能呷摸出甜味儿。她晃了晃曹利济，见他睡得跟个死猪一样，一下子泄了气，转过头也睡下了。

二

曹利济和刘大牙都开化铅厂。一个村北，一个村东。

静静的东河从西北蜿蜒而来，绕过刘家坞村北、村东，向南流去。刘大牙五年前在村东河边上向村里租赁了三四亩地，开办了"大牙化铅厂"。曹利济办厂才一年多点，在村北河沿上，也就是在刘大牙河段的上游。刚开始，鲍彩花也曾在村里指桑骂槐过，到大队部也闹过。当时的村主任刘家厚指着鲍彩花的鼻子就是一顿批：要都学你这样，全国的工厂开一个好了！饭馆子还不是一家挨着一家！有竞争才能进取，有竞争才能促进发展，有本事你们比着看谁干得好！

刘大牙一听在理，便弱弱地劝了半天鲍彩花，鲍彩花拉不下面子，狠狠剜了眼刘大牙。

回到家，自认为学什么都快、有优势条件的刘大牙给鲍彩花讲起了自己五六年的打工经历，还有丰富的市场经验、如何有广泛的来往业务等等，是他曹利济能比的？鲍彩花被说动摇了，也就不再闹腾了。

刘大牙八十年代去南方打过工，跟人在化铅厂干活，熟悉化铅厂的生产、销售。正在事业红火期的那几年，老娘却催得紧，要儿子回家结婚。刘大牙想多赚些钱，就今天拖明天，明天拖后天。后来，那个化铅厂因为污染被查封，没了后路，刘大牙才失落地回到家，匆匆结了婚。

婚后一年多点，丫头出生，生活又陷入拮据，想到在南方打工的情景和自由，刘大牙背起包袱又去了南方。半年不到，鲍彩花来信说丫头的智力有点问题。刘大牙慌了，匆匆忙忙赶回来，一边给丫头看病，一边侍弄几分薄地、打打零工，照顾老老少少。

后来，敕水县有人开工厂，大大小小的厂子仿佛一夜之间都竖起了烟囱，冒起了黄的、白的、黑的烟。看到别人发财，鲍彩花整天急得直蹦，她天天跟催命似的让刘大牙想办法干点事儿。刘大牙被逼得只好应付着：好，我明天就去找活干！

鲍彩花的火暴脾气"噌"地一下子又蹿上来了：跟人打工？天天喝风屙屁呀！

在鲍彩花的步步紧逼下，他刘大牙的脑袋还真开了窍。依自己的经验，为什么不开个化铅厂，这可是暴利行业。刘大牙一边喜滋滋地夸老婆是"贤内助"一边开始筹备建厂。

向村里租赁土地时，老主任刘家厚很支持。当时刘家厚看着别的村都有村企，他急得天天转圈，苦于村里没有能人。

刘大牙一来，正好解决了他的忧虑。

但是后来的事儿，又让刘家厚忧虑起来，他找过刘大牙好几次，点名批评：自你开化铅厂，村里就有股怪味儿，黄烟太呛人，淌到东河的水污染也厉害！你得想想办法！

刘大牙笑笑，不以为然：三叔啊，现在个人有钱赚，集体有收入，一年我给村里交多少钱？有付出就得有牺牲嘛！

刘家厚默默地点点头，刘大牙说的也没错，光看咱村的东河，咱不开厂，污染一样存在，上游的造纸厂、颗粒厂、饲料厂、脱水厂、冶炼厂的水不都一股脑儿地朝东河里放嘛！以前东河水是清冷冷的，刚有厂子那会儿用"泾渭分明"形容最合适了，而现在，东河简直成了东山乡的下水道！

说归说，可是经济发展上去了。刘家厚也没办法，后来他想，如果再有开厂子的，坚决不再批土地。

但是，一年多前，曹利济却冷不丁地把厂子建了起来，而且绕开了村里审批土地的流程。

原来，前些年曹利济的"老泰山"纪自林承包了以前生产队里的仓库种蘑菇什么的，后来又在院子里种杨树苗子卖，前两年行情不好，地就一直搁手里。开厂那年，曹利济和纪一艳直接找老爷子，说要用地。纪自林一摆手：我不能动了，由你们折腾去吧！

村里老百姓都还不知怎么回事，看到纪自林原先的杨树行子冒起了黄烟，才发现那里一大片杨树不见了，天空开阔了许多。狗剩就骂道：原来他狗日的曹利济也开了化铅厂。

拉布就笑起来：你狗日的还骂人，有本事你也开厂子去！

狗剩"呸"了口唾沫：我要有那本事，也在村里晃着蛋走路！说着，晃晃悠悠地摆起样子，走两步还故意摇摇屁股，几个人哈哈大笑起来。

拉布指着狗剩，说：瞧这货！我看你就是拽羊蛋！要是没那两个蛋坠着，你就上天了！旁边的人笑得更欢了。

说归说，那几年一个村两三个厂子很正常。大路朝天，各走一边，只要不少向村里交钱，不少缴税，百姓不少拿工钱，没人在意这事儿！

所以，老主任刘家厚看着也是干瞪眼。

曹利济的厂子一开，刘大牙和他自然就成了仇人，见了面分外眼红，刘大牙的厂子被举报关停，两家子的关系更是火上浇油。

三

这天，曹利济去厂子。途中到村小卖部买烟，见张小三坐门口的电瓶壳子上。曹利济点上烟问：家里的事都处理完了？

张小三默默点点头：他姑父，俺想去你厂子干。

曹利济吐了口烟说：刘大牙那边怎么了？

哼！谁给钱多跟谁干！

曹利济弹弹烟灰，长长出了口气：话是这么说，但乡里乡亲的，又是同行，这样不好，你没看那娘们正满街骂呀！

张小三眼睛里泛起了乞求，刚要开口，曹利济一句"回头再说吧！"便硬生生地给噎了回去。

曹利济走了，张小三坐在电瓶壳子上凄凄然。送走了老婆，自己一个人带着孩子，吃喝拉撒睡，日子肯定难。张小三没别的本事，力气多的是，他想给儿子多挣点钱。在曹利济的化铅厂扒电瓶，一斤壳子比刘大牙的多三分钱，这一年下来可不少呢！

日子穷了，就得精打细算。

琢磨了半晌，张小三决定去村西头找老爷爷，让老爷爷给出出主意。

大槐树灰头灰脸，磨盘上尘灰傍土。老爷爷两只鸡爪子手搭在面前的拐棍上，两条灰白的眉毛像没精打采的狗尾巴耷拉着，满脸的皱纹刀刻一样，一条连着一条，浑浊黯淡的两眼目光忧郁，静静地看着远处的树林子，齁喽齁喽的喘息声犹如远处的烟囱冒烟的声音。

张小三走上前，给老爷爷递了根纸烟，也坐下来，看着老爷爷看着的远处，抽了口烟。还没张嘴，老爷爷就不住点儿地咳起来，咳了半天，一扭头，"噗"的一声，一口黄浓痰从嘴里吐出来，却挂在嘴巴上晃着，老爷爷拿手抓住，拽断。一甩手撇到旁边，在裤腿上抹抹手，又拿袖子擦了擦灰白胡子里的嘴巴，这才说：真他娘的怪！啥也没吃，嗓子里甜稀稀的！

张小三咳了两口。老爷爷这么一说，他也觉得喉咙里有些甜，便说：人家说是化铅厂里的烟熏的，外边的人一进咱几个村，就说味儿大。

老爷爷点点头，不吱声。张三又说：老爷爷，我想跟着俺三大爷家的女婿干，就是老曹。他给钱多，我这老的老，小小的，好几张嘴呢！

怕刘大牙那小子说三道四？想跟谁干跟谁干！别人不管你肚子饿，他还能管你嘴怎么吃？！

张小三立刻明白了，瞅老爷爷嘿嘿笑着：哎，老爷爷，我听您的。

老爷爷又瞅着远处的那片林子，嗓子眼还是齁喽齁喽地
响着。

张小三找老爷爷的空当，曹利济去厂子的路上遇到白茫。
他又想起张小三家里的白事，便说：刚才在小卖部遇着张小三
了，非要到我厂里干！

白茫说：能帮就帮吧，怪可怜，乡里乡亲的。

曹利济解释了半天，又问：他那事办得怎么样？

白茫摇摇头：这两年不在家的不在家，忙的忙，各家的
红白喜事就是走形式，哪有几个人去！老爷爷看着满桌子的菜
没人吃，说，人心散了。

曹利济说：理解，都张着嘴吃饭，谁敢请假停工！

白茫说：想想以前的日子，穷点是穷点，可人心近哩！
整天还能聚一堆扯淡吹牛×！

曹利济嘿嘿一笑：现在不也有么！

白茫说：就拉布那几个混子？横竖不能用的家伙，他们
能干什么！白茫顿了顿说：还别说，昨天，他们几个去了刘大
牙的厂子帮个忙，把那条大狼狗砸死，炖吃了！

曹利济的心突然揪了一下，他爱狗，这样的事在他身上
不能容忍，但毕竟那是刘大牙的狗，便戏谑道：因为大狼狗没
给他通风报信？

白茫嘿嘿一笑，说：说是从关了厂子，那条狗天天满院
子跑，撞到墙都不拐弯，见人咬人，见鸡咬鸡！刘大牙厂子重
新开门后，生怕狗咬人出事，一气之下叫人给砸死了。

曹利济说：这是疯了呀！

谁呀？白茫问。

曹利济瞪起眼珠子：当然是狗。白茫知道曹利济对狗很在行，便问：好好的狗怎么就疯了呢？莫名其妙！

曹利济没回答。他想到刘大牙的化铅厂又重新开张，心里隐隐有种感觉，急急的，酸酸的，具体又说不出来。他回到厂里匆匆拿了包云南熟普洱，便去了大队部。

一进办公室，曹利济就坐到了谭公华办公室前的椅子上，掏出普洱茶放桌子上，推过去。谭公华拿起来，瞄了眼，说：哟，这是稀罕物呀！

曹利济说：那是！专门给您谭大主任准备的！

谭公华拿了根香烟点上，想起了上次刘大牙说的事，便说：我给你说个正事，上次检查虽然没查出你的问题，算你小子走运。你别给我心存侥幸！

曹利济说：谭主任放一百个心，我绝对不会出现刘大牙那样的情况！曹利济使劲点点头。

谭公华说：别给我大意了！这可关系到咱村的生态和声誉！

曹利济"嘿嘿"笑着凑上前：谭主任，我可听说刘大牙的厂里一条狗疯了，还让人砸死煮吃了，这可是明显的铅中毒，老百姓现在还不知道，出大事可就麻烦了。这事我给他提不合适。

谭公华心里一惊，心里喊道：坏了！盯了曹利济半天，才说：这个刘大牙不长记性！

刘大牙刚开化铅厂那会儿，是老主任刘家厚任职。谭公华上任后，很少去那边。但吃疯狗肉这事非同寻常。

谭公华眼一瞪：拿走，以后少整这些歪风邪气！曹利济知道他的脾气，笑嘻嘻地将普洱塞回包里。

曹利济前脚刚走，谭公华夹起包就去了刘大牙化铅厂。

到了大牙化铅厂门外，谭公华老远就瞅着三个小孩蹲在墙外的垃圾堆上聚精会神地捡东西。张小三家的张森森、李小四家的李根，还有个认不清。谭公华嘟囔起来：这些熊孩子，玩也不找好地方！

进了院子，谭公华背着手正瞅着，只听办公室门忽地开了，刘大牙满脸笑容，两排大牙显得越长，张着两只胳膊就迎上来：哎呀，谭主任大驾光临，有失远迎！

谭公华乜斜了刘大牙一眼，鼻子里轻轻"哼"了声：少跟我屁眼里夹玻璃——整名词（瓷）。问道：开张了？

刘大牙弓着腰，瘦长的身体像根青豆芽，走上前说：多谢谭主任帮衬，不然还得关着呐！

谭公华点点头：怎么闻着一股子狗肉味？

刘大牙一怔，立刻明白，忙皮笑肉不笑：哎哟，谭主任您鼻子真够灵的！一愣，忙又抽着嘴巴说：瞧我这破嘴。然后凑到谭公华的耳边，诡异一笑：那是只疯狗，不然我早给您端盆狗肉送去了。

你那狗屎擦干净了？谁吃了都不行！吃出事来你负责？！谭公华一脸严厉。

刘大牙忙说：没事的，我的谭大主任。就几个小混混，他们感激着我呢！

谭公华说：拉帮结派了？！

刘大牙忙笑起来，那排黄牙显得更长了：哪敢，我们不都在谭主任您的领导下嘛！

谭公华又"哼"了一声，背着手去了办公室，刘大牙紧随其后。

谭公华猛然一转身，吓了刘大牙一跳。刘大牙笑起来：谭主任，您这这一惊一乍的。怎么了？

谭公华板着脸问：墙外垃圾堆上几个小孩干什么的？

刘大牙先是一愣，继而又笑起来：厂里运出去的垃圾，带着铅粒、铅块什么的，小孩子捡了再卖回来，赚点零花钱嘛！厂里还减少浪费！

谭公华默默地点点头。两个人在办公室扯了半天。

从刘大牙的化铅厂出来，谭公华依然背着手在村里转悠。边走边琢磨这件事，像一块石头压在心口。

村中心街上，谭公华看到拉布几个蹲在墙根嘻嘻哈哈地闹，还不时色眯眯地盯着路对面骂街的丫头相互戏谑一番。谭公华站那里瞅了半天，没见异样，心里"哼"了声：好人不长命，祸害遗千年。便走上前，瞪起眼珠子：都没事了？

几个人见主任来了，忙站起身。狗剩笑甜甜的脸，说：主任，您有指示？

谭公华瞅了一圈：刘大牙老婆几天没出来骂街，你们急了？小心她撕烂你们！

拉布嘻嘻笑起来：主任，俺们可不敢，不敢。

谭公华"哼"了声：别给我惹事！你看看你们几个，好胳膊好腿的，好吃懒做，孬好干点营生，等着你娘老子养呀！

拉布接过话来：谭主任，没有俺们合适干的啊！

谭公华刚要说话，听那边有人喊他，谭公华瞅过去，见杜占三从大队部的方向朝这边来，便喊：你喊我？

说着，杜占三已跑到跟前，喘着粗气，哭丧着脸：谭主任，你说怎么办？

谭公华莫名其妙，问：什么怎么办？说清楚！

眼看杜占三就要哭出来，狗剩催起来：赶紧的，谭主任大忙人，这么磨叽！杜占三说：我大棚里的菜都毁了，前几天还好好的，昨天就有蔫的了！今天一大片一大片的。这两年刚才赚点钱，咋就遇上这情况呢？！

拉布朝狗剩狡黠地笑笑。

谭公华说：别急，没联系乡农技站？

杜占三说：联系了。他们说忙，得过几天才能来。俺没办法，求谭主任，能不能帮忙催下。

谭公华一挥手：一会儿我回大队部，给联系。

杜占三千恩万谢，抹着泪急匆匆地往回跑。

杜占三走了，谭公华回过头来，又继续给拉布、狗剩他们上课。你们干什么不行！看，连杜占三都忙起来了，我看早晚得把你们那根懒筋抽出来！跟着刘大牙、曹利济干，哪个少赚钱！

他们几个嬉皮笑脸、点头哈腰地答应着。

谭公华"哼"了声，背着手往回走。杜占三刚刚说的事又浮上心头，犹如顶着那块石头，上不去，下不来，谭公华心里跟猫爪子挠似的，毛毛躁躁的。

回到大队部，谭公华忙联系了乡农技站。

第二天，农技站技术员小孙、小王来到大队部。谭公华领着他们去了杜占三的大棚，观察、取样、检测，忙活了一上午，人家连饭没吃就走了。临走时，小孙说：不存在病虫害，农药也适量，我们取了土壤、水样，检验完了再来。

望着技术员的背影，杜占三嘀咕着：水还有问题？怎么会呢？以前咋没事？

谭公华心里一沉，似乎证实了他的猜测，说：听技术员的，他们权威！杜占三将信将疑地点点头，看了眼大棚，摇摇头，叹了口气。

过了一天，杜占三又去了大队部。站到谭公华面前还没开口，谭公华就嚷开了：老杜啊，我也替你着急，但人家化验也需要时间，你等着信儿就成！

杜占三哆索着手，哭了起来：谭主任啊，俺不是为这事来的，俺家里让贼盯上了，翻了个底朝天，一千多块钱呀！

谭公华心里一惊，心道：怎么会出这样的事？这可是刘家坞村多少年没有的事，祸不单行啊！便问：家里放那么多钱干吗！

杜占三抹了把泪：大棚天天用钱，俺准备着的。

杜占三白天都在场子，晚上才回家住。谭公华估计是让贼瞅准了。突然，他脑子里闪出几个人影：难道是那几个东西？谭公华狠狠捶了把桌子，说：你先去派出所报案吧！

真是按下葫芦起来瓢！

杜占三走了，谭公华琢磨起来：这两年厂子多，有活干，老百姓手里有钱了，总是有几个游手好闲的人瞄着老百姓的钱包。让派出所转转也不孬，敲山震虎！要给老百姓一个安全和谐的氛围。

下午，谭公华联系了乡派出所，警车就开进了村子，在村里拉着警报闪着警灯转了几圈。车上，副所长张力说：谭主任，这两年老百姓的口袋里都攒了点儿，各村都出现了入室盗窃案件，你们村还是少的，有的村还呈上升趋势，我们的警力有限，你把村里的民兵用起来，有就比没有强！老百姓辛辛苦苦挣两毛钱，舍不得花，让贼瞄上，一夜又回到了解放前啦！当前社会治安形势要稳定，需要各级治安联防！谭公华连连点头：是是是。

然而，警报一响不要紧，弄得人心惶惶。刘家坞村百姓哪见过这阵势！不到半天，各种谣言就在村里四散传开，都说那贼钻进杜占三家里时，蒙着面，腰里别着明晃晃的匕首，要是撞上了，那贼拿匕首一下就能把人捅得死死的。

原本山明水秀夜不闭户的刘家坞村，现在一上黑影儿，咣当咣当地都早早地关上门，上紧门闩，熄了灯，躺床上也睡不着，小孩紧紧钻进大人怀里，大人竖耳朵细细听外面的风吹草动，偶尔有树影晃，就觉得有个人握着家伙躲在窗户外盯着你。

第二天一早，谭公华就召集村干部开会，商榷加强民兵连夜间巡逻的事儿，由治保主任周保民具体负责安排。会议结束，谭公华心里隐隐一阵痛，两手揽着后脑勺子，靠在沙发椅上，叹了一口气，念叨起来：老主任呀，现在不是你那个时代了，我比你难干多啦！

至此，周保民每天白天夜里或亲自带着民兵或安排人在村里巡逻。村民们每每遇到，都觉得稀奇。

这天，谭公华突然想到，去村里的几个厂子转转，把那几个不安定因素安排到厂里干活，一来稳定治安状况，二来他们有了收入自然就老实了。想着，便夹起包朝外走，却跟乡农技站的技术员小王撞个满怀，谭公华忙邀他们进屋坐下。

勤务员小谢倒了水，小王拿着检验单说：谭主任，根据地下水的化验结果，我们发现了不同程度的硫酸溶液成分和一些重金属成分，土壤也是受这个污染，这肯定和咱们这一带的冶炼有关。

谭公华立刻想到了刘大牙和曹利济的化铅厂。

送走了他们，谭公华琢磨着该怎么跟杜占三说这事，这事虽然是要面对的，但却不是自己能解决的。

谭公华夹着包就朝刘大牙的厂子赶，路上碰到田大农提着一袋子什么站那里跟拉布他们正说话呢。

田大农是村里的光棍，人老实，就是有股子倔劲。最早跟刘大牙干，那年因为一点小事跟鲍彩花干了一仗，鲍彩花恁暴的脾气都没整了田大农。败下阵的鲍彩花盛怒之下逼迫刘大牙开了田大农。后来曹利济开张，他便去了利民化铅厂跟曹利济干，还是站铅炉子的老本行。

谭公华了解田大农，按说他不应该和这几个家伙掺和。于是，老远就吆喝起来：老田，干什么的！没上工啊！

田大农见是主任，扬了扬手里的塑料袋，说：主任啊，青菜没的吃了，买点猪血，清清毒么。

说着，谭公华已走到跟前，又问：这是怎么讲？

田大农说：杜老三的蔬菜大棚出了问题，曹厂长原本每个星期给我们发次青菜，这也停了。各人菜园子里的菜也不是以前那个味了！只有吃这个了！

谭公华默默点点头，摆摆手：去吧！说着就走到拉布他们跟前，板着脸也不说话。拉布跟狗剩见主任没好脸，忙灰溜溜地跑了。

以后少跟他们混。谭公华说道。田大农忙说，是是是。

谭公华看眼田大农手里的猪血，说：站炉子，毒气大，少喝酒！好好干！

曹厂长对咱好，咱能不好好干吗？田大农答得很爽快。

两个人走到前面路口，一个向北，一个向东，分道扬镳。

到了大牙化铅厂，谭公华见刘大牙正指挥卸货，验货的工人拿着砍刀砍电瓶的一角，往外倒硫酸溶液，便问：就这样倒了么？

有些奸商带着硫酸卖。咱不检查的话，一过秤就赔大了。刘大牙边吆喝边说。

我是说，硫酸倒地上，污染呀！谭公华质问道。

刘大牙这才停下来，看着谭公华，笑笑说：谭主任，一般不在这里倒，他们发货前就倒了。但咱得检查一下，要是废硫酸卖了铅的价，咱损失可就大了。污染也是他们那边污染，咱这没事，嘿嘿。

哼！谭公华瞪了眼刘大牙：睁大眼说瞎话，刚才淌出来的是屎是尿啊！

刘大牙刚要说话，谭公华说：以后给我注意点。上面要严查环保的，你不是不知道！我看你早晚死这上面！祸害子孙呀！刘大牙忙点头哈腰说：上次就是有人操蛋！你说说这事儿，集体有收入，个人有钱赚，不是闲得蛋疼，谁去举报？！

好了伤疤忘了疼了？谭公华眼一瞪。说正事，这两天让拉布那几个小混混到你这里干活，别整天再无所事事，给我惹是生非！

哎哟，我的谭大主任，我这里都揭不开锅了，您再给我加人，我喝西北风啊！刘大牙哭丧着脸。他明知那几个不是省油的灯，不是干活的料，你谭主任不也是想稳定村里的不安定因素才安排的嘛！可这跟自己的利益有一毛钱的没关系吗？！这事我刘大牙可不揽！

怎么，淌尿汁子了？你也跟人老曹学学，看人家越做越好。

刘大牙的脸顿时由阴转晴：嘿嘿，谭主任，要不让他们去老曹那边试试？

谭公华又瞪起牛眼：你能找他们砸狗，就不能收编？

刘大牙的笑容倏地僵了，心里骂起来：哪个狗日的嘴这么快！谭公华就说开了：心里正骂人是不是？！要想人不知，除非己莫为！

刘大牙阴阳着脸笑起来，马上转移话题：谭大主任，前阵子被上面查的，到现在也没缓过劲来。

我说话不好使了？！还是忘恩负义了？！

话说到这个份上，他刘大牙不好再说什么，以后还有用得着谭主任的地方，只得在心里连连叫苦，心里琢磨着回去还得给鲍彩花那个母夜叉解释，又免不了一场狂风暴雨。

离开大牙化铅厂，谭公华准备回大队部。到了大门口，他突然想到，该去曹利济那边看看。便顺着大队部院东的大路朝北去了。

走到利民化铅厂大门外，就听见曹利济在里面吆喝。

谭公华一扭头，看见墙外的垃圾堆仍然蹲着那几个小孩，有个边咳着边低头捡。谭公华走过去，挥挥手喝道：脏不脏？快回去！那几个小孩忙停下了，脏兮兮的小脸上满是呆傻，愣愣地瞅着谭公华，也不说话。谭公华又吆喝起来：听见没有？赶快走！那几个小孩子把手里的铅粒、铅块装口袋里，跳下垃圾堆，逃似的跑走了。

进了大门，谭公华故意咳嗽了一声，一个小工忙去叫曹利济。

曹利济跑过来,谭公华问:墙外那几个小孩子过来多长时间了?

曹利济说:又来了?时间不长,我说过,赶不走,他们捡了,我不收,他们肯定找刘大牙!

哼!上次我就在刘大牙厂子墙外见过。这样对孩子身体不好呀!说着,谭公华扬扬下巴问:这是干什么呢?

曹利济指着那边的一个树墩子,说:要建个新车间,杀两棵树,碍事!

谭公华看看前方的那个树墩子,有水桶粗,脸一沉:你小子悠着点,你刚开厂子那会是刘主任的,我管不着,现在再砍那么多树,你给我小心着!

曹利济点点头:嗯,没事的,就两棵,不然这车间没法盖,连根拔了,好整地面。

又赚大钱了?

也就养家糊口的。曹利济嘿嘿一笑。

这两年可不是前几年,上面开始注意环境污染问题了。

曹利济心里"咯噔"一下,便忙领着谭主任去了废水、废气处理车间,指着那些设备,说:谭主任,这些都是,您放心,该有的咱都有。水是经过处理才排到东河的,而且咱这化铅厂用水不多。再说,即使不处理,上边那几个板纸厂、冶炼厂、颗粒厂什么的,放的水也够东河喝一壶的。这事您得给上面反映,要这样下去,东河早晚不成臭水沟了?

谭公华叹了口气:我只管好你们几个就行了。他们村我管得着?我一手遮天呀?

曹利济嬉皮笑脸起来:谭主任为村里发展操碎了心!我

这没问题，放心！

谭公华又问：刚才我在村里遇到田大农，你还给他们发青菜？

曹利济说：嗯，工人们也不易，干这个对身体影响大，对他们好点儿，才能真心给你干活儿。花钱不多，暖人心哩！说着叹了口气。

谭公华知道他叹什么气。唉！就是老杜大棚，糟蹋了。你们这些冶炼厂毒气厉害，让大家伙注意，吃的、用的、口罩什么的别缺了。曹利济说：都知道，自己的身体不用别人说！

谭公华走了，曹利济看着他的背影，想着刚才的话，心里隐隐作痛。

夕阳西下，金色的阳光直直射下来，洒到院子里。曹利济盯着两个树桩愣了神，他看着从树的年轮里密密地向外渗"血"，不一会儿树桩上血红一片，越渗越多，"血"又从树桩上流下来，流到地上，顺着地上的坑洼继续向外流，很快流得满院子都是，像火光，像血海，与血红的夕阳连成一片，铺天盖地。曹利济吓了一跳，使劲揉揉眼珠子，树桩仍静静地坐在那里，上面白花花一片，什么也没有。

回去的路上，谭公华就想：一个村子两个化铅厂，曹利济和刘大牙两个人的行事方式完全不同，曹利济办事周全让人放心，刘大牙就是个愣头青，什么事都由着自己的性子来，不计后果，再加上他那个谁都不敢惹的母夜叉在背后时不时地扇阴风点鬼火的，总是让人不放心。

他想起了刚才曹利济说的事，决定去东河看看，便朝北面河坝走去！

大坝下，河沿上，要穿过张大牛的苹果园。谭公华顺着苹果园里的小路朝前走，还没出园子就瞅见张大牛正坐在石头上抽着闷烟看东河呢！

大牛！

见谭主任亲临，张大牛有些惶恐，忙站起身：谭主任，你咋来了？

怎么？我不能来啊！过来看看。谭公华扬手指指东河。

谭主任，这可咋办？现在这河水根本不能浇园子。没办法了，前些天我找人打井，钻了将近二百米，水才稍微好点！

谭公华心里"咯噔"一沉，抬起头朝东河望去，河边飘着泡沫、垃圾什么的，河面黑黢黢的，也不再像以前那样泛着碧光。细闻，有股说不出来的味，刺鼻子，这气味有些像村子里飘着的味，但又不像。

一点不能浇了？谭公华问。

浇倒是能浇，但果子肯定不是以前那味儿了。王埠子村王昌盛的果园包出去了，人家出去打工了。我这怎么办，走又走不了，干又干不成，家里老婆孩子一大窝，都指望着我呢！说着，张大牛无奈地摇了摇脑袋。

谭公华沉重地点点头。他走到河边，向上游望去，那里是上河、王埠子几个村，现在满地都大兴小企业，哪个村没有三两个小厂子？！

倏地，恍如隔世。谭公华想起小时候，别说小时候，就是前些年，在东河的上游淘米、洗菜、洗衣服，下游就洗澡、逮鱼捉虾，欢笑声顺着河水流好几个村呢！现在呢？捂着鼻子都得远远躲着！

谭公华攥紧了拳头，东河现在的样子，不治理不行了！

短时间的经济发展付出的代价却是血淋淋的惨痛啊！他多么想上面尽快行动！

四

晚上回到家，临睡前，曹利济躺在床上抽烟，边抽边说：今天谭主任来厂了，听说上面现在查得紧了，咱又要扩大规模，得要处处小心了，在这茬子上不能出事！

纪一艳早已躺下了，一有动静，她咳嗽了半天，眯睁着眼说：你把那些机器都开开吧，还能花多少钱！砸了这么多钱了，不在乎这些小钱了！

曹利济说：小钱？你知道处理这些污水废气的花销有多少嘛！你看他刘大牙为什么不上这些设备，不是他抠，是花销实在让人受不了！

纪一艳说：我不懂这个。

曹利济问：最近怎么老是咳呀？

半天没说话，曹利济转过头，见纪一艳睡了。她睡了，曹利济却睡不着，他还想着谭公华说的那些话，又想到那条不为人知所的下水管子。

刚建厂时，曹利济就规划好了，通往东河的水管他上下建了两条，一明一暗，明管排出的水是经过废水处理设备的，只检查的时候才用。暗管在明管的正下方，那才是平时排废水用的。

建厂筑管道时，曹利济考察了上游的流水情况，我曹利济排的这点水跟他妈得了前列腺炎似的，对于他们的板纸厂、塑料厂、冶炼厂、颗粒厂什么简直就是九牛一毛。所以，顺着河水排废水，鱼龙混杂在里面，再怎么查也找不到我曹利济的头上。

两条管子同时施工，谁也没发现这其中的猫腻。曹利济心里常常赞叹：真是天衣无缝。

但是，仍要小心，毕竟刘大牙被查过一次，这非同小可。而且，曹利济隐隐约约感觉到，上面早晚还会有行动的。

窗外的天依旧浓云密布，阴沉沉的。曹利济费了半天脑子，也想不清上次看到星星和月亮是什么时候了。

这天早上，谭公华上班，路上碰到曹利济，打了个招呼。谭公华一边想问题一边走，却遇到了张小三跟拉布、狗剩他们几个蹲墙根胡吹海侃呢！拉布、狗剩戴着口罩。谭公华就琢磨：怎么什么人都跟这俩东西扯上块儿呢！刘大牙没安排还是没上工？

谭公华忙喊住曹利济，曹利济又跑回来，问：主任有啥事？

谭公华问：张小三的事怎么样了？

曹利济愣了一下，忙说：主任，您也知道这事？！

谭公华指指张小三，说：从他老婆死，他就不从刘大牙那边干了，你不知道？

曹利济说：是这样，主任。张小三从刘大牙那边辞了，我要再揽过来，不太合适！那娘们整天骂街。

谭公华说：这样，你把张小三安排下，刘大牙那边我处理，村里安排，他有什么好说的。

曹利济犹豫了一下，才点点头：那行。

谭公华朝那边扬了扬手，喊：张小三，上工啦！

那边张小三先是一愣，忙跑过来，笑嘻嘻地说：我知道你们不会不管我的！其实我就是将这一军的，嘿嘿。

谭公华拨弄一把张小三的头：就你小子能！我是怕你闲着作事！要不当这个主任我才懒得管你这屁事！

曹利济领着张小三去了厂子。谭公华走过去，喝道：摘下来！出什么洋相！

拉布、狗剩忙摘下口罩，拉布说：有毒气么！

就毒你俩了？谭公华怼了句，见这俩东西打扮得油头粉面，各人穿着一条时髦的灯笼裤，皱了皱眉头说：刘大牙给你们发工资了？这好好的衣裳在你们身上，还不跟穿身狗皮好看！狗剩有意向后面缩了缩，似乎不想让主任看到他的裤子。

怎么又闲起来了？谭公华问拉布。

拉布歪着脑袋，笑起来：主任，俺们今天不上工。狗剩在后面忙点点头：嗯嗯。

谭公华指着他俩：你们都给我老实点，警车不是瞎咋呼的！

拉布和狗剩对视了一眼，咧咧嘴。

看着谭公华走远了，狗剩扯了把拉布，悄悄问：那事不会露馅了吧？

拉布白了他一眼：做贼心虚啊！别说他们不知道，就是让派出所逮了去，也不承认！谁见了？

狗剩摇摇头：就是心里慌。

嘁！真是井底的青蛙，没见过世面。多大的事啊！你心里想着是上河村赖大毛他们干的就行！人活不干，还他妈的整天吃香的喝辣的！拉布的话里明显是妒忌。

狗剩挠挠头：这样也行？

拉布瞪了他一眼：你他娘就是个猪！

朝大队部去的路上，谭公华路过李小四家，从墙外就听到李小四老婆训孩子，谭公华站住了。

咋不去了？！是李小四老婆，声音强硬。

李根的声音很胆怯：有个人……不让捡……

李小四老婆吼起来：他娘个×的是眼红，管那些驴××的！他再管闲事，给我说！去吧。

谭公华忙迈起步子，故意走得很慢。不一会儿，看见李根朝村东跑去。

谭公华想得心烦意乱，张小三、拉布几人的事安排好了，着实让人省了些心，有活干，整天就不想三想四了。可是曹利济刘大牙厂子的事儿、杜占三家里被盗的事儿、蔬菜大棚被污染的事儿、张大牛的苹果园不能浇水的事儿、河水污染的事儿，再加上小孩子的这事，已经整得他头都大了。

这天早上，谭公华在办公室正简单收拾着，想起得去趟杜占三那里。忙完便夹着包去了。

到了杜占三的大棚，一股菜叶子腐烂的味儿直冲鼻腔，谭公华见杜占三两口子正蹲在大棚里唉声叹气。谭公华看看棚里的菜，比杜占三前两天描述的还要惨，地里的菜都蔫着叶子，面黄肌瘦，甚至有的枯成了黑色，忙问：老杜，这……

杜占三拿袖子抹了把泪：主任，这大棚算是完了。家底子都砸进去了，赔掉腔了啊！正说着，杜占三老婆扑腾一下坐到地上，两只大粗手拍着大腿，哭起来：天要灭俺呀！天要灭俺呀！

杜占三也号啕大哭起来！

谭公华顿时明白了，心里一阵痛，他本来要说农技站技术员给他汇报的问题的，看来现来已经没有必要了。

　　谭公华不知该怎么劝杜占三两口子，对于一个农民，把仅有的家底孤注一掷，换来的却是倾家荡产，这无异于一场灾难，灭顶之灾！

　　没几天，谭公华就听说，杜占三卷着铺盖去南方打工了。留下老婆、孩子，还有个上炕都费劲的老娘。临走时，杜占三老婆在屋里号啕大哭：这一屋的老少，你走了，这日子咋过啊！

　　杜占三站屋门口踌躇了半天，唉声叹气，最后还是咬咬牙，横下心头也不回地走了。

　　谭公华站在村西口，望着那条路，想着杜占三该是以什么样的心情离开这个村子的呢？突然感觉心里沉沉的，空落落的。

　　旁边，老爷爷仍然坐在那里，还是齁喽齁喽的喘息声，说：大孙子呀！世道变了！谭公华默默点点头：老爷爷，我很想做好这些事，可是，这不是我一个人能改变的，无能为力呀！

　　老爷爷咳了半天，吐了口痰，抹抹嘴才说：这两年，从这里进进出出的人很多，有的走了就没再回来，回来的人就跟我发牢骚，然后回去该干啥还干啥。顺其自然吧！你改不了，让老天去改！早一天晚一天的事！

　　老爷爷的话似乎一语中的，一下子点透了谭公华。这让他想到了前两天开会，商讨村企污染问题，讨论来讨论去，最后还是搁下了。你能改变刘家坞村的污染，但是你改变不了上河村、王埠子村的情况，也改变不了东河的情况。即使你腆着脸央求人家跟你一起治污，人家还怕你耽误他们时间，影响他们赚钱呢！何况你根本改变不了那些小企业。

　　即使你想改变，老百姓也不会同意的！他想起了刘大牙的那句话：集体有收入，个人有钱赚，谁还在乎这些呢？

那天，谭公华跟周保民闲聊，说起这事。周保民说：主任啊，现在老百姓有活干，有钱赚，日子过得比从前滋润，哪个会在意污染不污染？地不能种了，那是集体的地，何况现在有几个种地的？跟老百姓关系大吗？

谭公华摇摇头说：周主任，你可错了，我可是听到，很多百姓对现在乌烟瘴气的小企业、村里的臭水沟、成山的垃圾堆怨声载道的。

周保民笑笑说：怨归怨，可是你看哪个不在这些小企业里干呢？一边吃着人家的，还一边骂娘呢！这很正常嘛！

谭公华低头琢磨着。告别老爷爷。他突然明白了杜占三放弃大棚出去打工的理由了。

路上，谭公华一直在想，如果污染不及时治理，所有的发展都是空话，这是泽被后世的事情，得治！必治得治！

那天晚上，谭公华睡下后，恍惚间发现村西头的那棵大槐树不知什么时候变成了一棵臭椿树，树很高很大，遮天蔽日。谭公华就骂：你要成精啊！臭椿树抖抖身体，整个村子立刻臭气熏天，比硫酸铜液的味还难闻！还噼里啪啦往下掉虫子，虫子到处爬。树底下，老爷爷常坐的那个大磨盘变成了一座坟，老爷爷躺在坟里。旁边有人悠闲地乘凉说笑。谭公华就想：他们不怕臭？大家都不说话，有人戴着口罩捂着鼻子进进出出。有的村民们想要他杀掉这棵臭椿树，可是树根深蒂固，根本动不了，他就用电锯解决，锯很像曹利济的那个锯，可是锯了一天，锯开的地方又长上了。他就盼，盼风盼雨，可是小风根本动摇不了。后来狂风大作，风雨交加，很快一片汪洋，村子里哭声喊声混在风声雨声里，嘈杂着，有的人被洪水冲走了，有的人还在水里挣扎，树上缠着红的、绿的、花的蛇，瞪着小眼瞅你……谭公华急了，一个惊觉醒了，才发现是场梦。

他边擦汗津津的额头边嘀咕：哪来的臭椿树啊？！一拳砸在床沿上，心里暗下决心：我一定要拔掉这棵臭椿树！

那天，谭公华突然想起个事，便去了刘大牙的厂子。墙外还是那几个小孩蹲那里捡铅粒、铅块。想起那天李小四老婆的话，略作思索，便径直进了厂子。

厂子里静悄悄的。来到办公室，见刘大牙正跟几个小工打牌，谭公华便问：不忙了？几个小工忙扔下扑克出去了，刘大牙站起身，说：休炉的，炼铅炉漏气。

两个人闲扯了半天，谭公华才问：拉布、狗剩怎么样？

说到他俩，刘大牙一肚子委屈，便跟谭公华倒苦水：哎哟，我的主任，这两个三天打鱼两天晒网的，我说两句，他俩就拿你压人！回家我还得挨那娘们挤对！真是苦了我呀！

给他们发工资没？

哎哟，我的主任哎，他们这才干几天啊！再说，我现在哪有钱发工资？都揭不开锅了。刘大牙诉起苦来。

谭公华想到拉布和狗剩梳得跟狗舔似的头，还有那时髦的灯笼裤，立刻明白了。

临走时，谭公华说：别让那几个小孩整天蹲那里！什么情况你知道！还得为下一代着想。

刘大牙哭丧着脸：咱不敢说呀！李小四家的那天在厂子门口拽着孩子，指桑骂槐地嗷号了半天，亏的没遇上俺家的，两个泼妇要是闹起来，还不得翻天啊！

五

这天，谭公华去了趟曹利济的化铅厂。他先在院子里转了转，见杀树的大锯还撂在那里，跟一个工人说：叫你们厂长来。

不到一分钟，曹利济出现在他面前。谭公华问：忙啥的？曹利济说：报社正在采访的，他们开办一个专题，采访咱们敕水县的一些知名企业。

谭公华冷冷一笑：你也成了知名企业？指指那台电锯，说：哪天我用用，杀棵树！曹利济说：谭主任也要杀树？要我说，杀树不如连根拔起！

谭公华会意地点点头：还是你小子聪明！走，上屋看看去。

进了屋，谭公华见一个小伙子正坐在那里写。曹利济说：这是敕水报社的陈亚记者，又给陈亚介绍了谭公华。陈亚一听是村主任，忙说：刚才还和曹老板聊起，曹老板也为村民们的整体收入作了贡献，都是村里支持啊！谭公华冷笑道：先让一部分人富起来嘛！

陈亚说：是是。这不，我们敕水报社正在开办"敕水名企行"专版，通过采访敕水县的一些先富起来的企业家的成长经历，见证敕水县改革开放以来的发展，具有历史意义。特别是近几年，各村各乡镇的特色小企业的发展，不仅带动了当地经济，改变了经济格局，还增加了农民的收入，使农村经济向前迈进了一大步。日后，我们还要结集成册《敕水名企录——见证敕水的成长》。

曹利济说：其实这几年，我一直在想这事。说着，摆摆手：我并不是为自己有多大能耐说话，而是想表达下一个人奋斗的历程。前几天我看电视剧《男儿女儿好看时》，上面说着江汉平原那些奋斗的人们，还有浙江义乌小商品市场、临沂西郊大棚底的发展，我们应该向他们学习呀！说着，大家都坐下来。

谭公华没接曹利济的话，而是直接抛出了自己的观点：陈记者，咱们救水最近几年大发展是不错，但是也出现了不少问题，比如环境严重污染、自然资源过度开发，农村经济发展秩序混乱等，这个你们得考虑一下啊！

主任，这不是我们的活动内容，但您的意见我会向领导反映，可以开个这样的专题。陈亚微微一笑。

曹利济没想到他会提出这个问题，他瞄了眼谭公华。

谭公华点点头，问：附近几个厂子都采访？

陈亚埋头在那里写，边写边说：只采访曹厂长。说着放下笔，说：那些建厂虽然比较早，但规模都太小，没有特色。曹厂长建厂时间短，做得比较大，肯定有与众不同之处，这是新闻的亮点。

"嗯"，谭公华板着脸，若有所思。

果然没几天，曹利济的报道《利民化铅厂的利民之路》刊登出来了。陈亚去利民化铅厂给曹利济送了二十份样报。曹利济分发给村民和工人们。

顿时，消息像一个煤气罐子突然爆炸，刘家坞村犄角旮旯儿都燃烧着一股子熊熊烈火，曹利济怎么都无法掩住内心的骄傲和嚣张，撇着嘴乜斜着眼跟工人们指手画脚，说：你们都得好好干，现在咱们利民化铅厂可是名企，你们都很光荣的。

当然，晚上回家还要整上一口。纪一艳见他得意忘形的样子，埋怨起来：别光自在，小河的事还得抓紧，啥病都耽误不起的。下个星期，我想带小河到省城去检查下。

小河的病像一根无情的钢针，瞬间扎破了曹利济膨胀的心，可是想到要为小河多赚钱看病，便又觉得更要努力！想趁这个契机大赚一把。便说：为了小河，我要好好赚钱，现在我要趁着这个机会，好好宣传，好好发展。只是看我这手头上这些事儿，要不你带着小河去吧？好老婆！

纪一艳白了他一眼，咳了几声：我知道什么都指望不上你。我和洋洋她妈一块去，她从今年春上也是咳得厉害，在县里、市里几个医院都查了，医生说是肺炎，没啥事，药吃了一大堆，但就是咳得止不住。她想去省城看，上次给我说过，我答应了，正好做个伴。话音落下，又咳了几声。

曹利济忙问：你怎么老是咳啊！一块去看看吧！

嗓子眼里还甜丝丝的。还有，给你说个事，上报纸这事不见得是好事，你得注意点，树大招风。纪一艳边收拾边说。

这事我早就想到了，趁这个机会，我再跑跑那些门子，咱不学他刘大牙抠门抠到家！

纪一艳有些怨气：省着点花，别拼死劳命的，钱都给别人挣了！

知道！纪一艳一唠叨，曹利济就有些烦，还不能表现出来，但这两个字，纪一艳听出来了。她想，老曹这样的人聪明，给他点到为止即可。

这天早上，纪一艳带着小河和洋洋妈收拾完准备去车站。两个大人，一会儿这个咳，一会儿那个咳，此起彼伏，小河默默地跟在后面。

曹利济送她们到村口，她们走了很远，曹利济才转过身来返回，却忽然感觉眼前空荡荡的，才发现老爷爷不在。心里嘀咕起来：这老爷子，今天怎么没来？

那娘俩走了，回来不管什么结果，曹利济在家里该干什么的还要继续做，生活还要继续。

这天，陈亚又来到利民化铅厂，还领来了一个戴着圆圆的厚厚镜片的中年男子，脸圆得像圆规画的。男子不时托托镜片，似乎随时都要掉下来。陈亚给介绍说：曹厂长，这是咱们县里的作家李平老师，专门从事报告文学创作，正符合你的要求。李平稍稍弓腰，冲曹利济点点头，说：也写诗。

陈亚一拍脑门子：对对，著名诗人，最著名的就是那首什么来着……

李平谦虚地笑笑：《东河，我的母亲河》，好多年了。说正事吧！

原来，上次陈亚来送样报时，曹利济就有了个想法，自己这几年的努力，也算是小有成就，在陈亚的激发下，觉得自己够典型，便想出本书，并附上家谱，以示光宗耀祖；也让自己在刘家坞村扬名立威，这样在村里才有存在感，才算扎下根了，不再是别人眼中的倒插门了，便悄悄跟陈亚说了这事。本想一时半会儿不一定有结果，没想到陈亚这小子真办事，几天工夫就请来了作家。

曹利济忙站起身伸过手去，热情地邀李平坐下。三个人坐那里边喝茶边交流了想法，曹利济说：这个集子，除了我给您介绍的内容以外，我还想让您到我老家去看看，毕竟我爷爷小时候从那里出来的，掐指一算也有一百年了，无论走多远，无论走了多么长时间，那里总是祖籍，写一写也算是寻根吧！

说到寻根，李平托了托眼镜，滔滔不绝起来，唾沫星子乱飞：寻根是中华民族的传统文化，清朝著名学者张澍说过：参天之木，必有其根；怀山之水，必有其源，是谓寻根。曹厂长很懂我们中国的文化，看得出也很有文化底蕴。您的生意做得这么好这么大，光宗耀祖，势在必行。相信我，绝对能把这份材料写好。

出家谱集子的事搞定了，陈亚看到曹利济很满意，便顿了顿，说：曹厂长，这次来，还有个重要任务，领导硬派的，没办法。年底了，我们报社想开展一个公益活动，就是为救水县梨花乡寨子联小的贫困儿童捐款的事儿，希望您能献点爱心，不用太多。其实，我在想，最近给您的报道，如果再加上这次公益活动，这宣传是持续的，效果肯定是最好的。不仅让百姓看到一个奋发努力的曹厂长，还看到一个富有爱心、社会责任的曹厂长。

曹利济脑子马上转起来，现在正是宣传的重要阶段，陈亚说的是，持续宣传效果是最好的，最好是铺天盖地之势，而且这也要写进集子里。曹利济马上想到了一些企业名家在社会上的地位，不仅是企业自身带来的优势，更多的是社会认可，怎么认可？就要多做一些有社会影响的事儿！

想到这里，曹利济笑起来，说：没问题，公益活动咱们都得支持。小时候咱们也是从穷日子里过过来的。知道那个难劲儿，现在有这个机会，做，绝对做！

陈亚没想到曹利济答应得这么爽快！

晚上回到家，曹利济简单整了两个菜，边喝酒边浮想联翩：上报纸，出书，出家谱，参加公益活动，以后还要上电台、电视台……晕晕乎乎的曹利济似乎还看到自己成了救水县的名人，披红挂彩，被人前呼后拥。长长舒了口气，我曹利济他妈的这些年寄人篱下，说我倒插门！让你们狗眼看人低！我曹利济就是能，闪瞎你们的狗眼！说着，一仰脖，一牛眼盅酒下了肚。

夜里起了风，不一会儿，裹挟着豆大的雨点子噼里啪啦地砸下来。曹利济边喝着酒边嘟囔。

六

前两天的一场大雨，村子的怪味仿佛一夜之间消失了，空气清新起来，灰沉沉的天空也明净了，刘家坞村的百姓倒是感觉有些不太适应。

派出所的警车一大早就呼啸着驶出了刘家坞村，后面跟着一大群村民张望着。警报在清晰的空气里传得很远，声音尖锐刺耳，有些像丫头的声音。

曹利济在屋门口竖耳朵听了会儿，便出了家门。街上早已恢复了往常的样子，见谭公华叼着根烟，正在街上来回地踱步，像在想事儿。曹利济忙上去问：刚才什么情况？

谭公华一脸憔悴，叹了口气说：我早看那俩东西得作事儿，前些日子去上河村窜人家里盗窃，让人发现了，有认识的，报了派出所。杜占三家的也少不了是他们作的！天还不亮，派出所的就布下了天罗地网，两个人还做着梦，就给摁被窝里了！咳了一声又说：我和周主任配合派出所抓的。

曹利济恨恨地说：作死！早晚作死！

谭公华说：最近，我眼皮老跳，昨天还做了个不好的梦，这梦很奇怪，前阵子做了一半，昨晚又续上了。还梦到了老爷爷。对了，昨天下午，张小三也被抓走了，你知道吧？

昨天下午？曹利济想不清昨天下午自己在干什么。但是没注意到张小三上没上工，或许休班。曹利济"啊"了声，忙问：怎么回事？

谭公华说：老婆死了，裤裆那玩意憋不住了，半夜三更摸到杜占三家里，把他老婆给"办"了。老娘们什么都不怕，提上裤子就去派出所报了案。

曹利济刚要问，才想起杜占三出去打工了，叹了口气：哎，老杜啊，可怜！这两年，怎么这么多事呀！

谭公华说：一棵树长大了，总是要生虫子的！

曹利济点点头：生了虫子就要打嘛！

谭公华一字一顿地说：对，坚决打！曹利济瞅着他的眼睛，有些害怕。

谭公华瞟了一眼曹利济，说：上面要行动的！

曹利济本来好好的心情，谭公华这么一说，心里一沉，不安起来，侥幸地说：咱守法公民，没事！

谭公华盯着曹利济，盯得曹利济心里发毛。谭公华转过身，背着手，边走边说：保护环境，是发展大计。废水废气处理要搞好！没有的就坚决给我关闭！刘大牙我看早晚得关！躲能躲哪去！

刘大牙的厂子这几天的确没开工，这让曹利济很意外，说：他刘大牙长得像耗子，也是耗子胆！

曹利济突然感觉他最近消停了不少，特别是他那个泼妇老婆。按说那么闹腾的人，不该这么安静。

曹利济走后，谭公华手插裤兜里，叼着烟卷看着天，他想到了老爷爷说的"让老天去改"，不知怎的，昨天他梦见老爷爷跟他说，说共产党才是天，政府才是天，是老百姓的天。

谭公华突然下决心，要去趟县城。

回到厂子，曹利济看着几个工人扎堆在那里窃窃私语，八卦拉布几个人的事儿，便吓了一声：干活去！那几个便都散开了。

曹利济坐办公室里，脑子一片混乱。感觉前两天设想好的计划，怎么突然在今早上有些迷茫了，是让早上的事搅乱了？还是其他？曹利济一时连自己也厘不清了。

正琢磨着，作家李平推门进来，曹利济想到"寻根"的事情，心情一下子明朗起来，忙站起身，笑脸相迎：啊！李老师来啦！

李平走上前，坐下来：曹厂长，我和陈亚去了趟你老家。

曹利济边冲茶边点着头。李平在那里犹豫起来。曹利济涴了第一壶水，见李平不说话了，边冲水边问：怎么了，李老师？

李平这才说：我们询问了村里的庄邻，老辈的人大多都去世了，都不知道您家爷爷。你想想，八九十年了，连记忆都没有了。曹利济拿着壶的手蓦地停住了，放下壶，靠在椅子上，感觉有一块大石头突然堵在了心口窝。

李平忙劝道：曹厂长，咱们可以从你现在的企业发展的角度写，更具有时代性。放心，一定能写好的！

曹利济默默地点点头。他站起身，走到窗前，看着外面的天，天空很蓝，白云一疙瘩一疙瘩地堆着，塞满了天，可自己心里为什么突然这么空呢？

想到这里，曹利济便想到找老爷爷，让他答疑解惑。可是，他来到村西的大槐树底下，磨盘上还是空空如也，一阵凉飕飕的小风卷着枯草黄叶，吹着树枝子瑟瑟发抖，像哭诉，像呜咽。

曹利济顿时犹如掉进万丈深渊，竟然觉得有些恍惚。

老婆带小河去省城有四五天了，那天老爷爷就没在。就是说，至少有四五天没见老爷爷了。曹利济心里突然不安起来，按说这时候他应该去看老爷爷，却鬼使神差地朝大队部跑。

到了大队部，见到勤务员小谢，曹利济忙问，小谢说：谭主任去了县里，着急心慌的，也没说什么事！

曹利济的心一下子吊起来，他才想起来，前两天谭公华的情绪就不对劲，很明显，忧心忡忡的。

空落落地往回走，竟把看老爷爷的事忘得一干二净！

第二天，谭公华才从县城回来。曹利济忙去找，原本热情有加的谭大主任突然变得异常冷漠，怎么都不愿见他。

接二连三的事儿，让曹利济突然有种山雨欲来风满楼的紧迫感。

可是，曹利济绝对没想到来得这么快。谭公华给说完那话的第三天下午，工商、公安、环保多部门联合执法，如天兵天将一般，呼啦一下子就站在了利民化铅厂里，黑压压的一片。曹利济根本没反应过来——沉淀池的废水正顺着暗管汩汩向外淌呢！

环保局拍照、取样取证，实地测量……被抓现行，曹利济顿时瘫在了那里。

警车忽地一下蹿出去了，带着曹利济往派出所去，一帮子人在后面追着。渐渐地，扬尘里显出他们的人影，有的木棍似的戳在那里，有的喘着粗气，远远地望着警车，急得捶胸顿足，好像很想要去救下警车里的曹利济，却又因束手无策而懊悔不已。有几个就日娘捣老子地骂起来。

曹利济透过警车的铁栅栏，外面是如血的残阳和渐行渐远的刘家坞村，天地一片血色。

利民化铅厂被查封了。厂里冷冷清清，待建的厂房材料堆在那里，倒像是一堆废墟。

一整天了，曹利济在派出所留置室里等待环保部门的审查。窗外，一轮明月升了起来，照得大地一片通透，窗外的世界好像空旷了许多。不知道老婆和儿子回来没有？曹利济心里顿时感到一阵阵孤独无助的绝望。

当然，想到这个处境，更多的是怒火中烧的愤懑。

昨天，警车带他出村时，曹利济本不想看这个村子，却又止不住抬起头，不知这一去是什么结果，他又想看看老婆和儿子是否回来。抬起头却发现，刘大牙和鲍彩花站路边正冲他笑，那笑里分明是得意，是幸灾乐祸，甚至看到鲍彩花得意得要跳起来。他立刻明白了，肯定是他狗日的刘大牙举报的。怪不得这阵子你狗日的这么老实！

然而，曹利济很快就泄了气。他突然发现：刘大牙今天的举报手法和当时自己举报他的路子竟如出一辙。这家伙学得真快！曹利济狠狠地朝墙上捶了一拳。

鲍彩花骂我！我愤怒，可这不就是现实吗？也不是我对鲍彩花的咒骂没反应，只能听而不见，一个人不义能怪别人对他不仁吗？！曹利济叹了口气，仰望着天花板：一报还一报，这或许就是冥冥之中的报应吧！

可是，你举报我，我举报你，有意思吗？何况那些受到伤害的乡亲们与自己和小河的病真有关系吗？老曹啊老曹，你干的可真是断子绝孙的事儿啊，你狗日的真不是东西！

领导，我交代。憔悴的曹利济，两眼空洞洞地望着值班民警。

……

第二天，警车嘶鸣着刺耳的警报，再次冲进刘家坞村，带走了刘大牙。鲍彩花先是在家门口与警察撕扯了半天，后来追到街上，戳着警车的背影，蹦着高，唾沫星子满天飞地骂了大半天。村民们又一次看到她在村中心街上的"表演"。

谭公华站在大队部门口，望着警车远去，心里泛起一股子说不出的滋味，默默地说道，对不起了，如果我不痛下狠心，这青山绿水早晚毁在咱们自己手里，我还得为刘家坞村的明天考虑……

当天夜里，谭公华又梦见前两天梦里的情景：狂风肆虐，雷雨交加，他提着电锯远远地望着村西头的那棵臭椿树，先是被大风吹得左摇右晃，最后竟然连根拔起，落了一地残枝败叶。雨停了，风还呼呼地扯着，吹得地上、天上干干净净。

风停了，村西的坟头上飘落老爷爷的诊断证明书：肺癌晚期。谭公华仿佛听见坟墓里老爷爷的咳嗽声，"咳……咳……"响在空洞悠长的夜里……

2018 年 12 月于南府梅园

歧　途

猎艳

搬进最后一箱子货，红杏一把扯下围裙，朝身上狠狠地扑打了两下，仿佛在跟谁撒气。她走出仓库，抬头看着对面四楼自己的家，脸上现出一丝轻蔑的笑：哼！在你眼皮子底下，我看你陈亚还有什么不放心！

红杏转过身，跟吴隶说：走吧。

吴隶脸上挂着一股子说不出的窘色，蚊子似的"嗯"了声，忙钻进车，关上门子，手却哆嗦起来，他等待红杏锁仓库门的空当儿，打着火，小心翼翼地歪着头瞅了眼红杏的家。吴隶总觉得楼上有双锥子似的眼睛盯着他和红杏。

红杏上了车，吴隶焦虑起来：英子，我觉得还是不妥。

红杏"嘁"了声，说：有什么不妥？这样我才方便呢，省得来来回回跑。

可是……吴隶悄悄指指红杏家，说：我们不方便了啊！

你就光想着那些骚事了！不知道灯下黑吗！开车！

红杏不让多想，可吴隶明知这是"此地无银三百两"，思前想后，心里还是十五个水桶——七上八下的。

城市的夜幕从天上往下拉，还没拉到地上，便被汹涌的灯红酒绿和车水马龙的喧嚣淹没了。

屋里没开灯，很静。夜的黑仿佛无边无际的孤独把陈亚紧紧裹住，陈亚有些窒息。他拎着一罐啤酒站在北书房的窗边，一边朝肚子里猛灌一边狠狠地盯着楼下。

红杏和那个男人正进进出出卸货。

上午，红杏说厂家发货来了，他们要等到交警下了班才敢去物流市场接。陈亚知道，每次接货卸货，自己看到红杏与那个男人朝进暮出，心如油炸一般，煎熬、焦虑、愤怒，可又无可奈何。他盼着他们赶快卸完货，早早收工，各回各家，吊着的心才能落下来，才算踏实。

那个男人，陈亚是记得的。两个月前的一天，红杏在厨房炒菜时接了个电话，不一会儿，一个男人就上了楼。一进门，红杏就迎上去，邀他坐下并给陈亚介绍。他叫吴隶，是红杏的同学。陈亚热情相邀，吴隶朝他笑笑。陈亚见他的脸像蒙了一层死皮，那笑就像藏在皮下。

吴隶在沙发上如坐针毡，几分钟便起身告辞下了楼。不一会儿，红杏摘了围裙匆匆忙忙跟了下去。

后来，陈亚又与吴隶见了几次面，渐渐对他有了些印象：四十露头，瘦高个儿，半秃的头，两个眼珠儿向外凸着，好像有双钩子从眼里伸出来，他穿金戴银，油头粉面。就这几次，陈亚便对他产生了很不好的感觉，他提醒红杏：直觉告诉我，吴隶这个人不可靠，你最好少跟他接触！

红杏瞪他一眼：什么意思？我们可只是生意上的合作伙伴。

陈亚说：光有钱有什么用，还得看人品。

红杏脸上滑过一丝鄙夷的笑，反问：你人品好，你有钱吗？

见红杏又揭挑自己，陈亚白了她一眼：你随便吧！

红杏"哼"了声，便去了。

两罐啤酒灌了下去，看到红杏和吴隶似乎也忙完了，红杏锁了仓库门。陈亚的心顶到了嗓子眼，他屏住呼吸死死盯着，却看到他们都上了车，陈亚把易拉罐捏了个扁。过了几分钟，车子发动了，红杏并没下车，他们又一起走了。

陈亚咬着牙，胳膊在空中抢了个圆，"嗖"地一下，易拉罐狠狠地飞到了墙角。

洋洋从隔壁书房悄悄走过来，怯生生的小眼睛瞅了半天，才胆怯地问：爸爸？

陈亚无奈地搓了把脸，看了眼洋洋说：没事。洋洋，你在家写作业，我去趟办公室。

看到陈亚铁青的脸，洋洋弱弱地"噢"了声，便轻手轻脚地回了书房。

陈亚没去办公室，他顶着萧疏的秋风，顺着沂蒙路向北，踏着城市喧闹的夜色走，一直走，走累了，就坐在花池边歇会儿。看着来来往往的人群，无论是本地的，还是从乡下或其他城市来到这里的人，都是忙忙碌碌，整日奔波。这些人中肯定有人为了果腹，有人为了填充情感的空虚，也有人为了寻欢作乐，更有人为了追求刺激；有人奋斗，有人安逸，有人焦躁……才组成了这个繁华缤纷的城市。

陈亚苦苦一笑：自己属于哪一种呢？红杏又属于哪一种呢？

陈亚在大街上无头苍蝇般瞎逛了一圈后，去了办公室。

他不想回家，特别不想回。他见到红杏半夜而归的情景，甚至有时还能看到红杏脸上闪烁着躁动的潮红，陈亚就焦躁不安。

办公室里，陈亚在网上游逛着，这个让他既爱又恨的东西，使陈亚痛苦不堪。一年前，他教会了红杏上网，没想到红杏整日在网上寻找本市的网友，加了好友便火热地聊一阵子，聊久了淡了，便再去搜索新的。前些日子，陈亚才想到，吴隶根本就不是她的同学。那是红杏不经意间说漏了嘴，她说吴隶家就是市区的，而红杏娘家在农村，她又没在城里上过学，怎么可能是同学呢？想到红杏对他一本正经地撒谎，陈亚禁不住狠狠地骂了句：操！

已是晚上十一点，整栋大楼如黑洞一般，静得有些可怕，在暗黑的深处时不时发出一两声奇怪的声音。陈亚关了电脑，站到窗前俯视着这个城市的夜，马路上来来往往的车流划着一道道红黄交织的线条，各色的灯点缀其间。

进了电梯，电机运行的声音塞满了陈亚的两耳。出了办公大楼，耳朵里似乎一下子又钻进千万种声音，陈亚置身于这些喧嚣里，突然一种莫名的孤独铺天盖地地袭来。他裹了裹衣服，心里的酸楚一下子涌到鼻子里，有些想哭。

路上，陈亚突然想起了前几天的初中同学聚会，见到了离别二十年的同学蓝梅。心里喊道：蓝梅啊，你知道我心里有多苦吗？

一想到蓝梅，陈亚想大哭一场，心里又多了一股子无法言说的委屈。他掏了手机，翻出蓝梅的电话号码，盯了半天，可他不忍心打扰她的生活，终究还是没有拨出去，泪水却哗地一下涌出了眼眶子。

陈亚流着泪，一边走，一边痛苦地哼着《同桌的你》《如果》……

到了楼下，陈亚仰头望着深邃的夜空，叹了口气，朝楼上走去。

楼道依旧黑洞洞的。这些年来，陈亚熟悉了这个城市喧闹的夜、漆黑的楼道和午夜的家，那是一种安详和回归，那是自己每次赶稿或校对结束后的感受；而今夜，自己却像被吞噬在了这无边无际的黑夜里，无处逃遁，无处安身。

开了门，冷清和黑暗又一次迎面袭来。陈亚透过卧室和客厅之间的窗户倏地看到卧室的天花板划过一团微弱的光亮，他悄悄走到卧室门口瞅过去，红杏和洋洋正一人一头熟睡着。

陈亚忽然发现，红杏的枕头底下亮着光，很明显，那是手机发出的。陈亚钉在那儿，枕头底下的光亮忽地熄灭了，他才转身去了小卧室，一下子撂在床上，顿时觉得天旋地转。

听到小卧室没有了声音，红杏悄悄拿出手机，连忙给吴隶回了信息：刚才他回来了。吴隶回复：没事吧？

红杏没再回复。

第二天早上，吴隶一进办公室就着急忙慌地摸起电话，又平静下呼吸，给红杏打过去：今天我跟你一块跑市场。

红杏答非所问：说吧，我自己在家。

吴隶忙问：昨晚怎么回事，没事吧？

红杏边嚼东西边说：他不知死哪去了，我到家一二十分钟了，他才回来。差点让他发现了。

吴隶说：那么晚？那你得小心点儿，手机短信要随时删除。

红杏"嘁"了声：不用你教！管好你自己吧！

吴隶嘿嘿一笑：今天晚上不陪你了，小华过生日。

红杏一声冷笑：还是你儿子好啊，去你的吧！

下午收了工，红杏特意去了醇阳蛋糕房，又给吴隶打电话：我给小华订个蛋糕，你捎回去吧，我就不过去了，你们三口子好好过！

吴隶笑道：我怎么听着这话醋溜溜的？

红杏说：醋你个头，我是真心的。回头我还想见见这孩子呢，还有嫂夫人。这么长时间了，也得见见了，省得嫂夫人不放心，说你在外拈花惹草。

吴隶嘿嘿一笑：哪有，就你这一朵呢。

红杏说：别扯淡了，我在开阳路醇阳蛋糕房等着你。

吴隶急急火火地来拿了蛋糕，满心感激看着红杏，却说不出话来。红杏瞪他一眼：赶快滚吧！吴隶答应着匆匆而去。

红杏看着吴隶远去的背影，心中顿时生出了许多落寞。

一阵秋风刮过，红杏觉得有些凉，她裹了裹衣服，给吴隶发了条短信：你走了，留下孤独的我。因为爱你，所以我也爱你的孩子。

吴隶马上回复：那我老婆呢？

信息一发出，吴隶脑袋"轰"的一声，后悔得捶胸顿足，忐忑不安地等着红杏的回复。正在郁闷，见红杏发来四个字儿：滚你妈的！！

瞬间，吴隶出了一身的冷汗，他一下子印证了自己的感觉，意识到刚才错发的是一条相当致命的短信！

整晚上，吴隶都忐忑不安。临睡前，他才收到红杏的短信：谁是你老婆？

　　吴隶一阵窃喜，连忙删了，这才安稳地睡觉。

　　吴隶没回复，红杏就三天不和他联系。吴隶再打电话时，红杏也不接，短信更不回，急得吴隶抓耳挠腮。

　　红杏本想吊吊吴隶的"胃口"，却没想到不与吴隶联系的这几天，自己却烦躁得狠，回到家就摔摔打打、骂骂咧咧，吓得洋洋不敢出声。陈亚憋不住了，放下笔，皱着眉头走到客厅，问：怎么回事？谁惹你了？在外面不顺心，就朝家里发泄？！

　　一句话却是烈火上浇油，红杏又嚷道：我天天这么累，你看不见吗！

　　陈亚说：就你累！别人都闲着吗？

　　我就看你天天坐办公室里养×晒蛋的，你累什么？红杏反驳道。

　　陈亚轻轻一笑：你哪里知道我脑累心累。你累，你自己选择干那个行当，就别有怨言。

　　红杏哭起来：我有怨言还不能发了吗！早晚憋死我吗？这日子真是法过了！！

　　陈亚说：谁家日子一帆风顺，不要有什么事就拿这个说。

　　红杏拿起沙发抱枕就摔出去：那怎么说？话都不让说，这日子还真没法过了吗？不能过就离婚！

　　"离婚"两个字，是每次吵架红杏挂在嘴边上的词。起初，陈亚只当一句戏言，后来听多了，便不把离婚当成什么大事了，再后来，也开始担忧起自己的这种婚姻状态，甚至真考虑离婚这事儿了。

　　两个人你一言我一语地吵，洋洋在北书房边写作业边抹眼泪儿。

这天傍晚，吴隶、红杏正在仓库卸货。陈亚下班回来，见吴隶十分卖力，又瞅一眼红杏，从鼻息里轻轻"哼"了声。红杏见到他，喊道：一会儿叫洋洋下来，我们领着出去吃饭。

陈亚瞟了眼红杏，没吱声，返身朝楼上走。红杏又喊：你听见了吗？

陈亚依旧没理她，红杏瞪着他的背影骂了句：奶奶的，什么玩意！

吴隶、红杏带着洋洋去吴隶家附近的北关快餐店。路上，红杏说：你给嫂子打电话，带着小华一块去吧。

吴隶边开车边说：早知这样，叫陈亚一块来呀！

红杏骂了一句：神经病！

吴隶不知红杏骂自己还是骂陈亚，没敢再问，拿起手机给绿珠打去电话。

绿珠接完电话，收拾打扮一番，便领着小华步行去了北关快餐店。

见了面，吴隶给绿珠和红杏相互介绍，红杏很大方地与绿珠握手，倒是绿珠有些拘谨，笑道：小周，得感谢你前几天为小华买的生日蛋糕。

红杏说：嫂子客气了不是，吴大哥整天为生意的事情忙，这点儿事说不着啊！

吴隶安排他们坐下。上了菜饭后，洋洋和小华一阵风卷残云，吃饱了在一边玩耍，因是第一次见，年龄又相仿，两个孩子玩得嘻嘻哈哈，好不快乐。三个大人则坐在桌前谈笑风生。

说起生意合作的事情，红杏说：嫂子，得空领着小华到我们的仓库看看，也了解咱们这生意做得怎么样，也得知道吴大哥在外面多辛苦，家里的、单位的，还有咱这生意上的都要照顾到。

　　绿珠看着吴隶，点点头示意。她问红杏：你对象干什么工作的？

　　红杏说：他在报社，一个小记者。

　　绿珠点点头道：今天怎么没叫他一起来啊。

　　红杏笑笑说：嫂子，你不知道记者嘛，天天出去采访，回来写稿，忙着呢！

　　绿珠微微一笑，"嗯"声应道。

　　两个女人谈得有来有去，吴隶在一旁是提心吊胆，越坐越觉尴尬。

　　买完单，吴隶跟绿珠说：你们先回家，我把她娘俩送回去。外面风大，你们慢点。

　　绿珠便领着小华散着步朝家走。

　　吴隶将红杏娘俩送到楼下，红杏说：洋洋你先上去吧。洋洋乖乖地下了车，上楼。

　　见洋洋的身影刚从楼道里消失，红杏一把抓住吴隶的手：你对他们挺关心的啊，还"风大，你们慢点"，哼！

　　吴隶说：不就叮嘱句话嘛！

　　红杏说：嗽！今晚上，我看你老婆要吃醋了。

　　吴隶嘿嘿一笑，说：她不懂。以前过节给她买枝花，她都不冷不热的。

　　红杏撒起娇来：不行！你得给我买花。说着上前就抱住吴隶。

　　吴隶连忙推开，指指上面：你也太大胆了！

　　红杏松开手，起身将将头发，不屑一顾：管他呢！

吴隶说：快上去吧，以后时间还不多的是嘛。

红杏极不情愿地下了车，目送着吴隶驶出小区。返身上楼时遇见陈亚正往下走。红杏一慌，忙问：你下来干什么？

陈亚追问：洋洋上去这半天了，你们干什么的？

红杏说：对了下今天的账。说着就朝楼上去。

回到家，陈亚又问：有什么账，白天算不完，这会儿工夫还忙活！

红杏不觉来气，吵道：两个人都投了资的，一天进进出出这么多货和款，不算能行吗？我知道你心里想什么，别小人之心度君子之量。再说了，不忙活吃什么？就凭你那点屁工资，吃屎都赶不上热的！

陈亚明知拗不过红杏的倔脾气，自己微薄的收入的确寒酸，也不想与她再吵，便钻进书房练字去了。

红杏瞥了眼陈亚，冷笑两声，哼着歌去了卫生间。

吴隶回到家，见绿珠正在客厅埋头绣十字绣，电视开着也不看，也不理吴隶。

吴隶停顿了一会儿，才说：平时不见你动那玩意儿，今晚上这么有雅兴啊？接着又说：没想到这时候了，竟然还堵车。

绿珠依旧在绣，边绣边说：那你开车慢点儿。声音有些阴沉。

说着，小华走过来，问绿珠：妈妈，你不是说心情不好的时候才绣十字绣吗？

绿珠这才抬起头，抚摸着小华的小脑袋，笑了笑：哪有啊，心情好才绣呢！

吴隶浑身不自在了，脸上有些热：你们娘俩啊！

绿珠没理他。吴隶便去了卫生间。

晚上,两个人躺下,绿珠抱住吴隶,吴隶撑撑胳膊挡住,说:一天怪累的,我想早歇歇。

绿珠便软了下来,翻过身去,泪水不一会儿就打湿了枕巾。

窗外,满天的乌云遮住了明月,绿珠瞅着,怎么也睡不着。

红杏说完了那句话,便没有了下文,倒是急得绿珠问吴隶:那天吃饭时,小周不是说要让我去看看你们的仓库吗?

吴隶忙说:是啊,哪天你得空,我带你去看看。

绿珠笑笑说:真是的,我哪天没空?明天周六,小华正好不上学,一块去看看。

吴隶说:行。

后来,吴隶便与红杏打了电话:你那天说一句,绿珠还当真了,周六下午真要去仓库看看。

红杏微微一笑,说:这还有假,那就星期六下午吧,卸货时你给嫂子打电话。

周六下午,红杏特意剁了一袋子排骨,跟陈亚打电话说:下午你早回来,给洋洋炖排骨吃。陈亚应声。

下午,红杏早早地回去了,在仓库里仔细地检查了一圈,这才放心下来。

吴隶下了班,与绿珠打了电话,两个人一人开一辆车朝仓库去了。

到了仓库,吴隶下了车便喊红杏,红杏走出来,一边招呼绿珠一边忙着卸货,还不时地与门旁乘凉的老太太们介绍绿珠,声音很大,生怕她们听不清,弄得绿珠都不好意思了。

半个来小时的工夫,便卸完了货。红杏卸下围裙,扑打着身上，说：嫂子，家去坐坐吧，一块吃晚饭。吴隶、绿珠忙推辞，二人便开车回去了。

红杏看着二人渐渐离去，这才诡谲地朝楼上看了一眼，鼻子里轻轻地"哼"了一声。

每次卸货，陈亚都会站在北阳台上盯上半天，不知为什么，就是担心，想从红杏和吴隶卸货的过程中发现点什么，虽然一直未找到蛛丝马迹，但总感觉哪儿不对劲。

没想到，今天还看到了吴隶的妻子和儿子，陈亚开始有些庆幸：哼哼，现在也有人开始盯你们了！顿时，陈亚觉得自己不再是一个人的战斗了。

看到红杏锁了仓库门，返身朝楼洞走来。陈亚便匆匆地回到厨房，开始炖排骨。

到了家，红杏见陈亚才开始动手做饭，心里的火"噌"地一下蹿上来，嚷起来：我从外面，一天到晚累得要死要活的，回家吃点热乎饭都赶不上，你天天在家里干什么的？

陈亚说：刚写完个稿子。

红杏嚷：写，写，写，天天写那些破稿子，能挣多少钱！我看早晚得喝西北风！

陈亚不想与她吵，依旧在那边忙活。红杏把包摔到一边，一抖腿，鞋子甩到墙旮旯里，嘟嘟囔囔地躺到沙发上，开了电视。

吃饭的空当，红杏跟陈亚说：明天我生日，你准备买什么？声音硬硬的，又像是命令。

陈亚嚼了半天饭，慢腾腾地说：老夫老妻的，花那钱干什么？不如买点肉和鸡蛋，多实惠。

红杏鄙夷地笑笑，摇摇头，不再吱声，闷闷地吃着饭。

陈亚看到红杏红红的眼里浸着泪水，心想：还嫌我挣钱少，还想浪漫！哪能两全其美呢？但是，他突然又觉得自己太过冷漠，便说：行！行！行！要什么？

红杏摇摇头，说：钱你自己留着吧！

陈亚没给红杏买生日礼物，但红杏仍然收到了一束玫瑰花。

那天下了班，陈亚往储藏室里推自行车时，发现箱子上有一束玫瑰花。他拿起来，冷冷地端详了半天——这肯定是谁送的，这么特别的日子里，这么特殊的礼物，用心良苦啊！想着，陈亚就来了气，有心摔到地上踏碎踏烂，却又想保留证据，寻思半日，还是忍下了。

吃晚饭时，一等红杏不回家，二等也不来，陈亚的心里怒火越烧越旺。待洋洋吃完饭，自己便喝起闷酒来，边喝边骂：你就在外面浪吧！！

已是晚上十一点多，马路上依旧车水马龙，霓虹灯跳着绚丽的舞蹈。楼道里漆黑，红杏刻意不发出声响。

红杏删除了吴隶刚发来的短信，甜蜜地向手机"啵"了个飞吻，锁上屏幕。

站到门前，红杏瞥了眼防盗门上黑洞洞的猫眼，便猜出屋里没开灯。她深呼了一口气，投开门，黑暗里一股酒气扑面而来。红杏开了灯，见陈亚斜躺在沙发上，上衣和裤子堆在地板上，茶几上横七竖八地躺着几个空啤酒瓶，火腿肠衣、辣椒皮、葱根、葱叶满地都是……

红杏的脸顿时阴下来，咬着牙，把包甩到一旁，跑上前抓起陈亚的衣领就吼起来：天天喝，天天醉，这日子还过吧？

陈亚没睡，也没喝醉，他一直等着红杏。没想到红杏回到家却先反打一耙，陈亚睁开眼瞪着红杏，道：过？怎么过？像你这样整天半夜回家？

我是拼命挣钱！男人要是有出息，我还能累成这样？

你很忙，天天忙到很晚，忙着做生意，忙着谈情说爱。过生日收的花呢？怎么不拿上来！说着，陈亚哈哈大笑起来。

那是我在路上捡的！红杏说。

捡的？陈亚没想到红杏这么说，这个情况也是他没想到的。但陈亚依旧不愿相信，便说：今天鲜花满天飞吗？就你能，还捡花！你再去捡一把我看看！

不信拉倒。红杏一甩脸子，回到卧室，"咣当"一声，索性关了卧室门，上了插销。

陈亚虽不爱浪漫，可在这特别的日子里发生这样的事情，还是让他疼痛万分。这"咣当"声，让陈亚又想到了"绝情"这两个字。

八年前，陈亚的文章常在当时红极一时的"蒙山夜话"节目播出，引得很多慕名者的来信，红杏是其中之一。陈亚属于内敛型的，不会主动与人联系，红杏的信件来得快，内容火热，与陈亚谈从农村出来打工的艰辛、聊生活的苦闷等等，慢慢地博得了陈亚的同情，二人很聊得来。后来发展成恋人关系，谈了五年。五年里，红杏经常使出千金小姐的任性，三天两头说分手，惹得陈亚常说红杏是一杯烈酒，让他喜爱又让他头疼。可最后一次，红杏哭着喊着说分手，早已习惯的陈亚并没有当回事，结果红杏一去不复返，两年音信皆无。那时还没有手机、呼机，联系除了固定电话就是信件。陈亚找不到红杏，心也渐如死灰，甚至痛恨红杏的绝情。

　　当最后一丝火星快要熄灭时，红杏又突然出现在陈亚面前，她痛哭流涕地诉说这两年过得有多惨，再想回到从前等等的话。几句软话，又让陈亚心软了，回想着从前，又重新接受了她。

　　可没想到的是，就在新婚前夕，二人初试云雨，陈亚却发现红杏已不是处女之身。陈亚问是怎么回事？红杏又一把鼻涕一把泪地抓着陈亚解释：那是在人民公园门口和弟弟开花店时，晚上住在店里看铺子，被人窜进店里强暴了，当时都有死的心，如果你不接受我，我只能去死了。

　　陈亚悲恨之极，不想因此而让一个人堕落，又念及旧情，无奈之下接受了红杏。

　　结婚后，陈亚偶尔想到这事，竟感觉像肚子里吞进一只绿头大苍蝇。他悄悄找人打听过，那几年，在公园门旁所开的花店里，根本就没有红杏或周红英这个人。

　　难不成是在别的地方开花店？

　　后来，陈亚在红杏娘家与小舅子周超喝酒，故意说起开花店一事，周超醉眼蒙眬地说：哪开过什么花店！

　　陈亚又说：就是公园门旁，你忘了，瞧你这记性。

　　周超醉眼迷蒙：在哪里都没开过，你听谁胡说八道的。倒是那年，我在那里的一个花店里采了朵花！说完，淫邪地笑笑。

　　陈亚才算明白，红杏把弟弟做的事安在她身上，为自己的失身编造了一个让人怜悯的故事。

　　只是如今木已成舟。婚后的生活，红杏依旧没改掉她任性、倔强的脾气，常常为一些小事琐事，两句不和便与陈亚吵起来，她总想在势头上压制住陈亚，陈亚不想在孩子面前吵闹，便不理会她或者躲着，越是这样，红杏的火便蹿得更旺，歇斯底里地喊叫，甚至一甩手就喊：不想过就离婚！！

离婚喊了很多年，而今面对"离婚"这两个字，让陈亚感觉到前所未有的真实、恐惧和绝望，也感觉到红杏的绝情，难道这个红杏还真要二进二出吗？

暗流涌动

红杏似乎越来越忙，回到家一身疲惫，便躺在沙发上。陈亚见了，放下手里的稿子就去做饭，红杏又嫌陈亚做饭做晚了，喋喋不休。陈亚就阴着脸不说话，红杏吃着饭也是没完没了，陈亚急了就反驳一句，换来的却是红杏暴风骤雨的谩骂和埋怨。

陈亚被逼急了，便出去走走，或到办公室写稿子。甚至最近一段时间，他感到一回家，心便忐忑不安，吵吵闹闹的日子把陈亚挤在崩溃的边缘。

那晚，陈亚看到他们卸完货后又开车一起走了。陈亚心里难受得像千万只虫子在噬咬，他知道若这样一直下去，这婚姻早晚会走到尽头的。他觉得胸口有一股气憋得难受，却怎么也发不出来。

陈亚给洋洋做好饭，自己喝了些闷酒，觉得很苦。

家里还是一片漆黑，窗外的霓虹灯光射进来，炫目迷离的灯光在地板上跳跃着，整个屋子更加寂静。墙上的"幸福"牌挂钟是结婚时买的，除了电池用尽外就没停过，此时，指针已指向晚上九点。

陈亚扶着餐桌站起来，抹了把泪，将外套的拉链拉到颌下，手揣兜里下楼。他急于想找蓝梅倾诉自己的苦闷。

醉醺醺的陈亚下了楼。秋夜有些冷，陈亚缩了缩脖，打了个冷战，狠狠地骂了句：狗日的！

陈亚拨通了蓝梅的电话：梅子，在哪里？这是陈亚第一次这样称呼蓝梅。陈亚声音微颤，一股酸楚哽咽在喉咙里。

那边的蓝梅吓了一跳，急问：怎么了？

陈亚说：我很难受，想见见你。

蓝梅忙说：我这就打烊，去"青春印记"吧。

挂上电话，陈亚溢在眼眶里的泪水一下子涌了出来。

深秋的夜晚，开始冷了。陈亚又一次走在这个城市夜晚的马路上，喧嚣的夜本使陈亚内心更加孤独，可今夜不同。他边走边想着与蓝梅度过的小学和中学时代，那是他人生最美好的一段时光。

此时，陈亚很感激蓝梅：首先是她今晚上陪我陈亚出来，第二，能定在这个让人回忆的地方。

到了"青春印记"216房间，蓝梅已坐在那里等着了，一身简单的装扮依旧是她的风格，只是朴素的麻花辫换成了简洁典雅的马尾辫。

看到陈亚，蓝梅莞尔一笑，圆圆的脸上嵌着的笑容还像二十年前那样让陈亚心动，陈亚不知为什么就喜欢蓝梅的笑。说真的，蓝梅长得并不十分漂亮，但她的眼睛和轻轻上扬的眼角却时刻吸引着陈亚。陈亚喜欢她，可他们的初恋却夭折在父母的百般阻挠之中——因为蓝梅是农村的。其实陈亚蛮喜欢农村人，淳朴憨厚，一颦一笑之间散发着朴实的乡土气息，特别是蓝梅那两根麻花辫子时常搭在胸前，课间调皮时，像在穿着蓝色碎花面褂子的肩上跳舞，活泼的样子、爽朗的笑声让陈亚着迷。

不管上中学时如何充满激情地唱《青苹果乐园》和《爱》，如何在操场上与男女同学疯狂，如何快乐地打雪仗，甚至在每一个元旦前夕羞涩地互赠新年贺卡，但在那个情窦初开的年龄里，毕业时，却是谁都没有说相约再见的勇气。从上小学到初中毕业，蓝梅一直寄宿在城里的亲戚家。毕业后没考上高中，她便回到了乡下的家。

第一次同学聚会是在毕业后的第五年，陈亚因为工作原因没能参加。不知蓝梅通过谁找到了陈亚家开的商店。时隔五年，她还是不敢去陈亚家的店里追求陈亚，她害怕陈亚爸妈那鄙视的眼神，不敢听那尖酸刻薄的话语，她只能远远地看着每天在这里进进出出的陈亚，她心爱的陈亚。

而陈亚经常看着她满面泪水地站在对面朝这边痴痴地张望着，他虽然心里很痛，可一想到爸妈的话，陈亚就没有勇气走过去。

蓝梅的追求持续了一个多月，陈亚隔三岔五地就朝路对面瞅上一眼，看到蓝梅依旧站在马路对面。当那一天看不到蓝梅了，陈亚才意识到蓝梅走了，不知什么时候走的。

从此也没再见到她。

陈亚不知道那一年是蓝梅太痴情还是自己辜负了她。他想蓝梅肯定伤透了心，这一走，竟是十五年，杳无音信。

而陈亚却时常想起她，圆圆的红润的脸蛋，迷人的笑容，两根调皮的麻花辫，朴素的蓝花布褂子……一直萦绕在他脑海里。他爱屋及乌地喜欢上一些《庄稼汉》《梦里的黄土地》《一片痴情四面墙》等农村生活题材的电视剧和歌曲。

怎么了？发什么呆，快坐下。蓝梅的话打断了陈亚的思绪。

陈亚在蓝梅的对面坐下，与她对视，有些紧张。蓝梅见他满脸泪痕，忙问：怎么了？发生什么事情了？

陈亚叹了口气，说：她最近回家经常很晚，与一个男人不清不白。

蓝梅眉头一皱，怎么回事？

顿时，一股强大的痛苦排山倒海地涌上来，陈亚不敢让蓝梅看到他满脸的愁苦，头扭向了一边，声音颤抖着：你不知道，我有多难。便说起了红杏。

今年开春后，她跟一个男人合伙代理了一个副食品，为了扩大生意，那段时间她在外面的时间很长，我能够理解，一个品牌在一个地区要想打开局面，是需要很大的资金和精力去跑市场的，看她天天忙碌的样子，有时我也很心疼。我则尽心尽力地去照顾孩子，能够让她全身心地投入到自己的生意中去。

陈亚完全沉浸在自己悲伤的叙说中，似乎忘记了与蓝梅独处的紧张。

蓝梅点上了一支烟，呛得咳嗽了几声，忙递给陈亚，问：后来呢？

后来，我渐渐觉得，她再忙也不至于半夜才回家啊！有一天晚上，快十一点了，我就在小区门口等，结果等来了那个男人送她，车子在小区门口停了十分钟，她才从车上下来，下了车她看到我，飞快跑进小区。我知道，出问题了！

蓝梅轻声说：是不是你多想了？

陈亚摇摇头：人说女人对男女之间微妙的情感很敏感，我觉得男人也一样，只要你去想了，第六感觉有时很真实的。

蓝梅问：那又怎么样？你又没有真凭实据。

陈亚说：她生意上的事情我从来不问。况且我天天跑外采访写稿子，太忙了，没有闲心跟踪调查，但是我看到他们经常在一起是真实的，我看到她趁我在书房写稿子时偷偷在被窝里和那男人打电话是真实的，她天天神秘地躲藏手机也是真实的，她的 QQ 聊天记录我看到过也是真实的……

他们是怎么认识的？蓝梅问。

陈亚说：上网聊天。唉！还是我教会了她上网。

蓝梅似乎有些惊讶：一男一女在网上认识，并能成为生意上的合作伙伴，关系肯定不一般。后来又怎样了？

一杯啤酒灌下肚。陈亚顿觉透心凉，真爽。

后来，她每次很晚回来，我都觉得她和那个男人在一起，不管工作还是别的事情，我焦躁得无法忍受，想起他们，我心里就有一股烈火在烧，可是又无处发泄，有时对孩子发火，有时借酒浇愁。我心中的苦闷无人诉说，憋在心里难受极了。你不知道我无处发泄时就出去游荡，在这座城市夜晚的马路上，看到别人幸福的样子，心里有多难受！

蓝梅心疼地看着陈亚，嗔怪说：傻瓜，喝酒能解决问题吗？

陈亚说：你不会理解我那种心情，我总感觉醉了会好受一些。可是酒醒了，那种莫名的伤痛又侵来了。

蓝梅叹了口气，说：慢慢解决，或许他们什么事儿都没有，是你多想了。维护好家庭是根本，有个家才会让你温暖，才会在每个晚上有归属感。

陈亚说：不会的，那个家对我来说已经冰凉了。我曾经努力去工作，努力地维护这个家，努力地照顾孩子，可是她依旧和那个男人在一起。陈亚这才抬起头看了眼蓝梅，发现她的眼睛里有一种让他感觉温暖的东西。陈亚心中一跳，连忙躲了出去。

蓝梅接过话：他们是在做生意，不也是为了赚钱养活那个家嘛！

陈亚摇摇头：子非鱼，你体会不到我的心情。当我从她的包里发现那张宾馆房卡时，我疲惫的心就决定放弃她了。

啊！蓝梅惊讶地看着陈亚：竟然这样？水性杨花的女人。那最后你们怎么解决的呢？

陈亚沉思半天：为了孩子，就这样冷战着，一直到现在。

蓝梅嗔怪起来：你怎么跟这样的女人结婚呢？

陈亚无奈了摇摇头：唉，少不更事，谁想到结了婚，她能这样啊！陈亚长长地舒了口气。

蓝梅怜爱地看着陈亚，许久伸出右手说：来。

陈亚有些惊异，茫然地看着蓝梅，左手微微颤抖。

蓝梅点点头，右手向她那边招了招：把你的手伸过来。

陈亚心里竟生出一些感动，他知道蓝梅对于二十年前的那份初恋还是深深埋藏在内心深处的，而在此时似乎要喷发出来。陈亚仿佛一下子回到了那个清纯的年代，想到他们毕业前朦朦胧胧的初恋时光，想到五年后她痴痴等自己的情景。二十年来，岁月的流逝并没有消融当初的情感，蓝梅还一直在乎我。陈亚心想。

今夜，蓝梅在陈亚最悲伤痛苦的时候，伸出温暖的手，陈亚感动不已，满心的委屈、满眼的泪随之翻涌而来。陈亚深情地望着蓝梅说：梅子，谢谢你……

　　蓝梅淡淡一笑：老同学，老情人，说这些就见外了。那笑容里顿时有了一种亲近之感。

　　陈亚心下一颤：老情人，呵，霎时记起了一首久违的歌《情人还是老的好》，特别是在经过世事之后，时过境迁，苦苦追寻的竟还是最初懵懵懂懂的情感。

　　此时，陈亚觉得包间内顿时多了一份爱昧的氛围：蓝梅还是我的恋人，二十年来，不曾改变的初恋。

　　陈亚把手伸过去，搭在蓝梅的右手心里。蓝梅紧紧地攥上。从和蓝梅一起排队走进教室的那天至今，二十八年了，陈亚第一次牵蓝梅的手，虽然不似少女般柔嫩，甚至略显苍老，但是陈亚能感觉到那份温暖和柔软，这让陈亚又看到了青葱时代的蓝梅。

　　陈亚想：我是否应该站起身走到蓝梅身边，如果今晚我走出那一步，会不会发生一些意想不到的事情，是对还是错？还是一直坐在现在的位置，像正常来往一样，同学之间交流？

　　陈亚想起那个女人背着他与那个男人做的事情，他就有些愤怒。顿时，陈亚心中一种强烈的报复心理油然而生。他牵着蓝梅的手，站起身，绕过古朴的木桌，坐到蓝梅身边。蓝梅望着陈亚，微微一笑，向旁边挪了挪。陈亚惊诧地看着她，蓝梅说：距离产生美。陈亚什么也没说，猛地将手从蓝梅手心里抽出来，身子靠在沙发靠背上，仰头看着天花板，不语。

　　两个人沉默了许久，陈亚站起身，整整衣服，还没抬腿走，却被蓝梅一把拉住。陈亚又重新坐在沙发上。这次坐在她身边，两个人的腿紧紧地贴在一起，隔着衣服，陈亚瞬间感受到了她的体温。

　　刚才还好好的，突然怎么了？蓝梅问。

没事，想出去走走。说着，陈亚低下了头。

我开着的店都关了，过来陪你，你好意思把我一个人扔在这里？蓝梅歪着脑袋瞅着陈亚，陈亚从余光里看到，她的样子有些可爱。

陈亚也不看蓝梅，冷冷地"哼"了一声：谢谢。

傻瓜，你真是敏感，我就向这边挪了那么一点，你就神经质了。说着，用拇指和食指比画着两公分的距离。

陈亚想：你比我还敏感，这你都看出来了。看蓝梅这样子，陈亚又感觉自己想多了，两手一拉：哪有那么少，至少五公分！

蓝梅"扑哧"一笑，说：她再怎么坏，你们还有一纸婚约，你还是有家有室的人，我们要保持这个距离，你明白吗？

陈亚说：喊！

蓝梅柔柔地说：等哪天听听我的故事。

陈亚把自己这些年的委屈和痛苦一股脑都倾倒了出来，说完了，心里敞亮了许多。他停了下来，静静地看着眼前的蓝梅。

蓝梅盯着陈亚，许久才说：从上次同学聚会，才几天，你就憔悴了这么多。这日子啊！

陈亚心痛地点点头：实际上比这还惨。唉……或许这就是生活。

蓝梅也沉默了许久，陈亚问：你怎么不说话了？蓝梅才说：是，这就是生活。

陈亚目光游离地望向窗外，说：是的。

蓝梅若有所思：嗯，这就是生活。

秋夜，冷风吹着落叶一路小跑，满目萧疏。陈亚看着蓝梅匆匆远去的背影，心中却比来时更失落。街上的人渐渐少了，而陈亚依旧是一个人独自游走着。

　　此后的一段时间，陈亚与蓝梅频繁来往，除了互诉自己的苦闷，还回忆着美丽的青春时光，他们甚至还曾专门去母校，虽然已看不到当年的影子，但是大格局还没有改变，还能追寻到一丝当年的情景，捕捉到年少时的青涩味道。陈亚还时常回味着当年甜蜜的滋味。几年来，沉闷烦躁的生活让陈亚心如死灰，而现在却感觉找到了幸福，时不时地回忆与蓝梅在一起的美好时光。

　　陈亚也渐渐了解了蓝梅的情况。她的前夫，就是与她一起在夜市练摊的男人刘子，一个市井小混混，前些年干些小工程，挣了点钱，但也折腾差不多了，闲起来的这几年整日与他那些狐朋狗友花天酒地、吃喝嫖赌，还欠了一屁股账，蓝梅受不了，给他提了几次离婚，刘子不离，还往死里揍蓝梅。蓝梅越反抗，他揍得越厉害。蓝梅只得通过法院起诉，刘子不得已同意离婚。离婚后的刘子并不甘心，还隔三岔五去蓝梅的店里闹，有时还到蓝梅居住的小区，遇到蓝梅就软磨硬泡，不是殴打就是骚扰，或者向蓝梅要钱，不给就威胁砸店，折腾得蓝梅痛苦不已。

　　陈亚气愤地砸桌子，说：不行我找人收拾他，混这么多年，黑道白道我都有人，不信治不了他！

　　蓝梅一把拦住：别，咱们不做违法犯罪的事情，天下没有不透风的墙，做坏事总要挨抓的，不管怎样，能在外面有自由，能平安就是最好。

　　陈亚反驳：你这也算平安？这是过的什么日子！天天提心吊胆。要敢于同这种人作斗争，梅子，你太懦弱了。

　　蓝梅一脸无奈，摇摇头：这就是命！

　　什么命！人就活一辈子，不能这样委曲求全地活着，每过完一天，就意味着生命少了一天，如果剩下的日子里不好好地过，生命还有什么意思？！

蓝梅还是摇头，抹了把泪说：你不明白的。

陈亚说：总之，以后快乐地过每一天，不要委屈了自己，别人不疼你，只有自己疼自己。

蓝梅在情感最干涸的时候遇上了陈亚，后来蓝梅说：我再也不会给"二流子"钱了。可是陈亚又担心，这样刘子可能会变本加厉地纠缠蓝梅。

陈亚虽然对蓝梅的生活境况有所了解，可他知道，蓝梅做这个决定需要太大的勇气！

对蓝梅的了解，也让陈亚明白了那晚蓝梅重复自己那句"这就是生活"的含义。陈亚不再为自己不幸的生活而愤懑，而是慢慢爱怜起蓝梅。

谁都能看出来，陈亚最近的情绪不再像以前那样低迷，办公室的大学生小张都笑嘻嘻地问：陈主任，最近好像遇到什么喜事，难不成交桃花运了？

陈亚顿时板下脸，瞪了他一眼：专心干你的活！小张一吐舌头，忙工作去了。

而陈亚心里却是五味杂陈。

逼婚

陈亚最近一段时间早出晚归，红杏也看出来了。

那天晚上，陈亚跟蓝梅喝完茶后回家。到了楼下，他朝楼上瞅瞅，居然还亮着灯。陈亚打开手机，快零点了，心里嘀咕：她怎么还没睡觉？

陈亚立即觉得红杏今晚很有可能还要找他事儿，就在楼下盘算着该怎么说：在单位加班的？如果她去过单位或打过电话，我的谎言当即就会被揭穿，我只能说出去采访了，到哪里？陈亚突然想起了蓝梅所在的乡镇，便自言自语：嗯，对，到下面一个乡镇，采访……采访曹利济吧，曹厂长请吃饭的，这才回来。对，就这么说。

陈亚觉得这个理由比较充分了，便轻轻朝楼上走。边走边寻思：她那么晚回家我从来都没问过，她凭什么要质问我？先想想你自己吧，即使问，我凭什么要告诉你！想到这里，陈亚理直气壮地朝楼上走去。

开门进屋，红杏果然正坐在沙发上。陈亚心里一沉，多少还是有些紧张。

红杏一脸怒气，她指着墙上的"幸福"钟，厉声道：看看几点了，你就天天死外面吧！

自从上次见到蓝梅到现在，半个多月了，不是加班就是跟她在一起，很少在家，但陈亚想着你红杏跟那个男人整天进进出出，反倒增长了志气，怒火又燃烧起来，嚷起来：几点了？天亮还早着呢，你别说我，你想想你自己！

红杏说：不管怎样，希望你好自为之，你的事我也不想管。

陈亚哼哼一笑，心想：只许你放火，就不准我点灯？喊了一声说：我的事你什么时候管过了？我的工作你问过吗？我醉酒回来你照顾过我吗？我为工作身心疲惫、披星戴月地回到家想喝口水都没有，你想过吗？还整天对我吆三喝四的，先管好你自己再说吧。

红杏说：你就这样自私，光想你自己，我在外面受苦受累，你又问过多少？我管好管不好，用不着你操心！

陈亚说：操那个心？我闲得蛋疼！"红杏"——真好的名字，你改了名字，也改不了你的本性。说着，陈亚摇头晃脑地吟起诗：满园春色关不住，一枝红杏红墙来！

红杏是她小名，只有家人和陈亚这么叫，而她真名叫周红英，以前她对外都以"红杏"的名字相称，后来才用真名。自从红杏与那个男人密切来往之后，陈亚就觉得这个名字用在她身上太贴切了。

陈亚正忘情地吟着，没想到红杏却发起泼来，哭号着上来就去抓陈亚，陈亚一闪，躲到了旁边，红杏扑空，一屁股坐到地上，边拍打着地板边嚎叫：你从外面搞"小三"，家不顾，孩子也不管，你还打算过吗！不过就离婚！！

又是"离婚"，陈亚真是听够了，听烦了，听得受不了了。想到这里，陈亚就吼起来：离婚！离婚！天天就你妈了个 × 的离婚，在外面当"破鞋"，回家还他妈说我，你不看看你自己干净吧！陈亚似乎觉得憋在心里的那口气终于爆发出来了。

大约是说到了红杏的痛处，她猛地蹿起来，张着铁青的脸，一手拍着大腿，一手指着陈亚大骂，唾沫星子乱飞，骂一句跺两下脚，跺得楼板咚咚响。

陈亚看到她的样子，觉得很可笑。忙跑到小卧室去，销上门躲起来。红杏跟上去，"咚咚咚"一阵狂敲。陈亚不给开门也不理会，红杏便在门口继续骂……

秋夜很静，秋虫在楼下鸣着，叫得红杏越发烦躁。

红杏缩在被窝委屈地流着泪，她没想到一向懦弱的陈亚竟然跟她反抗了。你陈亚硬，我要比你更硬。这些年来，红杏就是这样把陈亚拿下的。她知道，无论怎么样，陈亚不敢动她一指头，陈亚要动手，我红杏就跟他拼命！

想完了陈亚，红杏又想吴隶。自己在最空虚寂寞的时候和吴隶认识。那时候，经济形势越来越不好，生意也愈发难做，红杏的生意跌进了低谷，陈亚不仅一分钱的忙帮不上，还事事不管不问，红杏心里憋得苦闷，跟郁雯、伊然她们说，她俩对生意一窍不通，跟几个客户又没法说。于是，她便在网上寻找办法，办法没找到，却遇到了吴隶，吴隶在原来的单位上班，工资难发，也是想找点生意做。后来两个人从生意聊到情感，红杏与他聊自己跟陈亚不幸福的生活，又从情感聊到生意，那阵子，二人聊得黏黏糊糊。吴隶也常常安慰她、鼓励她。红杏说：再怎么做，也回天无力了，经济形势就是这样，除非改行，可是改行，哪来那么多钱再投资啊！

吴隶想也没想，脱口而出：我有钱，我可以帮你，咱们合伙做，怎么样？

红杏瞬间感动得稀里哗啦。她感谢吴隶在她最孤独无助的时候伸出了援助之手，她觉得吴隶就是救她于水深火热、大苦大难的神。

后来，二人由网上走到现实，见了面，聊了很多做生意的事情。说到改行，吴隶说：虽然现在什么都难做，但人是要天天吃饭的，民以食为天，还是做饮食业，饮食业里做副食本小利大，绝对赔不了本，二人一拍即合。因吴隶平时还要上班，由红杏具体跑大大小小的门头和小超市，红杏和吴隶便以六四分成的方式合伙做起了副食产品批发配送的生意。

吴隶加入不久，就前前后后地投入了近十万块钱，生意也是急转直上，看到了美好前景的红杏像抓住了一根救命稻草，她知道，这是她最后一次赌，一定要抓住吴隶不放手。如果再输了，自己将什么都没有了。

第二天送完了货，红杏给吴隶打电话：你过来一趟吧。我在好嘉宾馆 304。

吴隶正上着班，忙完手里的活便去了。

一进房间，红杏便扑上去，抱住吴隶就哭起来。吴隶轻轻拍着红杏忙问：怎么了？

红杏不理吴隶，还一个劲儿地哭。吴隶急了，又问：怎么了？光哭不顶事啊，快给我说，咱们一起解决，好吗？

红杏这才松开吴隶，吴隶拉她坐到床上。红杏擦着眼泪说：昨晚上，他回来晚了，我问了两句，他就打我，幸亏我躲得快，不然今天你就见不到我了。

吴隶忙看看这里，瞅瞅那里，问：哪儿有伤？

红杏摇摇头，说：没事的，就是心里难受，找你说说。

吴隶抱起红杏，轻轻拍着她，安慰道：没事的，有我在。红杏委屈地一边点头，一边解吴隶的衣扣……

一番云雨之后，红杏搂着吴隶撒娇：人家今天来，还想给你说个好事。

吴隶眼睛一亮，笑问：什么好事？说来听听。

红杏娇滴滴地说：人家怀孕了。

吴隶一下子坐起来，一脸紧张：什么？怀孕了？

红杏一笑：看你高兴的。

吴隶说：是……是咱的？

红杏的脸顿时由阴转晴，努着小嘴，捶了吴隶一把：你什么意思嘛？人家跟你说过，阿拉两年都没和陈亚同床了，还明知故问！看你急的。

吴隶忙说：我不是急，咱们俩现在都有家有孩子，这样不行，这个孩子咱不能要的。

红杏说：吴隶，我爱你，我会爱你的一切，包括肚子里的这个孩子。你说，我会打掉吗？

吴隶急道：是不假，可现在还不是时候！

红杏一把推开吴隶，话锋一转：这好办啊！我离婚，你也离婚。再说，你那个黄脸婆老婆，一看就是个木头，就知道整天看书写字，也不管你的生活，看把你累成什么样了？你跟她过得不好，我心疼啊！

吴隶无言以对。

吴隶走后，红杏坐在床上，满脸奸诈，自言自语道：等着瞧，我会让那个黄脸婆子离开你的！

过了几天，红杏跟吴隶说：最近也忙，没请嫂夫人吃饭，今晚上一起吃个饭吧。

吴隶说：不用这么客气。

红杏说：不是客气，是真心的。你约约吧！

还是在北关快餐店。

吴隶领着绿珠、小华到了店里，红杏早在那儿等着了。他们打招呼坐下后，绿珠便问红杏：今天还是你自己来的？

红杏说：是啊，嫂子。他忙呢。

绿珠笑笑说：你天天在外跑生意，他还真放心！

红杏说：他有什么不放心的，老夫老妻了。这阵子正吵架呢，都冷战两个多月了。

　　绿珠说：这么长时间可不行，两口子总吵架，对孩子不好。

　　两个人你一言我一语地聊着，吴隶点的菜饭已端上桌，大家边吃边闲聊着。红杏又说了些感谢的话。

　　末了，吴隶买单的工夫，红杏跟绿珠神秘地说：嫂子，告诉你个喜事，我怀孕啦！快两个月啦。说着，瞅瞅小华。

　　绿珠一怔，继而一笑道：那恭喜妹妹啦！生宝宝时，要请我喝喜酒啦！

　　红杏说：那还能缺了嫂子。

　　绿珠说：那就行。说着，朝红杏笑起来。

　　说话间，吴隶回来了，见二人有说有笑，忙问：说什么呢？这么开心。

　　红杏看一眼吴隶没说话。绿珠说：周妹妹说她怀孕了，我正要讨她喜酒喝呢！

　　吴隶心里一沉，尴尬地看着红杏和绿珠。绿珠见状，问：怎么了？呆什么神，结完账了吗？结完咱走！

　　回家的路上，绿珠跟吴隶说：你说这两口子真是奇怪，红杏说他们冷战两个多月了，她居然怀孕了，还不到两个月，她怎么怀的？

　　吴隶哪敢吱声，漫不经心地回了句：我一个大老爷们关心人家那个干什么！

　　绿珠瞥了一眼吴隶，没再说话。

　　红杏回到家，开了灯，见陈亚坐在沙发上，吓了一跳，问道：你跟鬼样，黑咕隆咚地坐那里干什么？

　　陈亚冷笑着，说：没去开房吗？

　　红杏疑惑，问：开什么房？

陈亚扬了扬手里的一张条子，说：好嘉宾馆304房，2人。

红杏突然想起那天的事情，发票竟然落家里了。她有些慌张，忙应道：那是我代理的牌子，厂家的销售来作市场调研的，我不能不管！

陈亚笑笑说：好，你的业务很多也很忙啊，今天好嘉，明天好幸福，还天天换吗？说着，去了小卧室，关起门来。

红杏听他在那屋里又吟起来：满园春色关不住，一枝红杏出墙来。她自知理亏，见陈亚不再追究，便不再理会，洗洗上了床。

第二天早上，过了8点，吴隶就给红杏打去电话，接通了就嗷嗷起来：你什么意思？含沙射影地说怀孕的事？

红杏反问：我什么意思？你快活完了不管我了。我肚子大了，怎么办？现在陈亚不知咱们的事是真是假，一旦看出来，就完了！我正在跟陈亚闹离婚的，你也得快点！

不行，我现在还不能离！吴隶说道。

你不离，我怎么办啊？行，不离行，那我去找绿珠，直接给她挑明。

吴隶急了，说：你就不怕她狗急了跳墙，她可是知道咱们的仓库在哪里，生意不做了？也知道你家，你不想在那小区住了？

她找我？她敢找我吗？她若找我闹，我就告诉她，是他男人勾引我的，我还知道小华在哪里上学！！

真没想到竟然拿小华做威胁！吴隶心里一惊，愣在那里半天没言语。"叭"一声，红杏挂了电话。

吴隶知道红杏的脾气，属爆仗的，一点就响。来硬的肯定不行。

　　吴隶左右为难。这天下了班，约了几个朋友一起喝酒，晚上十点才回家。回到家便吐，绿珠忙去端茶倒水。这让吴隶心里更加内疚，吐完了便哭起来。哭了一会儿，才回到沙发上坐下来。

　　他看了眼花架上的春兰，那是绿珠栽培的，在暖气的呵护下，长势喜人，长长的兰叶交错地画着美丽的线条，叶子棉里裹铁，挺直而有弹性。

　　绿珠坐在那里，还在绣那幅十字绣，也不与吴隶说话。许久，吴隶才开口：我……

　　还没说下去，绿珠便拦下来，说：不用说了。

　　吴隶疑惑道：你知道了？

　　吴隶的回应证实了绿珠的猜测，顿时，绿珠眼泪唰唰地落下来。

　　吴隶一下子跪在沙发旁，抓着绿珠的手：老婆，我对不住你，对不住小华。

　　绿珠拨开他的手，轻轻地说：脏！

　　吴隶说：老婆，你一定不要去找她，我让她打掉孩子，与她分手，我改，我改！

　　绿珠放下手里的活儿，说：我不会去找她的，从她的眼里我看到红杏这个人的强势、粗俗，我与她一般见识是低了我的身份！我从见到她看你的第一眼，就知道你们的关系了，这个是藏不住的，而你们却一直在跟我演戏。你也不用打掉孩子，毕竟那是一个生命。

　　绿珠如此一说，吴隶稍微放心些。瘫坐在那里，唉声叹气地说：现在最主要的就是与她合伙的那十万块钱。如果上午撤出来，我下午就与她分手。

绿珠没有说话。

夜里，绿珠呆呆地看着窗外的深邃的夜空，漫无边际地想这想那，怎么也睡不着。到了下半夜，她突然听到吴隶梦魇喊道：老婆，小华……

第二天中午，吴隶回家不见绿珠，刚要打电话，发现书房的案子上留了张纸条：我回我妈家住一段时间，你照顾好小华。吴隶攥紧了拳头，狠狠砸到书案上。

这两天因照顾小华，吴隶下了班便回家，没再找红杏。倒是红杏一天好几个电话，"老公，老公"地叫着。以前听这两个字，吴隶觉得很温暖，很幸福，而现在却听得扎耳，特别扎耳。

绿珠回来了，给吴隶带来一个决定。她说：吴隶，咱们离婚吧。吴隶脑袋一下蒙了，忙问道：是你的决定，还是……你家里的决定。

绿珠反问：这有意义吗？

吴隶想想也是，不管谁的决定，都因我而起。

可是，第二天绿珠就有些反悔，她觉得再怎么着，"离婚"二字不能轻易说出口，特别是女人的口。可说出去的话泼出去的水，她却没有挽回的勇气了。

这一天，吴隶像失了魂一样，浑浑噩噩，好不容易挨到下午，却不敢回家，他无法面对善良的绿珠，无法面对天真无邪的小华。

下了班，他没有回家，而是给绿珠打了电话，说想在外面走走。绿珠能听到他消沉的声音，没回应就挂了。

　　吴隶约了几个伙计在地摊上喝酒。他们见吴隶情绪低迷，刚开始还都一个劲劝，几瓶啤酒灌下去，话题早就转移到酒量、美女、汽车上了。吴隶独自在那儿喝。

　　散了酒伙，吴隶醉意朦胧着给红杏打个电话，倒起苦水来。红杏仗着陈亚还没回家，便悄悄去找到吴隶。一上车，红杏就抱住吴隶嘘寒问暖，吴隶便把绿珠发现隐情、提出离婚的事情倒了出来。

　　红杏听了，埋怨起来：发生怎么了？捉奸在床她又能拿我怎么样？就你那黄脸婆老婆，早离早算了。不懂浪漫，不会关心人，要她光生孩子啊！你不用伤心，现在离婚也不是什么大事，不看民政局门口，天天排着队离婚，更不是什么丢人的事，大街上抓一把，不得有三个五个离婚的啊！现在这世道，谁离了谁不能过？再说，到今天这样，你们的婚姻算破裂了，你伤心又有什么用，能弥补吗？我了解她，既然提出来了，也是经过考虑的，你能起死回生吗？说着，红杏抚摸着吴隶。

　　吴隶似乎被红杏点透了，竟然叹了口气，点点头。

　　回去后，吴隶依旧睡在沙发上，绿珠闻到他身上的酒气，给倒了杯水端到茶几上，说：不管以后的路怎么走？自己珍重好自己的身体，少喝酒，没人比你自己更疼自己。

　　吴隶一心还想着离婚的事情，绿珠讲话完全没听到，看着这个家，看着面前的绿珠，竟然大哭起来。

　　绿珠一转身，回了卧室。

　　第二天，吴隶早早醒了。他站在镜子前，直愣愣地看着里面那个蓬松乱发、胡子拉碴、憔悴面庞的人，似乎不认识了。

　　绿珠起床后，该干什么还干什么。收拾家务、做早餐、打扫卫生，安排小华上学……一直到小华上学走了，绿珠才开口说：吃饭。

吴隶拖着沉重的步子，心不在焉地坐到餐桌前，绿珠给他盛了稀饭，又拿了盘子去厨房盛烙的圆饼。端到桌前时，吴隶觉得此时的他距离绿珠最近了，再难以启齿的话说出来，绿珠也能听得到，也能接受，便说：绿珠，我同意……

绿珠手一抖，那只盘子从手里倏地滑下来，"哗啦"一声掉到地上，摔得稀碎，圆饼也折成了两半。绿珠站在那里愣住了。

话一出口，吴隶便觉得无尽的后悔——这样对绿珠是不是太残忍？可是，既然选择了这条路，这句话迟早要说的，长痛不如短痛吧！

两个人默默地坐在客厅。

吴隶没再吃饭，夹起包走到门口，站了半天，才下了决心，开门走了。

屋里静得可怕，绿珠一个人坐在沙发上，看着满地的碎片，呜呜地哭起来。

一上午，吴隶心神不宁。忙完了一会儿，他才给红杏发了个短信：我给绿珠说了，同意了她的决定。

听到这个消息，红杏仿佛在某个大赛上获得了首局胜利，回得很快：那晚上庆贺一下。红杏早已沉浸在幸福之中，完全没有体会吴隶的感受。

吴隶心情坏到了极点，他恨恨地删除了与红杏的所有短信，关掉了手机。

下午，红杏不停地给吴隶打电话，却一直关机，着急起来，心情也由上午的兴奋成了担心和恐惧。她担心自己设计的这条路上，会突然失去吴隶，甚至她突然感觉到自己的离婚是那么的可怕，从来没有过那种可怕的感觉。但很快，胜利的喜悦代替了她这倏而即逝的害怕。慢慢地，她又冷静下来，心想：吴隶说离婚，但他们还没有离成，法律上还没有离开，自己一定要稳住。

而最近一段时间，陈亚回家越来越晚，更加坚定了红杏离婚的决心，有一百个不想跟陈亚过日子的心了。

晚上，吴隶回到家，屋里一片寂静漆黑，吴隶看了几个房间，只有冷风吹过，却看不到绿珠和小华。原来不是这样的。以前下了班回家，小华拥着自己，绿珠喊着老公，厨房里叮叮当当，客厅里欢声笑语，不一会儿，绿珠端上热气腾腾的菜饭，两口子偶尔还对饮几杯，一片温馨。而今怎么了？为了能多挣点钱，认识了红杏，本想合伙做笔生意，没想到生意并没有做多么好，两个人却苟合在了一起，到如今弄得家人分离。

想到这里，吴隶心里就有一股难以言说的孤独涌上来，让他难以忍受。他觉得，这个家走到今天，算是完了。

想到这里，吴隶就痛恨起红杏，他就想彻底离开红杏，这样或许还能挽回自己岌岌可危的婚姻，也能把小华从水深火热中解救出来。可是吴隶想到红杏说过的狠话，他又感到恐惧和内疚，又怕小华和绿珠遭受红杏的伤害。当然，还有那合资的十万块钱。

想着，吴隶一拳狠狠地打在了地板上。他觉得自己跳不出来了。

绿珠领着小华去了沂河边散心，很晚才回家。一到家，小华倒床上就睡了。

绿珠疲倦地坐到沙发上。吴隶也从小卧室里走出来，也坐下来。两个人都静静地坐着，都不说话，屋里越发冷了。一会儿，绿珠拿小被子裹了裹腿，才说：我想好了，走到今天，谁都挽留不住了，就像早上那只盘子，修补得再好，裂痕是从里到外的伤。我什么都不要，孩子也由你带着。依我的条件，我能养活自己。只要你把小华照顾好就行。

吴隶顿时一阵撕心裂肺的痛，一阵绝望的痛，在胸腔里翻江倒海。

红杏担心了一夜。

第二天一早，她急匆匆地跑出来，一出小区就与吴隶打电话，依然关机。红杏索性去了吴隶的单位门口等。

八点钟，红杏在吴隶的单位门口遇见了他。一上车，红杏就问：你怎么一直关机？发生什么事了？担心死我了。说着，仔细端详着吴隶，心疼地说：看你这一天，知道你还舍不得你那个家，但事情都这样了，别再多想了，一切都会过去的。

吴隶在绿珠面前再怎么痛恨红杏，可见到了红杏，听到了她的软声细雨，便没了怒气，看着红杏关爱的样子，吴隶心又软下来，摆摆手说：没事的，只是伤了她的心。

听到这里，红杏心中一阵窃喜。她明白，自己的第一步马上就要胜利了。

吴隶知道红杏心里怎么想的，他想拒绝红杏，可红杏像一根妖艳的毒草，让他欲弃不舍，欲罢不能。他想让红杏退却，便说：但是我得带着小华，日子会很难的。

行，只要和你在一起，再难我都不怕。我也喜欢这孩子。

我与他离婚，我不带孩子，以后小华在咱们家，我待他跟自己孩子一样，我能养得起他，供他上学，我还有存款，够花的。红杏一嘟噜一串地说道。

吴隶没想到红杏答应得竟然这么爽快。他却一下子找不到为自己寻求退路的话了。

见吴隶不说话，红杏说：昨天下午我发现一个事，真没想到，陈亚的"小三"竟然是蓝梅，咱们的一个客户。

吴隶问：怎么回事？

红杏说：昨天，我给蓝梅送货，中午她要请我吃饭，还要约她的一个同学，她那同学说来的，结果快到了又说单位有事，回去了。后来蓝梅忙着整理店里的货，她手机来了条短信，很暧昧，让我看到了，才发现是他们俩。这回可让我逮着了。

听到这些，吴隶想到自己的婚姻，便说：算了吧，没意思。

不行，我要折磨折磨他们。竟然背着我搞"破鞋"，还以为别人不知道似的。哼！

是的，红杏说干就干。

当天晚上，陈亚还没回家，红杏也就没睡，她要等着陈亚回来。

十点多，陈亚又喝得酩酊大醉，回到家便撂到床上。红杏从大卧室走到小卧室。

喝得很爽吧？红杏阴阳怪气地问。

陈亚眯着眼，哼哼一笑，含糊不清地答道：还……还行。

保密工作做得很好哟！说着，红杏搬了张椅子在小卧室门口坐下，优哉游哉地盯着床上的陈亚。

只见陈亚"嗯"了一声，转过身去。

红杏猛然站起来，冲上前一把将陈亚翻过来，两眼充满了血，充满了火：这回可让我逮着了，"你们的长久"，说得不嫌恶心！！

陈亚心里一惊：红杏怎么知道了？他迅速回忆白天发生的事情，可是在酒精的催促下，怎么也记不起哪里出了纰漏。索性不去理会，便驴唇不对马嘴地骂了句：狗——屁——。遂将头伸向床外，装作欲呕吐的样子，红杏才松开手忙向后退去，只听得"哐当"一声，红杏摔门而去，还骂道：我让你们都死。

陈亚则扶着床沿，干呕起来。

干呕了一阵儿，复又躺在床上，陈亚的脑子稍有些清醒，又开始回忆白天的事情：事已至此，红杏知道蓝梅是谁的，可是她怎么知道我给蓝梅发的短信？不知蓝梅是否知道红杏是谁？

第二天一早，陈亚起来，却没看到红杏。

陈亚洗了把脸就去了单位，他不知蓝梅那边发生什么事情，红杏是怎么知道那短信内容的，他又不想让蓝梅知道，一上午纠结着。

正琢磨着，蓝梅打来了电话：一个客户，今天早上不知怎么了，突然撤走了她所有的货，弄得我措手不及。蓝梅在电话那头埋怨道。

陈亚忙问，怎么了？

蓝梅埋怨着：谁知道呢，我也不知道哪里得罪她了。就是昨天我要叫你一块吃饭的客户——周红英。

啊！陈亚惊道。

蓝梅在那头忙问：怎么了？

陈亚定了定神说：没什么，就是感觉突然。

此时陈亚想到，蓝梅还不知道这里面的所有事情，但可以肯定的是，红杏一定知道了这事儿，而且她偷看了蓝梅的手机。这个蓝梅怎么这样粗心大意！

蓝梅说：就是啊，脑子跟灌水似的，我该她了，嘁！

陈亚马上担心起来，感觉暴风雨很快就要来临，而撤走那些货只是前兆。

陈亚的担心不无道理。下午，他正琢磨这事，蓝梅给他打电话，说店让人给砸了。

陈亚骂道：这个狗日的。又问蓝梅：你怎么样？

蓝梅说：你骂谁？我倒没事。

陈亚自知又失言，说：砸店的人啊！你这两天要注意点。

蓝梅忧心忡忡地答应着：我已经报案了。

下午下了班，陈亚就朝家里疯赶。

回到家，还是一片死气沉沉的寂静，红杏还没有回来。陈亚的心里一股愤怒正在狂涌。一个女人，竟如此狠毒。有事可以摆到桌面上谈，却使这种下三烂的流氓手段对付一个女人，泼妇！！陈亚越想越气。

不一会儿，红杏回来，陈亚见到她，心中的怒火早已蹿上来了，抄起一把椅子就朝门口摔去，砸在了旁边的储物橱上——陈亚没敢砸她，他知道真出事是要负法律责任的。

红杏吓得愣在那儿，看着破碎的椅子，才醒过神来，脸上腾地一下就烧起了怒火，接着蹦起来，指着陈亚骂道：陈亚，你不得好死，有本事你砸死我，我死了，你也活不了！

陈亚吼道：我没你有本事，你多厉害，生意没白干，黑道白道都通吃了，还学会了下三烂的手段。

正吵着，邻居家的嫂子推门进来，怎么了？大白天的就闹，有什么事慢慢说。

红杏一脸委屈：我前脚刚进家门，他那把椅子就砸过来了，我还不知道什么事儿的，要是砸我身上，我都死得不明不白。

陈亚鄙夷地一笑：别装了，干什么事你心里有数！

红杏一下子坐在地上，双手拍着地板，哭喊起来：我干什么了呀我？让我明白也行啊！！

嫂子说：有什么事不会说出来嘛，都这样闹，说不定是误会，你们两个傻瓜却蒙在鼓里闹。

陈亚想想，到现在这个地步，也无所谓了，事情摊开谈谈也不错，早晚得要有这一天。便说：你有本事找黑道的砸人家的店，你就得承担责任，我这是教训你，等着你的还有法律责任，不信你等着瞧！

红杏抬起头，一脸茫然：什么砸店？

陈亚鄙夷一笑，说：装！再继续装！

红杏又蹦起来，冲上去就抓住陈亚的衣领骂：陈亚，你妈个×，我要是砸人店，我就不得好死。

陈亚挣脱开，忙躲到一旁，心里琢磨：这是演哪一出？不是红杏干的？此时陈亚倒是不敢再继续说话了。

嫂子忙说：看看吧，这就是个误会。行了，两口子床头打完床尾和，没事了，赶快弄饭吃饭吧。

红杏拍着手大哭道：他天天死外面，回到家就找事，发了工资也不见钱，我一个女人带着孩子容易吗！让我这日子怎么过呀！

嫂子听了，一个劲地埋怨陈亚：兄弟，这样可不行，下班得回家。

陈亚说：我回来干什么？不是吵就是闹。

嫂子劝红杏：不能吵闹，有什么事解决什么事。

红杏接过话：你在外面找到温暖了，当然不回家了。不想过，就离婚！

嫂子挡着红杏的话：你看你说的，兄弟不是那样的人。

陈亚伤心地说：我就是天天在外面吃地摊压马路，再难受也比这冰冷的家要好。说着，竟然要落泪。

嫂子走了后，陈亚又感觉太过于相信红杏，心想：死不承认，谁做了这种事自己会承认？不疼不痒的小诅咒，我也会说。

临出门时，陈亚对红杏说，你就装 × 吧。咣当一声，把门带上。就听见红杏在屋里边哭边骂：陈亚，你妈了个 ×。

陈亚盯着楼梯向下走，心里也骂起来：你妈也是。

陈亚走后，红杏打电话给吴隶诉苦。吴隶说：去开个房间吧！

红杏说：你有钱了是吧？看你烧的，车上就行。

吴隶开车找到红杏。上了车，红杏一把鼻涕一把泪地跟吴隶说，边说边伸出胳膊给吴隶看，吴隶忙仔细瞧，瞧了半天说：没看到有不一样啊！

红杏一甩胳膊：你滚一边去！

于是，吴隶就骂：这个陈亚真不是东西。还一个劲抚摸着红杏的小肚子。红杏不让摸，说：有本事，你灭了他陈亚去！

吴隶说：别那么狠。

去单位的路上，陈亚给蓝梅发短信：你觉得有可能是谁？

蓝梅回：不知道，进门就砸，砸完就走了，前后不过两分钟。已报案。

陈亚问：有可能是你的那个客户周红英吧？

蓝梅回：不知道。

陈亚又问：还有可能是谁呢？蓝梅就一直没再回复。

到了办公室，陈亚思忖着：难道是她的前夫刘子？接着把电话打过去，问：是不是刘子？

电话那头，蓝梅一直嘤嘤而泣。陈亚说：要不我过去趟吧。

蓝梅连忙说：不不不，你别过来，我不愿你受伤害。

听了这话，陈亚心想：现在基本确定就是蓝梅的前夫了，而且蓝梅应该早就知道，只是没告诉我，才导致我嫁祸于红杏，如果红杏知道这事，我便暴露无遗了，好在红杏已撤出她的商品，应该不会有什么来往。

陈亚想：刚才听蓝梅的话，刘子下一步可能还会动手，有什么办法可以让刘子停下来呢？

陈亚突然想到了赵磊和张力，有黑道有白道，看看哪个"道"适合解决这个问题。

第二天下了班，陈亚特意选了一个比较隐蔽比较适合谈这类话题的房间。张力自己一个人，赵磊带了他一个小弟。

酒过三巡，陈亚说：今天叫兄弟们来，给我出个点子，看看怎样解决合适。

赵磊一杯啤酒灌下去，擦了把嘴，手一挥：二哥你说，只要你开口，兄弟我赴汤蹈火。

陈亚打打手势：先听我说完。我一个朋友，开个小超市，前两天让她前夫找人把店给砸了，她现在精神受到很大刺激，人活着不容易，咱不希望怎么报复她前夫，只要求能把这事平息下来，该生活的生活，该做生意的做生意，整天你打我杀的，没意思。

赵磊和他的小弟听了，面面相觑。赵磊的小弟问：什么店？

惠民超市。陈亚看到赵磊和他小弟的脸一阵红一阵绿。

张力问：报案了吗？

陈亚说：已经报案了。说完看着赵磊和他的小弟问：你两个怎么回事？赵磊的小弟支支吾吾。

赵磊吐个烟圈，一脸不屑：二哥，这么给你说吧，我不知道那娘们跟你什么关系，这事就是咱弟兄们干的。谁让干的，我不能给你说，行有行规，我收人钱的。

啊！陈亚恨不得一脚把赵磊踹到桌子底，指着他骂：你这个东西也下得去手，一个女人家一个人开超市容易嘛，你们不分青红皂白就砸人家店啊！

赵磊的小弟站起身，一把将陈亚的手推一边去，瞪着血红的眼说：你敢指我们老大！

赵磊一把把他的手挥开：滚！他小弟瞅瞅赵磊才坐下来。

赵磊说：二哥，咱先前不知道，犯错了，这回不去了。你放心。说着给他的小弟说，听着没。他小弟抹一把鼻子说：行，老大。

陈亚又骂起来：他叫你杀人，你也去杀人啊，猪脑子！

赵磊掐灭了烟头，抱着拳说：二哥，你放心，你的朋友就是我的朋友，她那店再有三长两短都算在我头上。兄弟错了，我自罚一瓶。说着提起瓶啤酒一顿"咚咚咚"就灌了下去。

陈亚说：那好，最好别去，这里看着警察，弄大了事，你们一个个都得进局子。

这半天光说话去了，张力一直没插进话，他这才开口：坐在这里，咱是兄弟们，一旦穿上那身衣服，小事儿没的说，闹出大乱子我可是谁都保不住，为了弟兄们，我还得要好好保着自己。所以，不希望哪一个兄弟出事，听着没有。特别是老三你。说着指着赵磊，你是最容易出事的一个，要不是拜把子兄弟，你早蹲班房去了。

赵磊"是是是"地应着。

陈亚知道错怪了红杏。可当他准备告诉蓝梅事情的真相时，却发现蓝梅关了店面，电话也不通了。

电话不通，陈亚忍不住悄悄地开了同事的车去了蓝梅开超市的地方，大白天的竟然关着门，他心下一沉：是什么变故让正常经营的超市关门、电话关机呢？

陈亚突然发现，这两天，红杏很安静，安静得让他觉得不正常。陈亚感觉到发生了重大的事儿。但是猜测不出什么事情。

是的，这几天蓝梅那边安静了，红杏那边安静了，赵磊那边也安静了，刘子那边似乎也没了动静。唯独陈亚，有种山雨欲来风满楼的不安。那种不安让人觉得难受，有些恐慌。

在陈亚快要承受不了的时候，张力打电话来说：老三让逮进来了。

风雨终于来了。陈亚骂道，这个东西，终究还是作死了。但还是侥幸地认为他与这些事情无关，忙问：怎么回事？

张力说：从老三知道你朋友那事之后，就暗中安排小弟把刘子的腿砸断了，故意伤害，已被刑拘。

陈亚忙问：蓝梅知道了吗？

蓝梅是谁？张力问。

陈亚"哦"了一声，这才想到，张力不知蓝梅这个人。便说：蓝梅的前夫就是刘子，前两天老三砸的就是她的店，我的那个朋友。

张力说：不是我办的案子，我不知道，但这事她肯定脱不了干系的，她是当事人之一。只是不知道案子中有没有提到你。

陈亚一下子感觉被卷进一个旋涡里，难以抽身了，说：随他去。我又没掺和什么，我不是还劝老三别做傻事嘛。

张力说：是不假，但是让卷进去，总是不好。

陈亚的心稍有些平静了。

挂了电话，陈亚手指敲着桌面，心想：怪不得蓝梅关着门的，出了这么一档子事，也好，让那狗日的断条腿也行，省得他光找麻烦。只是，我现在得上哪里找蓝梅呢？

陈亚又一次开车去了蓝梅的超市。还是关着门，打电话，仍然关机。

心，再一次起了波澜。这事与蓝梅关系不大，老三被抓进去，既不是我指使，也不是蓝梅指使的，但也不至于让蓝梅这么多天不开业，难道她也被抓进去了？陈亚有些担心。

陈亚又给张力去了电话，让他问办案的，是否见到过蓝梅。后来张力回复，办案人员说，询问完蓝梅，她就回去了。

陈亚稍稍放心，至少蓝梅现在还在外面，而且她故意在躲我。但她为什么躲我呢？陈亚思前想后，也找不出原因。

郁闷了一下午，陈亚突然想到一个人——红杏。是她，一定是她。

顿时，陈亚感觉一场暴风雨带着愤怒席卷而来。所有的愤怒，都指向了红杏。

这回要小心，不能像上次那样鲁莽。可怎样开口呢？红杏现在是眼瞅着想找我的事，如果蓝梅的消失与她无关，我的质问必定会遭到她的攻击。陈亚掂量半天，还是静观其变。

晚上，陈亚早早地回到家。长时间的早出晚归，在家待的时间极少，这个生活了七八年的房子以及房子里的一切，竟然像走进了一个与自己无关的地方一样陌生冰冷。陈亚默默地钻到书房里捧着本书，很认真的样子。脑子却在高速运转，想着和蓝梅、红杏有关的事情。

红杏在家里该干什么还干什么，就像陈亚没在家似的，一夜竟然相安无事。

第二天，陈亚去了单位。坐在那里心事重重，琢磨着：难道红杏什么事儿都不知道？蓝梅躲我与红杏无关？陈亚做着各种猜测，越猜越糊涂，一时竟感觉进入了迷宫一样。

下午，陈亚试着给蓝梅打电话，居然通了。

陈亚有些激动，忙问：梅子，你在哪里？这几天怎么了？找不到你，急死我了。

蓝梅淡淡一句：找我干什么，我跟你没有任何关系，还是你们两口子好。

陈亚急了：说什么呢？在哪里？我去找你。

蓝梅说：不用了，去找你的好老婆吧。说着，竟然把电话挂了。

陈亚忙又拨过去，一任毫无生气的振铃声响着。他无奈地挂上电话。心想，这事肯定与红杏有关，没想到她昨天晚上竟能沉得住气，她跟蓝梅说了什么呢？

陈亚不想与红杏大吵大闹了，不管怎么着，这事也该摊开与她谈谈了，无论什么样的结果。

晚上回到家，陈亚问红杏：你跟蓝梅说什么了？

红杏边看电视边嗑瓜子，好像没听到陈亚问她话。

陈亚走过去，关掉电视，又问：你找人砸蓝梅的店我不与你计较了，但是你跟她说什么了？陈亚故意这样说，利用这个话题把事挑明。

没想到红杏像受到刺激，把瓜子袋子一把摔到茶几上，转过脸说：陈亚，我再给你说一遍，我没干，也不会用那些卑鄙的手段。

陈亚哼哼一笑：不好说，不然她怎么把店都关了。

红杏冷笑着：她关店跟我什么屁关系！

陈亚不想再跟她绕圈子了，问：你跟她说什么了？直说吧，咱们也没必要绕来绕去了。

红杏嘿嘿一笑，说：当我知道是你们俩时，想想真是可笑，你们想幸福，可我要让你们生不如死！你知道蓝梅最痛的是什么？

陈亚想想：蓝梅的伤痛很多，一下子还真说不上来。

红杏继续说：她遭受家庭暴力，离婚了，她过得很不幸福，这些她都给我说过。她跟谁相好都行，就是和你不行！不要以为她找到了你就找到了幸福，我会让她更痛苦。其实我想了，越跟她闹，你们就越好，老同学老情人嘛。你们不是想长久吗，给你说实话，那天我就是看了你发给她的短信，我才知道原来是你们两个，可惜蓝梅这孩子对我一点戒心都没有，根本不知道我看过她的短信，后来我就旁敲侧击地从她嘴里知道你们的事情，这个蓝梅，太幼稚。

陈亚说：蓝梅那么单纯的人怎么就认识你这样的人呢？

红杏呵呵一笑，谁让我们长得像呢？你不是喜欢我们这种脸型吗？

陈亚这才想到，在若干年前之所以寻觅不到蓝梅，而草率地与红杏结婚，从一定程度上，的确是因为她们长得太像了。

陈亚狠狠地"呸"了一声：那是蓝梅，你心机这么重，她怎么知道你想的什么。

红杏并没有理陈亚，继续说：当时我马上抽掉所有货物，本想找她大闹一场，解我心头的仇恨。在我还没有想好如何报仇的时候，也就是在她的店被砸之后，我与她结账，才知道那天你回家打我竟然是为了她，当时我的确是伤透了心，为了一个外面的女人竟然回家打自己的老婆。那时候我就想，我要用最狠毒的方法折磨她，让她生不如死。于是我告诉她，我们关系一直很好，你还整天甜言蜜语地哄我开心，我们还整天过性生活，滋润着呢？你知道我给她说这些，意味着什么吗？

陈亚心里马上蹦出一个词：报复。他仇恨眼前这个城府颇深的狠毒女人。陈亚也才明白，蓝梅最近为什么一直躲着他。

红杏见陈亚不语，继续说：这意味着，她越爱你，伤痛就会越深，女人心，你不懂的。看着你心爱的老情人这么悲伤，我心里像打了场胜仗一样高兴。

陈亚瞪着她：最毒不过妇人心。

红杏觉得胜利了，又一笑：你怎么不去陪她了呢？

陈亚不说话，红杏也不说话了。客厅里静得出奇，两个人干坐着。陈亚抬起头，突然发现墙上那个"幸福牌"挂钟竟然停了。

过了许久，陈亚摔门下楼，还没走到楼下，红杏就开了门，在楼道里大喊：别费心了，你那老情人不会见你的，不信等着瞧。

红杏说对了。这几天，蓝梅还是一直不理睬陈亚，陈亚急得又去了趟她的店，去发现超市已经易主。陈亚的心冷到了极点。

在后来的一些日子里，陈亚还经常去青春印记216房间、他们一起读过书的校园，他很希望有一天在这里能等到蓝梅，因为他始终不相信，丝丝缕缕的二十年的情感虽说没历经磨难，没经历大风大浪，但毕竟在岁月的长河中走了过来，怎么也不相信会毁于几句谎言。

历经一个冬天的严寒，在薄薄的积雪下，娇艳的红梅绽放出美丽的花朵，陈亚一个人踽踽而行于校园的甬道上，他被眼前的景色吸引住了。沉溺了大半个冬天的他似乎在这时看到了一丝蓄势待发的生机。陈亚望着眼前的一切，想：春天不会太远了，春天来时我应该要做一些有意义的事情了，不管是轰轰烈烈的爱情还是宕荡起伏的生活，终究都过去了，我得有一个平和、积极向上的心态去迎接新的生活。

可是蓝梅一直未出现。在许多天后的一个雪天，陈亚收到了蓝梅的短信：陈亚，我在遥远的天山脚下祝福你。生活的道路上我们会遇到许多挫折，但不管如何，我们都要坦然面对，笑对人生，以足够的勇气来挑战自我，迎接明天，实现人生的理想——蓝梅。

想着蓝梅去了无可寻觅之处，再也没了她的陪伴，陈亚魂不守舍。下班不想回家，可走出办公室又不知该去哪里，仿佛又回到了红杏与那个男人整天在一起而自己苦闷的孤独失落中，在地摊上灌啤酒，醉了就去压马路……

每晚回家都已是零点，红杏听到后起床便堵着陈亚吵一阵子；早上不到七点，起床便走，还没出小区，红杏又打来电话骂他不顾家，不管孩子。陈亚几近崩溃，他觉得无法在那个家待下去。

元宵节后的一天下午，陈亚约莫着红杏不在家，回去了一趟。在小区的路上，他远远地看着前面有几个娘们看了眼他，悄声议论，还不时瞅他一眼。陈亚看到她们异样的表情和眼神。他知道，那几个娘们都是与红杏整天一块聊天拉呱的，陈亚便猜出七八分了。

走到楼下，陈亚深呼了口气，那是尴尬的一段路。小区的娘们无事便聚在一块聊东家长西家短，顺便再演绎一些花边新闻。

刚要上楼，看到一楼的李奶奶下楼，陈亚问声好，便朝楼上走。李奶奶叫住他说：小陈，我给你说个事。

陈亚问：李奶奶，有事您说。

李奶奶说：两口子要好好过日子，外面的花再俊都不如家里的花实在。你再不回来，咱小区里没人不知道你从外面找小老婆的事了。小孩还得管呀！

一听到这话，陈亚脑门子的血就冲上来了。他恨得咬牙切齿，陈亚知道，这是红杏不辞劳苦做的"小广播"，说道：李奶奶，她跟那个男人不清不白，在小区里天天进进出出，谁看不到啊？倒是她反打一耙，她是撇清自己吗？

李奶奶叹了口气：唉，你们两个啊，孩子跟着受苦了呀！赶快断了吧。说着，便下了楼。

下午，陈亚没再去上班，他在家里一直等红杏回来。

晚上，红杏收了工回到家，陈亚说：离婚吧！

陈亚知道，结婚十几年来，他第一次这么想，第一次说这两个字，但却是下了决心的。红杏也知道陈亚的，他做决定的事情，一定会去做的，包括离婚。

听到这两个字时，红杏心里却是悲喜交加。

民政局服务大厅，两个人在签字。签字前，陈亚说：你给洋洋点生活费吧！多少都行，也代表着你尽一个做妈妈的责任。

红杏看着协议书，摇摇头。

陈亚退了一步说：一个月给 200 块钱，行吧？

红杏还是摇头，说：没有。

陈亚直接签上名字，把笔甩到一边。

陈亚和红杏走出民政局服务大厅。

红杏抬头看看天，春日的晴空，万里无云，春风柔软地轻拂着她。红杏挎着包走了很远，又回头瞅瞅，坐在服务大厅门口台阶上的陈亚活像一个满身尘灰傍土的流浪狗。

规划未来

走出没多远，红杏粲然一笑，掏出电话，打给吴隶：我现在为你离婚了，还得给你养儿子，赶快给我租房子，我一天也不想在那个家待了，今天就搬家。

挂了电话，吴隶轻轻"哼"了一声，要不是为了那十万块，给你租房？！吴隶又想到自己的婚姻，虽然还没有离婚，但也不能放着红杏不管，毕竟她还怀着自己的孩子。下午，吴隶就偷偷地在市区给红杏租了套三室一厅房子和仓库。仓库同样是在楼上就能看到。

租房的事一定下来，红杏就迫不及待地联系了搬家公司。叮叮当当一上午拉走了她买的所有东西。

看着满屋子的家什，吴隶提溜一个饭勺子，不无惋惜地说：你搬的一个不留，那爷俩怎么吃？红杏哼哼一笑：管他呢！吴隶心里微微一颤。

面对着一跺脚都响起回声的家，陈亚心里似乎一下子被掏得精光。他静静地站在屋里，从未感觉到的孤独和空旷。

洋洋放学回来，看到空空如也的屋子待了半天，问：爸爸，怎么了？

陈亚看了眼洋洋，号啕大哭。洋洋有些害怕。

离婚后的第一晚，爷俩在小区西面巷子里的安徽板面店简单对付了一顿。

搬进租房里，收拾了几天，红杏才停下来。看到有些空荡的屋里，静得有些吓人，她仿佛看到昔日洋洋的欢笑，陈亚炒菜做饭的样子，一家三口在沙发上打牌、玩耍的情景，但都很快地消失在眼前，而此时却一下子没了所有的声音。一种莫名的孤独突然顶撞着红杏的心，她寻思了一会儿，竟然抽泣起来。

哭了一阵子，红杏拿起电话，想找几个闺蜜聊天。拨弄着手机，突然翻出蓝梅的电话，盯着电话号码半天，最后还是删除了。她知道自己彻底失去了蓝梅这个朋友，或许她和陈亚没什么事，只是自己急着要与吴隶走到一起，更确切地说，想与吴隶把这个生意做起来，做大。然而想想这些又有什么用呢？为了生意而把好好的一个家给毁了。

事已至此，想那些也无用。红杏给郁雯打过去：快来，我离婚了，庆祝一下，叫上伊然。郁雯在电话那边喊道：你终于冲出围墙啦！红杏说：赶快滚来。

她们一起去了酒吧。郁雯她们刚坐下，就都盯着红杏问：真过不下去了？

红杏漫不经心地说：他找"小三"！

听到"小三"两个字，伊然便骂道：贱女人，哪里都有！

红杏立刻意识到，不该在伊然面前提这样的话题。

郁雯问：就陈亚那穷酸样，他还能找"小三"？

红杏瞥了她一眼：嘁，谁都想不到；又神神秘秘地问：你们猜找她的谁？

郁雯忙问：是谁？快说快说。

红杏"哼"了声：一个叫蓝梅的，他同学！

啊？！两个人都惊讶起来。郁雯喊起来：竟然和他女同学勾到一块去了！是初恋还是旧情复燃？

还不是因为我整天忙生意，哪顾得了他！

说到生意的事儿，郁雯抿着小嘴，调皮地瞅了眼红杏，忙问：哎，那你跟那个吴什么？就是你合伙的那男人没什么吧？

红杏瞪了她一眼：别胡寻思，人家可是有家有室的人！

郁雯诡谲地一笑，说：谁信呢？

红杏呷了口酒，鼓在嘴里半天才咽下去：爱信不信！

郁雯哈哈大笑。

伊然说：最好没有，若有的话，咱们可真是连朋友都没的做了！

红杏吓了一跳，她不敢再继续说这个危险的话题了。见郁雯笑个没完，便装作着急，站起身揪着她的耳朵，骂道：你这个小蹄子笑话我吗？小心我把你老公都勾引了来！

红杏光顾着开玩笑，哪注意到伊然瞪了她一眼。

郁雯止住笑说：熟人你也好意思下手啊？

红杏一下子让她逗笑了，说：我就杀熟，不行啊！

几个人喝着酒，你一句我一句的闲扯着。酒到兴处，红杏反倒哭起来，边哭边说：我现在除了生意，什么都没有了。走了十几年，生活的坎坷、不幸福的婚姻让我感觉很挫败，生意也是一个个的做，一个个的失败，这就是命啊！哪像你们啊，都像掉蜜罐里似的。

伊然说：哪家都有本难念的经，谁的生活谁知道啊！

郁雯一个劲儿点头称是。

红杏说：你们最起码都有个家，我现在什么都没有了。

郁雯说：那赶快找个人嫁了吧。

伊然挡住她说：嫁什么嫁，刚跳出火坑，再往里跳啊！

郁雯说：你懂个屁，女人三十一朵花，到了四十就成豆腐渣了，不提前嫁了，我看到时谁要你！还有几年就四十了啊！青春一去不回啊！

伊然想想，心道：也是。只有红杏在那边暗自垂泪。

回到租房处，红杏晕晕乎乎地躺在床上。想着这些日子发生的事情。自己一直梦想着逃脱那个婚姻的牢笼，而今终于解放了，按说应该有重获自由的喜悦，可在这个寒冷的初春夜里，面对着里里外外的寂静，身边没有吴隶陪、没有洋洋陪，甚至她最厌恶的陈亚也没有。想着，她便裹紧了被子，可是依然冷得厉害。

借着酒劲，红杏歇斯底里地嚎啕起来。

红杏知道，自己已经失去了那个家，失去了陈亚和洋洋。她想起郁雯说的话，她觉得，这次无论如何不能再失去吴隶了。

第二天上午，红杏给吴隶打电话说：我现在什么都没有了，只有你，你要每天都过来陪我，不然我会死的。

吴隶边忙边答应着。

吴隶的应声无疑给红杏莫大的安慰和鼓舞。

挂了电话，红杏想：这么大的事，该不该给爹娘说声呢？寻思了半天，拿在手里的电话终究还是没有拨出去。她在心里喊起来：爹，娘，我对不起你们了，我也是没办法啊！

过了几天，红杏便开始计划自己新的人生。拉着郁雯去商场买衣服，还说，这辈子不给自己花钱对不住自己。

郁雯说：就是，光挣不花，那是傻×。

红杏瞪了她一眼：你才傻×。郁雯就拧了她屁股一把。

红杏想开了，便去做头发、去美容，买衣服，买包，甚至还去了娘家那边的钟山寺拜会了水岩师傅给自己做扶乩，占财运、情运和命运。水岩师傅眯着小眼掐着手指说这般这般……红杏满口答应着，又问：那怎样破解。水岩师傅遂给出了破解的方法。

没过几天，红杏又要换车牌号、换手机号码，甚至去派出所改了户籍上的名字……

惊得郁雯直呼：姐啊，你真要与过去告别吗？

红杏仰着脸瞭了眼郁雯：坚决告别！重新开始！

郁雯神秘地问：有目标没？

红杏一脸坏笑：就你这傻×事多！

郁雯离开后，红杏寻思这事该怎么向她俩说她和吴隶的事儿。红杏记得伊然的那句话，如果她俩有一天知道了，我该怎么解释呢？

美好的生活就要开始时，红杏却发现自己真的怀孕了。

畸形婚姻

红杏刚刚要规划自己的未来，却又让意外的怀孕打破了她的计划。关键是她都没想好怎么跟吴隶说。

那天下午，吴隶来到租房处，刚给红杏做完饭，还没开始吃，红杏便出现呕吐反应。

吴隶不知怎么回事，可红杏心慌起来，她突然想到例假过了有一个星期了。心里念叨：怎么办，怎么办？

吴隶见红杏脸色难看，神情也慌慌张张，便急着问：怎么回事？

红杏支支吾吾半天也没说出话来，她异常的举动倒是提醒了吴隶。吴隶看着红杏，脸上也没有了笑模样，说：我知道了。

自从上次红杏说怀孕，吴隶让她流掉，红杏就是不去医院。吴隶也没办法，一直忐忑不安地想这事儿。红杏离了婚，自己的婚姻也是岌岌可危，所以吴隶今天看到红杏的样子，倒不如上次着急了。虽然考虑到红杏生了孩子后，生活、生意方面的压力等等问题，但他这次倒是在骨子里希望生下这个孩子。

两个人吃着饭，吴隶说：回头我带你去检查下吧，去开发区医院。

很久没有的关心，让红杏有些欣喜。

吴隶走后，红杏想来想去：如果去医院检查，将是一次冒险。

第二天，红杏跟吴隶说：我不想去检查，害怕那些机器。吴隶说：那不行，这是咱们俩的孩子，不能光由着你的小性子。

红杏还是被吴隶拽着去开发区医院做了第一次孕期检查。

医院里。

医生看完检查结果，没有说什么，就是交代二人回家好好保养。

红杏这才松了一口气，总算将自己怀孕的时间隐瞒了下来。

回到租房，在红杏拾掇的空当，吴隶意外地发现了她放在桌上的检查报告，上面分明写着怀孕四周。吴隶心里一算，觉得很不对，便问红杏：英子，不对啊，这单子上怎么写你怀孕四周啊。我算算得快四个月了啊！

这一问，红杏慌了神，忙走过去抓过报告单就塞到衣兜里，也不看吴隶，又忙去收拾沙发，说：哪有，肯定是医院里弄错了。

吴隶这才注意起红杏的肚子，一点样也没有，便问：英子，你给我说实话，怀孕多长时间了？

红杏也不理吴隶，边收拾边说：你刚才不是说了嘛，快四个月了，我曾旁敲侧击地给绿珠透过信，你还生我气呢！说着，红杏又后悔了，心想：四个月了，还一点样没有，连撒谎都不会！

吴隶有些生气，说：英子，不管是多长时间，我只希望你不要骗我。

红杏这才停下手里的活，站那儿犹豫了半天，弱弱地说：一个月，上次是假的，这次是真的。

吴隶心里一股莫名的火腾地一下蹿上来，吼道：你为什么要骗我？你觉得这样玩有意思吗！

红杏一下子蜷缩到沙发的角上，怯生生的眼睛看着吴隶，声如蚊嘤：我是怕失去你，我现在什么都没有了，我不能没有你。

那也不能骗我！把我当成什么人了？才刚离婚，就怀孕了，这孩子是谁的？吴隶气糊涂了，话一出口，便觉后悔。

红杏抓起一个抱枕就扔过去，又抱起另一个窝在沙发里哭起来：我不管骗你还是不骗你，不就是想跟你在一起嘛！为了这，我都先离了婚，不还是为了你和你的种吗？我这是何苦呢？红杏越说越伤心，越伤心越哭。吴隶让她哭得心里软软的，忙赔不是：我这不是说的气话嘛，你又当真了。别哭坏了身子，还得考虑到咱的孩子不是？

红杏抹了把泪说：那你还气我！你再气我，我就去找你那个黄脸婆老婆，直接给她说明白，我怀的是你的孩子。反正我现在是离了婚，不怕了。

吴隶忙说：我的姑奶奶，你就老实地待着吧，别给我惹事了。

红杏说：不行，你得赶快离婚，不然我就去找她。

吴隶说：最近不是正在处理着嘛！

从红杏的租房里一出来，吴隶便觉得耳根清静了许多。回去的路上，他就在想：红杏骗了我，很明显是为了和我在一起，确切地说，是为了让我尽快离婚。想到这里，吴隶便有些懊恼，自己失败的婚姻不能说与红杏没有关系，如果还和当初那样一心一意地上班，如果不在网上"猎艳"，就不会遇到红杏，也不可能发生后来的事情。绿珠是个好女人，安静、贤惠、优雅且有涵养，完全不是红杏那种粗俗的女人能比的。吴隶感觉自己越陷越深，而且这条路走得已无法回头，他很怀念以前的那个家，以前的那种生活状态。

想到这里，吴隶急匆匆地朝家赶。

回到家，吴隶见绿珠正收拾东西，他忙上前制止了，说：绿珠，我想好了，我们不离婚了，好好过日子，好吗？

绿珠心想：失去了才知道珍惜，晚了。边收拾东西边说：不可能了。你不是还有与她合作的那十万块钱吗？

想到那十万块钱，吴隶又犹豫不决了。心里嘀咕：是啊，那钱怎么办？

绿珠看吴隶沉思住了，轻轻"哼"了一声。

那十万块钱像一块巨大的石头，横在吴隶决定自己婚姻的当口上。

那夜，吴隶在梦中，拿着把尖刀问红杏要钱，红杏不给，撒腿就跑，吴隶就在后面追，追上后就拼命地朝红杏身上扎，一刀两刀，早晚看着红杏满身是血，吴隶才罢手。看着血肉模糊的红杏，吴隶才觉得自己犯了人命案，抓住红杏大喊：红杏，红杏……便吓醒了，才知是场噩梦。吴隶坐起来，月光照进客厅，抬起头，却发现绿珠站在卧室门口正看着他呢！吴隶刚要解释，绿珠折身返回卧室。

竟然在梦中喊红杏的名字。吴隶后悔死了，辗转反侧到天明也没睡着。

第二天一早，绿珠说：你不会忘掉她的，我们还是离婚吧！

吴隶忙喊：老婆，不是那样的……绿珠忙止住他：我现在是你法律上的老婆，但是伦理道德上，我们现在什么都不是了！！

吴隶绝望地看着绿珠。此时，他恨死红杏了。

绿珠出门后，吴隶在沙发上呆坐了一会儿。茶几上有一本《嫌疑人X的献身》，吴隶拿起来翻了两页，觉得挺有意思，不觉又看了两页。突然，他想到了昨晚上的梦，从脑子里跳出个可怕的想法——让她消失在这个世界上！！

只有这样，才能使一切回到以前。

去单位的路上，吴隶看到来来往往的人和车，仿佛从刚才的臆想中回到了现实世界，才觉得那个想法真是荒唐至极！

可是，这事该怎么处理呢？要么与绿珠离婚，要么与红杏分手。但是分手是分不得的，即使分了手，疯狂的红杏也不会让自己好过的。

下了车，吴隶站在路边惆怅着，看着草丛里的花花草草，看着头顶上的蓝天，才觉得如果没有这些烦恼，这世界该有多美好！

终于，吴隶在纠结了浑浑噩噩的一天后，决定了与绿珠离婚。

晚上，吴隶与绿珠说了自己的决定。绿珠很平淡，还是那句话：你带着小华。

吴隶默默地点点头，说：行。毕竟吴隶亲耳听到红杏说过，她会待小华如同自己的孩子一样。

绿珠没有想到吴隶会答应。她抹着泪儿，义无反顾地开始收拾东西。

从民政局回来，绿珠拉着行李箱离开了这个她生活了十二年的地方。箱子里只带着随身的衣物。

绿珠走了，吴隶呆呆地坐在沙发上，看到茶几上绿珠摘下的那枚结婚戒指，那种无以复加的痛铺天盖地袭来。

吴隶找红杏再也不用偷偷摸摸的了。他去了红杏的租房处，淡淡一句：解决了。

红杏明知故问：什么解决了？

离了。吴隶的情绪有些低落。

红杏脸上慢慢露出笑容，然后蹦起来，心花怒放地一把抱住吴隶：这回我找你，看谁还能敢说话！接着又问：房子给她了？

吴隶说：她只带着自己的衣服走了。

红杏得意地笑起来：傻×！哼！跟我斗？手下败将！

吴隶无奈地看了眼红杏，没吱声。

红杏又问：是我过去住，还是你过来？一转念想还有小华，便说：对，还有小华呢。

吴隶说：先别急，缓段时间再说吧！

红杏打个响指：好！

虽然红杏没能住到吴隶家，但也隔三岔五地买些小华爱吃的水果、零食去看望。这给吴隶和小华空虚、痛苦的内心多少受到了一些安慰。

红杏也常常在吴隶面前撒娇：人家怀孕都这么长时间了，

还得照顾你爷俩，你也不犒劳一下人家。

吴隶说：行。

于是，这天下午，二人送完了货，吴隶便带着红杏、小华去了饭店吃饭。红杏给这爷俩夹这夹那，惹得吴隶感动不已，小华却一直坐那里，拿着筷子也不动，闷闷不乐的。

晚上，吴隶听到小华在梦中哭喊着"妈妈，妈妈……"

吴隶忙爬起来，看到冷冷的月光从窗外倾泻进来，铺在床上，铺在他和小华的身上。吴隶忙给小华盖好毛毯。他下了床，站在窗前望着月亮，又看看渐渐入睡的小华，重重地叹了口气。他从卧室走到客厅，又从客厅走到卧室，然后又躺下，却怎么也睡不着。

过了近一个月。有一天，红杏窝在吴隶的怀里说：眼看着肚子一天天长大，这都快看出来了，"五一"赶快把事儿办了，人家不能挺着大肚子结婚吧！还有，我想风风光光地结婚，你还要给我买钻戒。

吴隶犹豫一下，说：结婚肯定要办得风光，钻戒先不买了吧。最近咱们的生意也不太好，留着钱周转资金吧。

红杏不愿意，说：挣钱就是花的，不花都对不起自己。

吴隶说：回头咱生意做大了，给你买大的。

红杏掐了他一把，坐起来说：哄小孩子的把戏，不行！必须买，我还得请我的亲朋好友都参加婚礼呢，让他们都看看我周红英过得比谁都好，我老公比谁都有钱！

吴隶劝道：打肿脸充胖子，何苦呢？

红杏说：活着，就是给人看的。

终于，在红杏的软磨硬泡下，吴隶被拽着去了大卖场买了几件首饰，抱回了七八件今年刚流行的春季时装和两件反季节销售的貂绒大衣。一回到家，她就跑到镜子前转着圈地显摆起来，看着镜子里的自己一身珠光宝气，红杏脸上的笑容怎么都收不住，心里好不美气。

下午，红杏便穿戴一新，急急忙忙地开车朝娘家赶。

人间四月天，百花争艳，和风轻灵地吹着春天，花儿、鸟儿在空中舞着。红杏觉得，花儿再怎么娇艳地绽放，在自己面前都已花容失色、黯淡无光。

一进村子的路，红杏便摇下了车玻璃，车也开得慢了许多。看着车里娇艳的红杏，村里的孩子们跟在车的左右起哄。红杏就把喇叭按得响个不停。

红杏还没到家门口，便有孩子们一溜烟地跑去给红杏娘"报告"。一进巷子，红杏看见一堆孩子围着娘转，他们正站在门口朝这边远远地张望呢！

到了大门口，红杏深深呼了口气，才下了车。

顿时，土黄色的巷子，土坯的院墙、屋墙，粗壮的树干，乌黑的大门，孩子们一身土渣的衣服上、黑红的脸上都被红杏映得越发黯淡无光了……

红杏瞥了眼身后的孩子们，脸上堆满了得意的神气。

红杏娘看着红杏呆了半天，红杏喊了两声"娘"，她才醒过来，忙道：来啦，来啦。俺的杏儿今天穿得真洋气。说着，乐滋滋地跟着红杏进了家门。

红杏爹正在门里编筐，听老伴说"洋气"，便瞅过来，见红杏妖里妖气的打扮，边编边问：怎么？挣钱了？

红杏笑着"嗯"了一声，径自提着大包小包往里走。

红杏爹说：今年经济不好，我可听小超说，今年你的买卖不咋地啊！

红杏停止脚步，回头说：爹，影响不着咱这小买卖。

红杏爹这才放下编着的筐子，看着红杏的背影。他有些担心。

红杏娘做饭的工夫打电话叫来了周超。

吃饭时，红杏这才犹犹豫豫地说：爹，娘，今天我来给您二老说件事儿，我考虑很久了。

红杏爹的筷子在碗里停住了。红杏娘看了眼红杏爹，跟红杏说：有啥事，说就是了。

红杏低头在那里，抬眼看了看爹，说：我离婚了。

红杏娘瞪起眼睛，惊讶地看着红杏，又瞅瞅红杏爹。红杏爹放下碗筷，端起酒盅，一饮而尽，又从口袋里拿出一支烟点上，深深吸了口，吐完了烟，才说：好，好日子不过，都作死吧！

爹的话一出口，红杏才害怕起来。可是转念一想：这事无论如何，早晚都要说的，今天不说明天说，早说早利落，早死早托生。便说：实在过不下去了。

红杏娘佯装埋怨：什么时候的事？

红杏说：两三个月了。

红杏娘忙说：怎么不给家里说声啊？

周超也跟着说：姐，你没吃什么亏吧？咱不能便宜那小子。

红杏没理周超，抹了把泪儿，说：说不说，早晚不都得离嘛。没意思了。他从外面找"小三"。

周超一惊，说：什么？我去砸断他腿！！

红杏爹说：一个巴掌拍不响！

红杏娘瞪了他一眼：你这是说什么话呢？

红杏爹也瞪她一眼，"哼"了一声。不再说话。

不一会儿，红杏娘抽泣起来，边泣边说：俺就这一个闺女，怎么就这样的命呢？想当年，跟那个人定了亲，散了。跟着这个又离了。说着，呜呜地哭起来。

周超说：娘，你现在哭有什么用。

红杏娘还是哭：俺闺女呀！

红杏觉得现在是时候，便说：娘，你哭什么呀！不用担心恁闺女。

红杏娘说：你是娘身上掉下来的肉，再大也扯着娘的心啊？

红杏说：娘，我一直没给你们说，就是不想让恁二老担心。今天我来，就是想告诉你们，我要结婚了。所以不用担心我。

周超忙问：是吴隶？

红杏一直不知怎么开口说这事，没想到周超替自己说出来了，这是公布她和吴隶关系的最好时机，便含羞带怯地点点头。

周超说：你们多长时间了？

红杏明白他的言外之意，便说：别胡说了，才刚开始。

红杏爹气愤地瞪着红杏。红杏忙解释：爹，真的。离了婚，我还得过呀，一个女人在外不容易，日子都是挨着过，谁不想赶快找个依靠呀！

红杏爹没再说话。

红杏娘看了眼，忙说：是啊，是啊！

红杏爹猛吸一口烟，"呸！"吐出一根烟丝，又把烟屁股狠狠地甩到地上，一脚踩过去，碾扁碾碎。

　　几个人都惊呆在那里，不说话。半天，红杏爹才说：到底不知哪个巴掌拍响的？

　　红杏娘忙圆场：不管咋样，孩子又有个家了，是好事。不能光让孩子单着在外面过，女人不是男人；又问红杏：什么时候结婚？

　　红杏说：五一。

　　红杏娘一连说了几声"好"，到时候都去，都去。

　　红杏爹说：我丢不起那个人！说着，站起身去了外面。

　　屋里先是一片静，继而红杏嘤嘤地哭起来，红杏娘便劝。越劝，红杏越哭，边哭边说：我也是没办法啊，你们哪里知道我的苦，陈亚他一天到晚光忙自己的事儿，我指望不上他，家里更白搭，里里外外都是我一个人，孩子要照顾，生意也要做。我有什么办法？我还得生活啊？我一个人累啊，我跟着他，就跟没男人一样！我能再受这个罪吗？

　　红杏娘给她擦把泪说：不能受，不合适就算完。哪能在一棵树上吊死呢？

　　见娘已倒向了自己这边，红杏便心安了，接着说：你看，他对我也好，这些衣服都是他给我买的。我以后要好好过日子，一定会活出个人样来的。

　　吃完了饭，红杏开车回去。路上，她回想着在家里的情景，脸上露出会意的笑容。

　　终于，在红杏的软磨硬泡下，"五一"那天，吴隶竭尽全力与红杏在世纪大酒店办了一场风风光光的婚礼。

　　除了亲戚，红杏还与自己的同学、闺蜜下了通知。然而在敬酒时，红杏发现伊然并没有来，她悄悄问郁雯，郁雯说：伊然说，她不会来的，她以后也不会再找你了。

红杏才觉得这是自己的失误。当天，婚礼结束后，红杏不是嫌没照顾好家里人，就是嫌宴席不够档次，对吴隶一百个不满意。吴隶说：这个哪有最好的，再好也不可能圆满啊。

红杏还是不依不挠，唠叨起没完没了。

客人都散了，吴隶去总台结账。红杏坐在大厅的沙发上，回想着一天的迎来送往，才想起了爹，爹连一句话也没给自己捎，心里就难过：爹，难道你就这么不原谅我吗？

晚上，两个人满身倦意地回到家，还没坐下，小华就跑到吴隶跟前，叫他帮着背单词。吴隶还没开口，红杏便嚷起来：你爸累一天了，还让不让休息了？你那学习也不是一天学完的，今天不背了！

吴隶说：孩子学习不能耽误的。

红杏说：我说明天就明天！赶快睡觉！

小华看看红杏，翻了两下白眼，也没敢吱声。独自在他的小屋里默默背单词。

上了床，红杏要求做云雨之事。吴隶有些烦，说：我今天很累。

红杏说：不行，这回得天天"缴公粮"，省得你在外面整花花事。

吴隶本来就累，刚才红杏不让他辅导小华功课，就有些烦，现在又说这些话，便生气，说：我整什么花花事了？还不是专心工作、专心做生意！

红杏一笑：你不花花，怎么和我这个良家妇女勾搭上了，哈哈。

吴隶翻过身去不再理红杏,红杏扳过他来就骑上去了……

第二天一早,吴隶起床给小华做早餐,红杏搂着不放手。吴隶说:放开,一会儿就晚了。

红杏闭着眼,说:让他自己做,这么大了要学会自立。

吴隶掰开她的手就起来了,说:还不是时候!便去了厨房。

早餐后,红杏说:今天我要去跑跑市场,你不陪着我呀?

吴隶说:我还得上班呢!你自己跑跑吧,有缺货的先记记,到时我再和你一起去。

红杏叹了口气说:唉,怎么着也不是结婚之前了,天天屁颠屁颠的。

吴隶没理她,吃完饭便去上班了。

路上,吴隶就想:怎么女人都这样,结婚前和结婚后差别这么大。想想又不对,绿珠就不是这样的,她是个例外。想到绿珠,吴隶自然而然地将红杏与她对比,又想到她们俩人对小华的态度,又想到红杏那时候说对小华如何好的话,不禁叹了口气。

吴隶突然觉得,与红杏的这场结婚,真像个荒唐的游戏。

红杏正在市场跑着,陈亚打来了电话,说:洋洋最近的学习下滑得厉害,我看得需要补课,他自己也着急,想趁这个暑假上辅导班,既然孩子想上,说明他还有上进心,一定就不能让他落下。最近我的经济太紧张,看看咱们能不能为了孩子平摊些学费。

红杏心里微微一颤,想起了好久没见洋洋了,想到自己选择这条路对洋洋的伤害,想到一个没妈的孩子的孤独,就觉得太对不住洋洋，毕竟离婚时一分钱的生活费也没给。况且自己还有些私房钱，可以避开吴隶，便爽快地答应：行，多少钱你发给我，连同银行卡号，一人一半，我给你打过去。

挂了电话，陈亚竟对红杏生出了一丝感恩，心想：这不仅很大程度上解决了我的经济问题，说明她还爱着孩子的。

陈亚收到红杏打款的短信通知后，给红杏发个短信：谢谢。

红杏回复：以后孩子交学费时，你给我说，我给打一半过去。

离婚后的陈亚，照顾洋洋的生活，辅导他的学习，再加上置办了一些生活必需品，几乎花光了所有积蓄，这让陈亚心力交瘁。而面对额外支出的学费，陈亚才不得不求助于红杏，他没抱希望，初衷就是想让红杏知道孩子的学习，红杏意外的慷慨让他感到一丝安慰。

然而这事，却不知怎么传到吴隶耳朵里。吴隶问起红杏，红杏说：那是我的儿子，我想怎么管就怎么管，你管得着吗？

我并不是管你，你给孩子学费我本不该管，可钱是出自咱们家，你要给我说一声。吴隶解释。

哼哼，咱们家？那是我辛辛苦苦挣的好不好？而且我是给我儿子交学费，天经地义，你穷吱吱个屌？红杏一脸强势。

吴隶被噎得一句话憋不出来。琢磨半天，觉得红杏说的也有道理，也就不再与她理论。

硝烟战起

吴隶单位改制，吴隶下岗了。

红杏说：我怀孕也干不长时间了，你接过来，一些业务你也熟悉的。

吴隶说：咱不能一棵树上吊死，现在这个经济形势不容乐观，得多铺一条路。光守着这个单一的生意，容易走死胡同啊，最近本来就不好做了。

红杏问：那你说怎么办？

吴隶说：我看酒水这行不错，正好夏天来了，又到酒水的销售旺季，我从这里做起，以前单位的业务关系还能用上。这比白手起家要好。

红杏问：你有钱？

吴隶听出红杏满心狐疑，说：还有部分存款，用来救急的，现在只能用这个了。

红杏揪起吴隶的耳朵说：好啊！竟然还有私房钱！

吴隶一手拨开，说：别闹了，说真的，现在不撒开手干，光凭目前的生意，说不定哪天真揭不开锅了！

其实红杏也明白现在的经济形势，她的副食生意最近也是一般情况，都是老客户帮衬着，不死不活的。所以，她也就不大干涉吴隶的决定——或许真能走出困境呢？

既然再开锅设灶，肯定要加大投资，生活上的开支就得压缩了。自从开源节流以来，红杏就开始烦躁，心里念叨：跟着陈亚就那样糟糕，没想到了这边，偏偏又遇上这样倒霉的时候。便唠叨吴隶：跟着你是享福的，没想到却来替你受罪。

吴隶说：这不是遇上饥馑年了吗？谁家日子一帆风顺！说着，掏出一百块钱，说：一会你出去买些牛肉、排骨什么的，今晚改善改善生活。

红杏忙收起钞票，笑道：这还差不多。

　　红杏买排骨回来，却带来了洋洋。吴隶愣了几秒钟，红杏说：放暑假没事，就带来了。吴隶尴尬一笑，热情地让洋洋坐下。红杏去做饭的工夫，吴隶打开了电视，边看边喊小华出来与洋洋一起玩。

　　小华走到小卧室门口，手里还拿着笔，他站在那里不说话，瞪着洋洋。洋洋也没有了第一次与小华一起玩耍的欢愉，他怯怯地看了眼小华，忙又把目光躲到了一边，吓得钉在凳子上，一动不动。待了一会儿，洋洋抬起头，看到小华还瞪着他，洋洋便忙站起来，挪到一边，在墙根抠着手指头。

　　不一会儿，菜饭摆上桌，吴隶招呼大家坐下。洋洋却不动筷，在桌前闷闷不乐。红杏忙给夹了几块肉，问：洋洋，怎么不吃饭呢？这不是你最爱吃的红烧排骨吗？只见洋洋低着头，光摇不说话。红杏便不管，说：不管他，咱们吃。由他坐在那里。吴隶又劝，洋洋还是不吱声。

　　红杏说：到生地方了，拘束。

　　大家吃完饭，洋洋也没动筷了，红杏问洋洋要不要住在这里，洋洋便拉着红杏的手，细小的声音说：妈妈，我要回家。

　　红杏跟吴隶说：我送他回去。

　　回去的路上，红杏问洋洋：洋洋，今晚怎么了？有什么不高兴吗？问了两遍，洋洋才吞吞吐吐地说：妈妈，小华说他爸妈离婚是因为你，他说他讨厌你。

　　红杏忙停下车，瞅着洋洋半天，咬牙切齿地骂起来：放他妈的狗臭屁，我回去非得掐死这个小崽子！！

　　洋洋看着红杏的样子有些害怕。

红杏一路急驰，把洋洋送到小区，又风驰电掣地开回去，噔噔噔一口气蹿到楼上，投开门，咣当一声摔上门，跑到小华的卧室都带来一阵风，她一手掐着腰一手狠狠地指着小华就骂起来：你这个小东西，你爸妈离婚管我屁事。还没个人蛋子大，你懂个屁，再胡说，看我不撕烂你的嘴！

正骂着，吴隶早已从大卧室跑过来，见小华正浑身颤抖地缩在床里面墙角上，惊恐的小眼瞅着红杏。吴隶忙跑过去，一把将小华抱进怀里，抚摸着说：儿子，没事的，没事的。

红杏气冲冲地瞪着吴隶，吴隶也板着脸瞧着她。半天，红杏骂了句：管好你这个狗崽子！一甩手去了卧室。

红杏走了，小华已控制不住自己，又不敢大声哭，憋在吴隶的怀里一个劲儿抽泣。吴隶紧紧搂着小华，悔恨万分。

安排好小华睡觉，吴隶回卧室才发现红杏竟然将卧室反锁上了，自己便在沙发上将就了一夜。那一夜，吴隶又想起了与绿珠闹别扭的那段时间，同样是睡在沙发上，而今夜的心情却更是糟糕，似乎有一样心疼的东西被人狠狠割掉，弃之荒野，再怎么努力都找不到。

第二天一早，吴隶见红杏开了门，便回到卧室，悄悄说：以后别对小华那样，毕竟是孩子，他懂什么？

红杏也想到昨晚的情绪有些激动，心想闹大了对谁都不好，但想着小华对洋洋说的话的确可气，便说：你也管教管教那个小崽子，一些事就他懂，跟人精似的！

吴隶说：这事让我怎么教！

红杏说：爱怎么教怎么教！

红杏去送货，吴隶没事，也跟着去了。在外跑了一天，天黑了才回到家,本来早到了小华放学的时间了,却迟迟不见。吴隶便匆匆忙忙朝辅导学校跑去,看大门的保安说学校里早就没人了。

吴隶折返回来,却不知该去哪里找。突然他想到绿珠,便去了电话,绿珠说:没来我这里;忙问:发生什么事了?

吴隶没再说什么便挂了电话。偌大的城市,他不知道孩子会去什么地方,不知该去哪里去找。

此时,吴隶真有些孤独无助的绝望。

他正在街上徘徊之际,绿珠打来电话说:你去沂河边找找。

果然,吴隶在沂河边上找到了小华。

小华正坐在沂河边,面对着黑黢黢的河水发呆,凉凉的月亮映在清冷的河水里,时而晃动几下。吴隶远远地看着,喊着"小华"就跑过去,一把搂住,大哭起来。小华木讷地倒在吴隶怀里。

许久,小华挣脱了吴隶,坐起来质问:爸爸,你和妈妈离婚,是不是因为她?

吴隶擦了把泪,也坐下来,看着远处河里的月影,说:从认识她那一天,我就走上了一条不归路,爸爸多么想回到你和妈妈身边,可是我却无法做到,早晚有一天你会知道我的苦衷的。

那你还跟我说什么?你把她引到家里,还说是苦衷!!小华恨恨地看着吴隶。

儿子,我说得是真的,我是不得已啊!吴隶似乎在央求小华的原谅和理解。

你看到了吗?你给钱买的排骨,她光朝她儿子碗里夹,我一块都没有!小华叫起来。

啊？我竟然没有看到这些细节。吴隶心里一酸，泪水禁不住又涌上来。

上次，妈妈带我到这里，妈妈光哭，我问怎么了，妈妈也不说。今天我明白了。我想妈妈。

吴隶好说歹说，劝小华跟自己回去了。

夜里，吴隶陪着小华睡，爷俩聊到了半夜。小华睡着了，吴隶却怎么也睡不着。想想自从认识红杏，彻底改变了自己的生活，甚至生存的状态。原本想合伙多挣些钱，结果捉鸡不成倒蚀把米，竟然还失去了原本平淡的算不上太幸福的家，却又鬼使神差与红杏结了婚，导致小华面对这样的家庭环境。一步错，步步错，吴隶感觉自己越陷越深，难以自拔了。

红杏，这个让他由爱生恨的人，远不得近不得，说不得骂不得，竟由着她的小性折腾。不仅让自己头疼，现在还波及到小华。小华何罪之有？却让他承担这些痛苦。想到这里，吴隶便觉得特别对不住小华，便觉得红杏的可恨。

自己仅仅是为了那十万块钱和那句威胁的话吗？好像是，好像又不是。

爷俩回到家，吴隶一直陪小华在那屋聊天。红杏在大卧室一直侧耳听着。她知道小华的出走与自己有关，也觉得自己有些过分，可她更多的是觉得小华这孩子太倔了。

早上，红杏早早起床，为这爷俩做好了早餐。小华起床后见到，也不与她说话，洗漱完便跟吴隶悄悄地说：爸爸，给我五块钱。

吴隶也没问做什么用，便给了小华。小华拿了钱，背上书包便要去上学。吴隶忙喊：不吃早饭再去吗？

小华还是不说话，关上门便下了楼。

见小华关了门，红杏吼起来了：他奶奶的，都成祖宗了，做好好的饭不吃。吴隶你看呀，不是我不做，这样难伺候的，我以后还不给做了呢！

吴隶一边打手势，示意小华还没走远，一边开门朝外瞅，却发现小华正站在楼道里眼瞅着这边流泪。

吴隶顿时头皮发麻，吼道：吼，天天吼，不吼能憋死你啊，你对洋洋也是这样？你当初说的话成屁了吗？想做就做，不想做就滚！吴隶气得还想骂，看着红杏挺着个肚子，便收住了声。

红杏看他那样子，知道小华还没走远，故意喊起来：好啊，滚，我看谁先滚！

早饭后，红杏拽着吴隶去跑市场。吴隶不去，说：我得赶快找些朋友考察下酒水市场，咱俩不能都靠这上面。

红杏说：你不去，天天让我挺大肚子跑？

吴隶说：你现在还能跑，先跑着，咱也得早另做打算。

红杏自己跑市场去了。吴隶则去找些朋友考察。自此，二人各干各的。因红杏身体渐渐不方便，吴隶倒是时常帮着红杏跑。

这天中午，吴隶不放心小华，便准备回去，他先问红杏是否回家，红杏说忙不完。吴隶便先回去了，顺便买了小华爱吃的牛肉饼、比萨。

按往常的时间，小华应该放学到家了，可是吴隶等了半天仍不见小华，便有些着急。他寻思去辅导学校看看，刚下了楼，见小华正在楼下踯躅不定，吴隶忙问：小华，你干什么呢？不赶快回家？

小华说：我见你的车没在，不知道你在不在家，我不敢回去。

吴隶心里一酸，一把牵过小华的手，说：小华，你受委屈了。说着，领小华一起上楼。

爷俩刚开始吃饭，红杏却回来了。吴隶忙要去做饭，红杏看了一眼小华，便去了卧室，一边找东西一边说：我的那个戒指放衣橱里的，怎么不见了呢？

吴隶在客厅说：好找找。

红杏便发起火来：好找找？怎么找？我明明放在衣橱里的，难道家里出了贼吗？

见红杏发火，吴隶便心生疑惑，去了卧室问：中午回来，不吃饭就找戒指干吗！今天还非戴吗？

红杏说：是的，今天必须戴，不戴就难受，我不戴就让"好人"戴走了！！

吴隶说：你什么意思？

红杏借机号起来：我什么意思？我哪敢有意思，可真是住在你们家了，我不在家，你们也开起小灶来了。还不知背地里吃多少东西呢！！

你……你……吴隶一甩手，不再与他理论了。去了客厅。却发现小华不见了。

吴隶忙开开门，朝楼道里喊两声"小华，小华"，蹬鞋子就追出去，临出门时骂了句：奶奶的。

就听红杏在卧室里大声回了句：你奶奶个×！你奶奶个×！！声音急促而尖锐。

吴隶一口气跑到楼下，追上小华，见小华满脸泪痕，形单影只地走在小区的路上。吴隶一把抱住小华说：儿子，对不起，爸爸对不起你。

小华两眼泪汪汪地看着吴隶说：爸爸……爸爸……哽咽着却说不出话来。

一整个暑假，因小华在家时间多，红杏便与他时常产生一些摩擦，红杏情绪常常激动，并带到生意中，本来这一段时期的生意就不景气，客户们也不将就红杏的情绪，不是说下货慢就是以资金短缺为由，不再进货。仓库的囤货一直处理不出去，红杏又急又烦，回家还是泄火发牢骚。

吴隶的酒水生意也有些眉目，平日里也忙起来，他更是顾不及红杏，唯愿自己能做好生意、照顾好小华。现在的小华，似乎成了红杏的眼中钉，她处处作难小华，吴隶也是看在眼里，疼在心里，可是红杏的脾气说也不是，不说也不是。吴隶时常左右为难。

小华懂事，也时常看到爸爸一边天天东奔西跑地做生意，一边还要照顾自己，另一边还得受那个女人的气，便慢慢理解吴隶的苦衷。

是的，吴隶的酒水生意虽然前景不错，但让他跑得很累，最近投资的周转还有些困难。吴隶左思右想还是想让红杏收一部分货款，补到这边，以应急需。

红杏说：我哪有钱，所有的钱都在这生意上了。货款天天要，就是收不上来，你让我怎么办？

吴隶说：你上回说，不是还有存款吗？先用下，江湖救急。

红杏说：哪有啊！

吴隶说：上次你还说把小华当成自己的孩子，能养得起他，你就说你有存款的。

红杏这才想起说过这话，后悔当时嘴上没遮没拦，便说：我那是养老的钱，无论什么情况都不能动。再说了，你也真是天真，我存的款，是养我肚子里的孩子的，小华有他娘。

一句话，使吴隶的心如空荡荡的玻璃瓶摔到地上，碎了一地。他突然感觉到：谁有都不如自己有，你说得再好听，也不是自己的。翻手为云，覆手为雨，那些豪言壮语海誓山盟到了关键时刻都成了一堆无用的屁话！

反思

红杏当然知道走货时急需钱款的重要性，她不是不担心吴隶生意的成败，但是她更担心自己帮助吴隶后自己的危险处境，她必须要保证吴隶的经济条件在自己之下，至少要差不离，无论如何是不能超过自己的。所以，她干脆一不做二不休，天塌下来不能也不会为吴隶伸这手。

吴隶，你的成败，听天由命吧。红杏心里默默念道。

然而，让红杏想不到的是，十几天后的一天晚上，吴隶回到家就说：今晚喝杯，终于熬过去来了。红杏就纳闷了，便问吴隶。吴隶说：问题解决了，最近出货时很顺，而且还大大地赚了一笔。

红杏一脸惊诧，心里泛起一丝失落，甚至妒忌，冷嘲热疯地说：长了能耐啊！你用了什么高招跳过了火焰山。

吴隶嘿嘿一笑：也没什么，朋友多，人缘好。

小华在旁边一语道破天机：是我妈妈。

红杏顿时沉下了脸，瞪了眼小华，又盯着吴隶质问：怎么回事？

吴隶无奈地瞥了眼小华，对红杏说：是绿珠赞助的。

红杏又问：你又去找她了？

是的。吴隶觉得红杏问得太没道理了，懒得与她解释。

红杏心头的火一下子蹿上来，站起身就拽着吴隶，边晃边骂：吴隶，你个不要良心的，吃着碗里的看着锅里的。你这是要旧情复燃吗？！

吴隶一把挣开，还没说话，小华站起身喊起来：是的，我给我妈妈说了爸爸的困难，我妈妈就帮助爸爸了，还不行吗？我们才是一家人！

红杏没想到小华会这样说，吴隶也没想到。

原来，前些日子吴隶与小华晚上散步谈心，说到自己的艰辛，特别是近些日子生意上遇到的困难，别看小华平时不吱声，但他很有心数，都记在心里了。后来的一次，小华去绿珠家，无意说起了这事。绿珠看看小华，摸起电话就给吴隶打过去，约好了时间地点，把两万块钱塞到吴隶手里。

吴隶捧着沉甸甸的钱，心里五味杂陈，他愧疚地看了眼绿珠，想说些感谢的话，却又不知该说什么。

绿珠只轻描淡写的一句：我不图你感谢，也不指望你还钱，只希望你们能待小华好些。孩子要有一个好的成长环境。我不是为你，是为小华。开学了，你要照顾好他。

听了这话，吴隶首先想到了自己在红杏面前的尴尬处境，他懊悔万分，可现在是骑虎难下，左右为难。吴隶含着泪回去了。路上，他回想着这次经济困难，考虑着里面的因素，总结出问题：自己没能力挺过去，有钱的不帮，却靠前妻渡过难关，拿着那些钱也不舒服。所以，吴隶暗下决心，一定要做好这生意，无论男女，只要经济独立了，才能说话时挺直了腰板，别人才会对你唯诺是从。

这事对于红杏无疑非常意外，自己的老公竟然还与他前妻保持着联系！这怎么可以容忍？？连小华也敢跟自己对着干了。红杏气得不行，一口气一口气地向上喘，铁青着脸，她没理会小华，而是上去又抓住吴隶：你们这叫离婚吗？我问问你，我看那个骚×还惦记着你，你给我说说是不是？是不是！！红杏边骂边哭，边哭边抓挠，衣服和头发都凌乱了。

吴隶凡事让着她，可红杏却处处不让人。吴隶再次挣开她，整整衣服，说：无理取闹！！

小华见红杏骂他妈妈，一改往日敢怒不敢言的胆怯。在一旁歪着头瞪着红杏，满脸愤怒，指着她哭道：你才是，你才是，你不勾引我爸爸，我爸妈就不会离婚！都是因为你！

这些句，无疑又给红杏的愤怒火上浇油。她拽起小华的衣领用力推到一边。吴隶忙拦住红杏，红杏瞪了眼吴隶，指着小华骂：哪里来的小龟孙，你妈要不是个木头疙瘩，你这秃子爹也不会在外面偷腥！

吴隶说：你跟孩子说这些干什么！有什么事咱不当孩子面说，行吗？

红杏又朝吴隶身上撞，一边撞一边嚷：就说！就说！！就说！！！一个老龟孙，一个小龟孙！

吴隶气得说不出话来。

小华见状，上去拽起红杏的胳膊就朝后推，红杏没站稳，向后一退，却被沙发挡住，一屁股坐到了地上。小华忙返身躲到吴隶身后。

吴隶忙上去扶，红杏一摆手挡到一边，依旧坐在地上，皱了下眉头，扶着腰，哼哼一笑：怕了吗？怕当初就别干啊！别当了婊子还想竖牌坊！

吴隶已不想与红杏理论，但见她依旧喋喋不休，便说：真是没法治！我这生意刚要有起色，你就非得给我添堵不行！

红杏却再不说话，皱着眉头，护着腰在那里，面色开始难看。吴隶还不说话，红杏便叫起来：吴隶，不行了，我疼，快快上医院。

吴隶知道事不好，抱起红杏便朝楼下冲去。

小华站在门口呆呆地瞅着楼道。

医院里。

妇产主任告诉吴隶：孩子没有了，大人没事，回去好好静养，不要老生气。

静养，意味着生意将不能再跑了。吴隶觉得肯定力不从心，便跟红杏说：命是自己的，先放放吧，挣多少钱是挣？再说这段时间生意也不好，天也凉快了，你也累，正好在家休息下也好。

红杏本不想生气，但想到这里，想到小华推的那一把，气便不打一处来，恶狠狠地骂道：他娘个×，要不是手贱，我能受这个罪。

吴隶忙捂住红杏的嘴，刚要开口，红杏便扒开他的手，推到一边：你也滚一边去！

哪知小华早就听到了，他扔下笔就跑出来：你骂我妈，我才推你的。你说脏话！

红杏说：别让你那个秃头爹干那些脏事就行！

　　红杏知道小产后若不好好静养的后果，也不想与小华直接冲突，但有时就不由自己了，上了那气头，怎么看小华都不顺眼，何况自己的小产还是小华直接导致的。小华也是常常歪头，跟长坏了的蒜瓣一样瞪着红杏。两个人不是你找他的碴，就是他挑你的刺。

　　吴隶忙于生意，在家也少，忙完一天，回家也不想动。红杏小产休养，故作孱弱，家务活一律不干，吴隶忙前忙后一天，回到家后还要做饭烧菜，关心她的心情是否快乐等等，等忙完这些，自己歇下来，才想到自己的苦与累却没有人懂，情绪就烦躁了。红杏看着吴隶的样子，心里也慢慢地感觉出来，觉得他从做酒水生意以来，对自己的关心少了许多。

　　只红杏一个人在家时，她常想：她不能否认与吴隶走到一起是为了稳定生意上的合作。她始终不知道自己在吴隶心中的位置，吴隶娶她是真心爱她还是为了什么？

　　想到这里，红杏便开始梳理自从认识吴隶以来的所有，最后才总结出来，自己竟然真是为了这个生意才与吴隶走到一起。从刚开始的网聊到后来的越轨，再到后来的双方离婚，再结婚，竟然没有一个为了真正的爱情。

　　红杏惊呆在那里半天，在心里一直问：我到底爱不爱吴隶，他到底爱不爱我？我们有没有爱情，退一万步再问，我们有没有感情？

　　一下午，红杏都没想到答案，却是越想越孤独。这不是她的人生追求，然而她的人生却的的确确地走到了这样的境况。

　　想烦了，红杏就特别想找个人诉苦，可是盯着手机半天，她也想不出该找谁。便又想到网络，或许向陌生人才会敞开心怀。于是，红杏搜索了本地好友，一个叫"蓝颜知己"的跳了出来，加好友后，红杏向他迫不及待地诉说起她与吴隶的不幸福和生意上的困难。蓝颜知己先是安慰一番，接连又是拥抱又是亲吻，暧昧的图片连珠炮似的发过来，让红杏一下子打开了心扉，将内心的、情感的孤独一股脑地倒给了他。一下午苦闷的倾诉，红杏觉得好受多了。

一来二去，才一天的工夫，红杏便与蓝颜知己聊得火热。蓝颜知己说他在投资理财公司，专门做外汇投资，就是赚人民币和外币的汇率差价，并建议红杏可以投资做做试试。

红杏说：我现在没钱，你是知道的。

蓝颜知己说：这个不需要多少钱。这样，我先借你两千元钱，给你开个账户，赚了钱是你的。

红杏说：那样多不好意思。

蓝颜知己说：有钱大家一起赚。

红杏这才将信将疑地把个人信息发给他。蓝颜知己注册后，将注册信息截图发给红杏。

果然，第二天，蓝颜知己又给红杏发一个截图，是第一次赚到的购买的几个外汇的差价，两千的投资，赚了将近二百元。蓝颜知己说：投得越多，赚得越多。只要看准了哪个外币，是稳赚的，绝对比股票保险。我把赚到的钱是当面给你，还是打给你？

红杏感激蓝颜知己，这赚钱不赚钱的无所谓，认识这么一个朋友是最重要的。而且他还这么热情，哪有不见面就拿钱的道理，我还要当面感谢呢。红杏说：下午见个面吧。蓝颜知己说：你身体不是不舒服吗，可以吗？

红杏说：没事。

中午吴隶回家了。红杏给做完饭，待吴隶吃完饭，等他出去后，才急急忙忙打扮一番，匆匆出了门。

沂河西岸的水边咖啡馆。

蓝颜知己见到红杏，先作了介绍：我叫洪任，在快赚投资公司，办公室主任。微微一笑，又说：你很像我的一个大学女同学。我曾经还追过她一段时间，只是毕业后她回了南方的老家。

听到洪任这样说。红杏觉得眼前的男子与自己顿时近了许多，说：你可别把我当成她，我可是有夫之妇。

洪任嘿嘿一笑，说：很难说。

听一这三个字，红杏便觉有一种亲近之感，再加上网上无话不聊的经历，二人很快聊了起来。

洪任见红杏聊得很嗨，便从包里掏出两张大票，递给红杏说：呐，这是赚到的200块。这只是开始。

红杏正在兴奋中，巴不得叫洪任亲弟弟，想着本金就是不自己的，哪能再要这200元，便说：弟弟，这钱姐可不敢要了，等哪天我投了资赚的钱再给我吧！

洪任说：哪能啊！姐，做生意最重要的就是信誉，我们说好的，这钱是你的就是你的。呐，拿着。说着，将钱放在桌上，推给红杏。

红杏又推过去，说：弟弟，这样，今天这顿就用这钱吧，算是我们的第一次合作。说着，又尴尬地笑笑：这也不合适，不还是弟弟的钱啊！

洪任说：分那清干吗，这样不是见外了嘛！好，就这样。

二人的第一次见面，相当成功。相互之间，不仅加深了了解，红杏还学得了许多通过不同时期的汇率差赚钱的方法，她这才明白，赚钱不只是整日东奔西跑累死累活地卖货赚钱，也可以坐在电脑前，钱生钱地赚钱。

原来赚钱这么容易，只是我不知道而已。红杏暗自庆幸认识了洪任。

过了两三天，红杏又收到了洪任给她发的截图。原来，他没有给红杏说，又为红杏花五千块钱买了一笔，大大地赚了将近一千块。红杏心里顿时激动起来。

洪任说：姐，给我发个卡号，我给存进去，以后我会连本带利一起往里投，这样，你会越赚越多的。等赚够了，我再拿回本金，到时你一定要请我客哟。

红杏正在感动着，忙说：那是一定的，弟弟。

红杏接着将自己一直没用的一个卡号发过去了。才几分钟，红杏收到短信，卡上果真进账六千元。

那一刻，红杏爱死洪任了。

不一会儿，洪任又打来电话说：姐，你手机上一会儿会收到一个验证码的短信，到时你告诉我就行了，这是关联外汇系统的账号。

红杏答应着。收到短信连看了没看就转发给了洪任。

这几天，红杏高兴，在家也勤快，拾掇家里，做饭洗衣。惹得吴隶直乐，说：你要做全职太太吗！

红杏说：我可没那个命，你又不挣我吃。

吴隶说：瞧你说的。有一分钱，咱不得一起花啊，何况现在咱这生意好转了。

红杏瞪他一眼：少给我提这茬！

想到绿珠资助吴隶的事情，红杏心里就泛酸，就想到经济独立的必要性。这促使了她决定孤注一掷的念头。吴隶走后，红杏寻思许多，她想起了刚认识吴隶时，自己将整个人都赌上了，没承想走到今天这个地步。她决定再赌一把，她现在完全相信洪任，把自己养老的三万块钱私房钱投给洪任。等赚了钱，再周转生意上的资金问题。

于是，红杏给洪任打电话，说晚上见一面，给你三万块钱，买上几笔。

洪任在那边犹豫了一秒钟，说：姐，这太多了，我们认识才几天，你相信我吗？

红杏说：姐信你。姐还要感谢你帮我赚钱呢！

洪任说：那行，姐，这样，你打到你那个卡上吧，反正我不知道密码，更安全，赚到钱你再取。

红杏说：行。你帮着打理吧。

红杏到银行把钱取了出来，又存到卡上。出了银行，她看着银行卡和短信上的提示，寻思了半天，心说：这是我最后的希望了。我等着你！想着，她又记起了与吴隶的认识，多么相似啊，可是今非昔比。想着与吴隶，她又想到自己与陈亚，似乎陈亚这个人与自己越来越远，中间隔了许多人、许多事情和许多时光，突然一种失落的情绪从心底里涌上来。

红杏抬起头，秋日的天空很高，远远地飘着一瘩疙一瘩疙的乌云，她忙上了车，给洪任去发个短信：款已打到。

洪任回复很快：收到，姐。

吴隶的生意渐渐好起来了，这让吴隶很感激绿珠。吴隶常常寻思，在自己最困难最无望的时候，绿珠不计前嫌，帮了我一把，让我走出困境。当然，吴隶不管绿珠是否说过好好待小华，他都会这么做的。何况绿珠还交代过。

吴隶突然发现：绿珠是很伟大的，那种在平凡中看到的伟大。

想到绿珠，吴隶自然而然地想到了曾经的生活，又想到了今天的生活，又想到红杏。如果没有红杏，或许一切都还是老样子。

而今天的家，吴隶就感觉到这种畸形的组合，特别对于小华的伤害无疑是最大的。想到这里，吴隶心里便生成百般愧疚。自此，吴隶对小华更是关爱有加，今天买件衣服，明天买顿好吃的，日子过得比以往更滋润了。

虽然红杏也是享受其中，但她看到吴隶待小华腻歪的样子，就想上去揪着吴隶的耳朵，狠狠踹上两脚。

红杏觉得自己在吴隶身上的寄托越来越小，慢慢地倾向于洪任。洪任两天没有与她联系。当红杏给洪任打电话时，却怎么也打不通了。

红杏纳闷了半天，心想：怎么回事？不会骗我跑了吧！红杏心里一惊，吓出一身冷汗，转念一想：卡在我身上，他也不知道密码，而且资金变动我还能收到短信，这两天手机上很安静。想到这里，悬着的心这才放下来。

下午，红杏又打了两遍，依旧没有联系上洪任，便忐忑不安地寻思：我还是先把钱取出来吧，这样保险，万一有什么事，那可是我的养老钱啊！洪任要问起来，我就说先别处用的。

于是，红杏便打算去银行营业厅取钱。路上，还遇到以前小区的一个嫂子，二人停在路边闲聊了一会儿天。

到了营业厅，一查不要紧，卡上的银仅剩三块八毛钱。

红杏当时便愣在了那里：怎么会没钱？我怎么没收到任何短信？红杏不相信，又让营业员查了一遍，还是三块八的余额，红杏又问为什么没有收到短信，营业员问电话号码对不对？红杏说没错，一直没动。营业员便说出了电话号码让红杏核对，红杏这才发现这号码变了，成了一个陌生号码。

红杏绝望地走出营业厅。外面刮起了秋风，红杏打了个寒战，裹了裹衣服，无力地上了车，大哭起来。

不多会儿，她想起了陈亚的把兄弟张力。

红杏忙去了电话：张哥，是我，周红英。

陈亚与红杏、蓝梅的事情，闹得最凶的时候，蓝梅的店被刘子砸，陈亚打红杏，他们的把兄弟赵磊又砸断了刘子的腿，蓝梅逃离去了乌鲁木齐，红杏嫁给了吴隶，这些事情张力都知道。他对红杏很有成见。今天红杏打来电话，张力很奇怪，便问：噢，是弟妹。有事吗？

红杏便一五一十地与张力把事情的经过说了。张力说：那你过来做个笔录吧，案子破不破不好说，但三万块钱是不小的案子，得立案侦查。

红杏便如获至宝，匆匆跑去。到了派出所，见到张力，红杏就泪流满面。

张力安排民警小张做询问笔录，便说：弟妹，我还有事，你详细反映这个情况。说着，准备离开。

红杏回过头来，叫住张力，流着泪，欲言又止。张力见她光哭也不说话，没再吱声便离开了。

做完了笔录，红杏抹干了眼泪，便回去了。

苦水都得往自己肚子里倒。回到家，一切都还装着像没事的样子。

　　红杏的状态这几天很不好，加之前些日子小产，又常与小华怄气，也更着急生意上的事情，几近崩溃。可是思来想去生活总要继续，不能指望吴隶，又不能坐吃山空，必须坚强起来，便跟吴隶说：我得出去跑跑了，不然生意可真就黄了。

　　吴隶疑惑地看了眼红杏说：你身体行吗？

　　红杏颤抖着声腔说：没那么娇气。我不挣，还能指望你养我老啊！

　　吴隶说：我养你。

　　用不着！还是养你的好儿子去吧！说着，红杏的泪水涌了出来。

　　吴隶看着红杏，无言以对，叹了口气，无奈地摇摇头。便由着红杏出去跑。

　　然而跑了几天，红杏明显感觉到，仅仅过了这一段时间，整个市场悄然发生了很多变化，每个人把钱都紧紧攥在手里，都不轻易向外拿了。红杏的生意越发难做了，仓库的货出不去，出去的货难收账。眼看着干着急，可一点招也没有。

　　红杏让钱急红了眼。还时不时地与张力联系，问案子的进展情况。

　　生意进退为难，红杏自然就烦躁，在外面跟别人生半天的气，回到家就想与吴隶吵。

　　这天下午，她回到家，闷闷地窝在沙发里，看到吴隶一直在旁边算账，也不理会自己，心里就多了几分不自在，一向争强好胜的她便难受起来，就拿脚蹬了吴隶一下。吴隶问：什么事？

　　红杏也不说话，只愣愣地盯着吴隶。吴隶也明知他们的婚姻走到今天这个境况，是两个人都不愿看到的，而红杏又因生意上的失意而牢骚满腹，便劝她：现在生意也不光你自己的不好，整个市场都这样，他们生意要好，肯定也进你的货。

不说这个还好，一说红杏就来气，瞪起了眼珠子说：就我们生意都不好？你的怎么没事？真是饱汉子不知饿汉子饥。不会是你又找你那个好老婆了吧？

吴隶一看她不正经说事了，连连摆手说：跟你说不清，虽然是饮食行业，但一个酒一个副食，怎么能相同呢？说什么，你都不相信，真没法给你说。

红杏焦躁起来：怎么没法说了？是没的说了吧？我看怎么也不像开始那时候了，整天跟嘴上抹蜜似的。

吴隶看着她，半天才冒出一句话：没法说就是没法说，真是！

夜里，窗外阴着天。吴隶和红杏背靠着背躺在床上。

红杏看着窗外，想想这两年来走过的路，而今却两手空空，自己都不知道为什么要选择吴隶这条路？为什么把日子过成这样？怪陈亚的不顾家？还是怪自己一心想挣两毛钱过日子？或者是为了寻找寂寞空虚的情感？红杏掐着手指算算若干理由，仅仅离开了那个家算是实现了自己的目标，可是有什么用呢？自己与吴隶新组成的这个家，又与以前有什么区别？现在又得到了什么？从一定方面来说，失去的太多了，却没有达到自己理想的目标。特别是最近的生意一直下滑，偏偏吴隶又忙他的生意，她多么希望吴隶能帮助自己渡过这个难关，无论是金钱还是人手上。可是自己又抹不开这个面子，不承认这个事实，也不愿让人看到自己的失败。

想到这里，红杏心里便空落落的，泪珠干擦不净。

而吴隶明白红杏现在的处境，经济危机不是一个人两个人能解决或者改变的。现在唯一的办法就是再向里填资金，把这个生意重新运作起来，可说起简单，做起来何等的难啊！唯一冒险的决定便是自己抽一部分资金帮助红杏渡过这个难关。他也相信，红杏会与他一起挺过来的。

他听到红杏的抽泣声，翻过身，一把将红杏搂在怀里，说：英子，别发愁了，明天我去收收账，给你攒出一万块钱来，先救救急。

红杏一晃膀子，把吴隶的胳膊抖到一边，也不回头，也不翻身，说：一万块钱？够个屁用。还救急，这都过几天了？你才想起来救急？是不是还天天想着你那个好老婆？

吴隶又让噎了半天，悄悄转过身，叹了口气，闭上了眼睛，天地间一片漆黑。

闭上眼睛，吴隶却怎么都睡不着，背后就是红杏，却让他感到一阵阵的凉。吴隶没想到睡在一起的两个人，却在两个完全不同的世界里。

不一会儿，红杏和绿珠两个人不知怎么都站在了他面前。绿珠默默地看着他；红杏则在旁边破口大骂，骂着骂着，绿珠便轻轻拭着泪走了。吴隶就大哭，还要去追绿珠。红杏一边骂他，一边狠狠踹了他一脚。

吴隶被踹醒了。他看见红杏正瞪着他骂：你半夜三更号什么丧的？谁死了？要号滚一边号去！说着又踹了一脚。

吴隶被踹到了床下，他爬起来，恨恨地看红杏半天，也没说出一句话。抱起枕头便去了客厅。

不一会儿，被窝里凉下来，红杏缩着身体，抱着双肩，泪水又流了下来。她自己都不知道为什么要这样对待吴隶。

到了下半夜，红杏也没睡着。她想洋洋了，想洋洋每次放学回家，见到她都亲吻她的样子，想为洋洋做饭的时光。想着想着，红杏不禁喊了声"洋洋"。

然而，面前只有月光，不见洋洋。

那天，吴隶回家，发现两个警察站在自家门口正说话，脸上顿时带了微笑问：两位警官，有……事吗？

其中一个警察问：这是周红英家吗？

吴隶忙说：是是。

警察说：前几天，她报案，我们还有个情况需要了解一下，电话没打通。

吴隶忙问：报案？报什么案？

警察问：你是她什么人？

吴隶说：我是她老公。说着开了门，邀两位民警进去。

民警这才将案情给吴隶说。吴隶说：那回头我让她去找您。

送走了警察，吴隶冷冷一笑：哼哼，竟然背着我做这事情，真是没想到。

晚上，红杏回家到，正换着衣服，吴隶若无其事地问：洪任是谁？

红杏一下愣住了，慌忙问：怎么了？

你到底能不能改下水性杨花的臭毛病，当时撇了陈亚找我，现在又撇了我找洪任，你当谁都和我一样傻啊！

吴隶的话，像根针扎在红杏的身上。红杏将刚穿上的外套狠狠甩到一边，一屁股坐到沙发上，抱着拳骂起来：我要不是没指望，还能这样啊，我不就是想找个依靠吗？没有人，还不能让我挣钱吗？嫁汉嫁汉，穿衣吃饭，你们男人，哪个能靠得住，不还是女人在外拼死劳命的忙活，我这样做，哪里错了？

几句话，把吴隶说软了。吴隶说：我不是说了嘛，咱们一起渡过难关，我挣钱养你，可你非得要自己干。女人要强是好事，可不能太要强。你这样是瞧不起你的男人。

红杏还是在气头上：我不指望你！难道你不知道伸手问人要钱有多难吗？谁有都不跟自己有！

煎熬

第二天早上，红杏起了床，吴隶和小华都走了。红杏看着这个家，突然感觉陌生极了。

红杏匆匆下了楼，开车跑在路上，她甚至不知自己每天这样跑到底为了什么？难道只是为了赚钱。赚钱啊，那情境让红杏仿佛又回到了从前。

然而，红杏又觉得与从前有根本的不同。她多想回到洋洋身边，或者说洋洋回到她身边，可现实里的爱与恨像一堵厚厚的墙，把她和洋洋隔到了两边，让她无法逾越，想洋洋了，只能接到自己身边，待上半天。

这几天，红杏感觉整个世界只有自己了，她恐慌，她害怕。

那天在大街上，红杏看到一个孩子坐在那里哭，他的妈妈在一旁哄，红杏走上前，就问：小家伙为什么哭得这样悲伤啊？他妈妈说：太任性了，家里玩具一大堆，还要！

红杏有些心疼孩子，说：他要你就给他买，花不了多少钱，看孩子哭得可怜。

他妈妈看着红杏，说：唉，真是没办法，走。说着，看看孩子，拉起来，紧紧地抱着走了。

红杏看着娘俩远去，心里竟有些感动。

红杏想起了洋洋的样子，她能想象到洋洋想她的样子，想到这里，红杏就在心里不由得生出一股气来，就更加愤恨陈亚，如果没有陈亚天天不顾家的事儿，我今天就不会到这个地步。她急切地想见到洋洋，虽然她恨陈亚，可为了洋洋，她还不得不给陈亚打电话。

电话还没打过去，陈亚却打来了。红杏犹豫了一下，还是接了。

陈亚说：洋洋上的那个辅导班，氛围太差了，最近学习成绩不升反降了。洋洋自己找到了他小学时上的新时空辅导学校，想在那里补补秋季的数学和英语，半年学费五千块钱，咱们一人两千五？

红杏委屈地说：最近生意难死了，我手头上一分钱没有啊。

陈亚说：我也没有钱，但没有归没有，孩子的学习不能耽误，我借钱给洋洋凑了两千来块钱，你也想办法凑两千五吧！

说到借钱，红杏想起了吴隶要借钱给她而被她拒绝的事情，又想到前些天被洪任骗，心里的烦躁顿时噌地一下蹿上来，现在又被陈亚提起，而自己已近绝境，你陈亚却又来要钱？此时，红杏心里的怨气全都发在了陈亚身上，便说：想办法？！你给我想办法？没钱，你还要我去抢吗？要我交？你爱找谁借找谁借去。孩子姓陈，不姓周。

红杏一句话将陈亚堵得死死的。陈亚说：孩子不管姓陈还是姓周，不都是你生的嘛，你要尽一个母亲的责任……陈亚没再敢说话，生怕激怒了红杏而不会再管这事。

那也是你的责任！因为那是你儿子，你尽好你的责任就行了！我管不着！

陈亚彻底失望了，心底也生起气来，说：本来你离开了他，就是对不起他了，你竟然还要这样做，你就不怕天打雷吗？

红杏说：劈死我，你也活不了。我还要交养老保险，还要交房贷，还要交税，天天一睁开眼就欠人家一大把钱，你给我钱吗？

陈亚说：我不听你那些，你无论住高楼大厦还是茅舍草屋，你生活的好与坏，都是你当初的选择，怨不得别人。

红杏一听就来气，嚷道：那我就不交！爱咋地咋地！你最好穷死，一分钱也交不起才好！

还没等陈亚开口，"啪"一声，红杏挂了电话。

红杏愣了半天，才发现刚才的一通话，自己完全沉浸在向陈亚发泄的情绪中，把洋洋上学的事情忘得一干二净。

待了一会儿，红杏想到陈亚刚才说洋洋自己找辅导班的事情，眼前又浮现出洋洋的小可怜样，想到他自己在大街上游逛，自己在家写作业吃饭，自己上学放学，自己……小小的孩子，这么多事情本来是大人帮他做的事情，如今却都要他自己去做。想到这里，红杏心里泛起一阵阵痛，哀怨了半日，在心里喊道：洋洋，妈妈错了，对不起你，你能原谅妈妈吗？妈妈也是走投无路啊！眼里便泛起了泪花，泪珠顺着脸滑了下来。

红杏给郁雯打电话，说：丫头，在哪里，我心里难受，想找你拉拉呱。

听得出郁雯那边声音很嘈杂，郁雯大喊：我这边挺忙的，你找伊然吧，忙完联系你。不等红杏说话，郁雯便挂掉了。

　　红杏看着手机，呆了半天，念道：你个傻×，不知道伊然要和我绝交啊！

　　可是，不找伊然找谁？红杏觉得自己混得真是悲哀，心情到了最糟糕的时候，却找不到一个可以倾诉的人，以前还可以找蓝梅，可是她被自己逼走了。现在只有伊然和郁雯，难道非得找那个要与自己断绝关系的人吗？

　　红杏硬着头皮与伊然打去了电话。第一遍，伊然挂了，红杏心里生起一阵阵酸楚和委屈。没敢再打，呆呆地在那里胡思乱想了半日，她觉得伊然不会原谅她的，伊然很显然把自己和勾引她老公出轨的女人画上了等号，她正恨之入骨，自己却没轻没重地在她伤口上又划了一刀。她能原谅我吗？

　　正寻思着，伊然却把电话拨过来了，说：刚散会，什么事？

　　听到她的声音，红杏像抓住了一根救命稻草，心里一阵激动，忙说：我心里怪难受，想找个人说说话。

　　伊然说：下了班去青春印记吧。

　　挂了电话，伊然嘟囔了句：我早知道你会有这一天，活该！

　　电话那头，红杏正被伊然感动得泪流满面，她盼望着伊然早早下班。

　　青春印记 109 房间。

　　见到伊然，红杏怯怯地给伊然说了声"对不起"。

　　伊然一扭头，"哼"了声：说吧，什么事？

　　红杏向她诉说了自己的苦闷。

　　伊然说：其实听到你离婚时，我就隐约感觉到你和那个吴什么的关系不正常。当时，我可不愿相信那是真的。而且我相信陈亚，即使陈亚想出轨，他那女同学就愿意？

红杏低头说：蓝梅也是离婚的。

伊然说：那你就更不对了。你这样不是把自己的男人朝别人怀里推吗？

红杏没再言语。

你知道陈亚现在做什么吗？伊然问。

红杏摇摇头。

伊然说：我与陈亚还经常在活动中见面，只是看到他很憔悴。一看那样，就知道是个没人管的，整日风里来雨里去的，何况他还要照顾洋洋。

听到"憔悴"这个词，红杏竟然在心里有种幸灾乐祸的感觉。

我也旁敲侧击地问过陈亚，他跟他那女同学根本没事，只是要好的男女同学。

红杏忙抢过话来：有他也不承认！

伊然瞪了她一眼：当初你歪嘴也不承认跟那个姓吴的关系呢！

红杏红了脸，没再说话。

伊然继续说：他说，要不是你在家天天吵闹，他下班不想回家？事到如今，英子，你也得考虑考虑你的问题。你那性格，谁不知道？

红杏默默地点点头。

伊然继续说：你现在的生活，是你自己作的，不作不死！好好的日子不过，吵闹、攀比，哪个男人能受得了。即使知道你很苦，但天天唠叨也让人烦的。男人都像小孩子，你哄着他，他就会心疼你，爱你；你跟他对着干，就等于把他从家里朝外推。要是他两个脚都被推到门外了，任凭你再怎么努力也收不回来了。

说着，红杏竟然又流泪了。

伊然瞥了眼，说：别装了。

红杏擦擦泪，说：不是装。我现在真的很迷茫。我看不到前面的路。现在的生活完全不是我想象的那样。我后悔死了。

伊然说：后悔有个屁用！你不还是前脚出了民政局的门，后脚就赶紧结婚了？就跟没男人不能过似的，好好跟着那个姓吴的过吧，别朝三暮四了，孬好都是一辈子。我想到一个女人跟 N 个男人睡过觉，就恶心死了。别怪我说话难听，你知道的，我恨死"小三"了！！伊然竟然越说越激动。

红杏不敢说话，只听不言语。她知道，从友情上，她和伊然是多年的好朋友，可从伦理道德上，她们却是势不两立的双方。

为了引开这个话题，也让伊然怜悯自己，红杏又说：不只这些，前些日子我还被人骗了三万块钱，那可是我养老的钱啊，现在我真是绝望了。

伊然问：怎么被骗的。说着直直地盯着红杏。

红杏才发现自己犯了个极大的错误，不该提这事。可是话已出口，伊然又问到脸上，撒谎已是来不及了，便给她说了洪任骗她的事情。

伊然听了，骂道：红杏啊，你的名字起得可真是没错，狗改不了吃屎，你就不能跟一个人好好过下去？

红杏满肚子委屈，说：我想，我很想，可是就过不好，怎么办？都快吃不上了，又指望不上身边的男人，我能有什么办法？！

伊然说：那不是你红杏出墙的理由！过不好那是你自己

的问题，你想过没有？

红杏说：这次只是想赚点钱，什么事情都没有。

伊然说：就你那性格，早晚会出事儿。说着，伊然站了起来，继续说：本来我怜悯你的，本来今天我会原谅你过去的所有，可是你这样一而再，再而三地玩，咱们真没办法做朋友了。说着，抓起包转身离去。

伊然走了，红杏就在那儿发呆，她觉得她彻底失去了伊然。坐在那里抽泣起来。

不一会儿，郁雯打来了电话。

红杏没说与伊然的事情，她不想再失去郁雯，便将自己与吴隶不如意的生活复述了一遍。然后说：丫头，你能过来吗？

郁雯说：我正忙呢，过不去。再说生活哪有事事如意的，你就跟那个吴隶好好过吧。跟谁不都是一样？再换一个也不见得就过得好！只要都待孩子好就行，你的孩子他要爱，他的孩子你要爱就没事了。

挂了电话，红杏寻思了郁雯的话，觉得很有道理。她才觉得自己与吴隶从最初的认识到现在的结合，自己竟然全都是为了索取，她明明也知道，这生活与家庭更多的是需要付出的。

红杏在心里呐喊：我也付出了啊？怎么过到今天的样子呢？

下午，红杏开车回了趟娘家。停下车，看到久违的家门，想到年迈的爹娘，心里就涌出一阵阵酸楚，"吱呀"一声推开门，熟悉的声音让红杏一下子泪流满面。红杏娘张手迎上去就问：杏儿，这是咋了？

红杏抱着娘便哭起来：娘……

红杏娘一下子慌了，一面安慰红杏一面领着进了屋。红杏抹干了泪儿，这才说起最近生活的不如意来。

红杏娘忙打电话叫来了周超。不一会儿，红杏爹也从地里回来了。

红杏爹边收拾着家什边说：当初就不该跟陈亚离，你就是使小性。现在可倒好，再结婚，自己的儿子不在跟前，倒是天天盯着别人的孩子，你想想，两家合一家过，哪有那么容易？再在孩子问题上、花钱的问题上意见不一，想过好，难呐！人说夫妻还是原配的好，一点都不错。

红杏娘白了他一眼：你现在说这些话有啥用？谁有前后眼啊！

红杏爹说：这个还用前后眼看？不是明摆着嘛！今天我得说杏儿两句，你这个小性子得收收，不然有你好日子过！眼摸前的就看着了，你看看孩子都跟着受委屈，你能说不怪你？

红杏娘埋怨：哪有这样说闺女的。

红杏爹"哼"了声：忠言逆耳。

周超说：爸妈，现在说这些都白搭了，关键是我姐下一步怎么办？

红杏爹说：还能怎么办？收收小性，好好过呗！

周超说：结婚过日子是两个人的事，光我姐改，就能过好？

红杏娘叹了口气，做饭去了。

晚上，红杏给吴隶发条短信：今晚我在我妈家，不回去了。

红杏一直把手机攥手里盯着，她等待着吴隶的短信，却始终没见到回复。

这一夜，红杏静静地躺在老家的屋里，以前她住的东平房，望着窗外的月亮。屋子还是那个屋子，窗户还是那个窗户，月光也还是那个月光，可是红杏怎么看，都不是以前那个屋子，那个窗户，那个月亮了。

一直到睡觉时，红杏也没有盼来吴隶的短信。红杏含着泪儿，在心里呐喊：吴隶，你就那么记仇吗？一切都是我的错，以后我改，咱们好好过日子。我会待小华好。原谅我，原谅我！好吗？

早上醒来，红杏忙看手机短信，依旧空空如也。红杏有了不好的预感，她开始焦躁不安。红杏觉得吴隶在慢慢远离她。

她愣在被窝里许久，蒙头抽泣了一阵子，才拿被子擦净了脸，赶忙起床洗漱，收拾完了就上车要走。红杏娘见了问：上哪去，吃了饭再去。

红杏也不理会他们，开了车门说：回家。

红杏娘说：这死丫头，给我回来！这就做好饭了。

红杏头也不回：我要回家，小华在家，噢不，洋洋在家。说着，发动了车就掉头。

气得红杏娘在后面直跺脚：老头子，你看看，今天这丫头哪根筋不对呀！

红杏爹正在门口的菜地里拔萝卜，直起身，望着远去的红杏，摆摆手说：随她去吧！

红杏娘一把扯下围裙，说：你就由了她了？

红杏爹说：从小就这性子，你能管了她？

开过了一段崎岖不平的土路，路边是大片的农田，这让红杏想起了未出嫁时每到农忙在田地里忙碌的情景。如今，农田不是建了房子就是做了养殖场，只有巴掌大的几块稀稀拉拉的地散落在远处。出了村，上了公路，红杏把车停到路边，一头趴在方向盘上，号啕大哭起来。

哭了半天，红杏抬起头看着面前的路。以前是一条不足五米宽的土路，去镇上或进城都走这条路，虽然那时家里的生活不富裕，可过得有滋有味；而现在是沥青公路，四车道，很平很宽，一眼便能望向尽头。然而路这么长，红杏却不知道自己要去哪里。

正踟蹰着，却听见有人敲车门，是周超，红杏忙擦了把泪，摇下车玻璃：你怎么来了？

周超说：爹娘不放心，给我说，让赶过来看看，没想到你……姐，发生什么事了？

红杏说：没事，各人各命，听天由命吧。你就给咱爹咱娘说没见到我。回去吧。说着摇上车窗，发动着车。任周超拍打车玻璃。

开出去很远，红杏多么希望周超和娘再追上她，劝她一阵子，或许那样她会向娘哭诉自己一肚子的苦水。可是不知为什么，红杏脚底的油门却是越踩越狠，车子越跑越快……

红杏目视着前方一直开，她觉得只要有路，就不停车。

路过钟山时，红杏突然想到了水岩师傅。

她没再继续走，而是直接去了钟山寺。她希望水岩师傅能给自己算一个好卦。

见到水岩，红杏哭泣了半天，才哭诉起生活的不如意。水岩说：自古尘世，凡事有因有果，只有无果之因，没有无因之果。但凡今日之事，皆为昨日之因，不可怨天尤人。施主所言，我已明白三分，世人杨善士讲过，世上贤人争不是，愚人才争理。人生一世，只悔己之过，莫看他人错，你的心中才会有明镜台！才能抛却三千烦恼丝。

红杏只管一个劲儿地点头称是。

临走时，水岩师傅让红杏到寺院门里抓一把沙回去，说：你若能抓得这把沙不漏，回得家，便是成功。

红杏谢了水岩师傅，她并没有去抓那把沙。她知道这是现实，不可能不漏，但她明白了水岩给她讲的善言，可是她不明白，自己明明都是好心好意，却最终为什么会走到今天这个众叛亲离的地步。想到这里，一阵阵的悲凉就袭上心头。

她没有立刻回家，而是去了沂河东岸。坐在那里，面对着悠悠的沂河水，面对着渐渐落下的夕阳，红杏只默默地想着往事，咽着泪水……

迷途

回去的路上，红杏就想，她与吴隶婚姻的不幸福是抓得太紧了？还是自己疑心太重？她觉得水岩给她提醒得对，抓得越紧，或许越留不住。她又想起了伊然的话，就像吴隶对她渐变的态度一样，红杏意识到，赶快回去，以自己的诚心和悔改，或许还能挽回这个短命的婚姻。

回到家已是傍晚时分，家里冷冷清清。红杏看到茶几上落了张纸条，心里"咯噔"一沉，犹豫一霎，还是抓了起来。是吴隶给她的：红杏，这些天我将出发，我想以这种方式与你谈谈我们的问题。我想了很久，我们走到今天，既没有感情，也没有爱情，只有利益和现实。以前我一直为了那十万块钱而固守着与你的交往，可我失去了家庭和孩子，失去了太多！而你也改变了很多，你已不是当初的红杏。当然我们每个人都在变，只是这些改变不是我们自己所能左右的，我们只是这变化中的牺牲品。这一年多来，经历了这么多，也让我看清了许多事情。所以，我们生活在一起只有吵闹和纷争，没有幸福，这不是我们追求的生活。我想我们还是分开，我要与绿珠复婚……

红杏没再继续读下去，她像当头被重重地砸了一棒子，顿时瘫坐在地上：吴隶啊，我红杏再孬，可是今天我回心转意了，你怎么却要分开？你让我怎么办？你啥都没有了？可我有什么呢？绿珠一直对你好，可陈亚还能对我好吗？想到陈亚，红杏突然想起了陈亚最早说吴隶的那句话，红杏眼里顿时涌满了泪水，自嘲地笑着：陈亚啊，真让你说中了，你们男人哪个能靠得住？

红杏这才明白：再怎么后悔，也回不到从前了。她心里蹦出一个词：覆水难收。

流着泪，红杏想起了吴隶给她说绿珠走时只带着一箱子衣服的情景，当时自己还眼气绿珠，骂她傻×，想想自己才是真正的傻×。如今自己和绿珠的角色怎么就来了个大翻转呢？让人猝不及防。

屋里那株春兰还健挺地生长着。

天渐渐黑了，屋里也冷了下来，寂静得出奇。红杏有些害怕，她害怕明天将不能再站在这里。她已失去了陈亚、失去了蓝梅、失去了伊然、失去了洋洋、失去了家人……她不能再失去吴隶，她多么想拥有一个爱她的人，一个温暖幸福的家，可是她觉得这些都太遥远了，这是一个遥不可及的奢望。红杏拿着纸条的手哆嗦着，已泣不成声：我错在哪里？我追求幸福，我渴望温暖，我拼命赚钱，我要强，我自立，这都是错吗？

外面刮起了风，路上冻得只有零零星星几个行人。红杏彳亍在城市的马路上，只有寒风卷着枯叶追着红杏跑，红杏一边哭一边哼着《流浪歌》，路很长很宽，红杏却不知道该去哪里……

前面就是北关快餐店，红杏想起她约吴隶、绿珠吃饭的情景。此时，她仿佛看到快餐店里，吴隶、绿珠，还有小华坐在一起吃饭，有说有笑。而自己就在窗外，在他们面前，无论自己怎么拍打玻璃，吴隶都不理睬。红杏想到了自己的所作所为，嘲讽地笑着：机关算尽太聪明啊！大家都要我跟你好好过，我改了，可是你却要和绿珠复婚！你复婚了，我怎么办呢？吴隶你说，你说我该怎么办啊？！

红杏仰望着深邃的夜空，一遍遍地质问着，没有人回答她，只有星星一眨一眨地看着她，默默地与她对视着。

正悲伤着，张力打来电话：弟妹，案子破了，但是你那钱只追回来五千块，其余都让犯罪嫌疑人挥霍了，明天你来录份材料领回去吧。

红杏千恩万谢。张力又说：陈亚知道这事后，写了篇报道给曝光，后来群众反映了很多线索，才得以破案。

红杏心里顿时又像被轻轻割了一刀。

红杏突然想到了洋洋，她觉得这一年来，洋洋成了个没妈的孩子，没有了快乐，就像她面前的小华，只有孤独和寂寞。想到这里，红杏心碎不已。是的，洋洋现在放寒假了，正该补课的时候，她突然想起一件事情，慌忙掏出手机，自言自语：陈亚，我给洋洋交学费，全额交！说着，她给陈亚打去电话。听筒里却是一声冰冷声音：对不起，您拨打的电话是空号。红杏顿时愣在那里，不知所措，任耳际里"嘟嘟"的忙音响着。

伴着春运的大潮，火车站播放着王杰的《回家》。皎洁的月光下，陈亚领着洋洋站在月台上，正翘首等待着那趟从乌鲁木齐驶来的列车……

2016 年 10 月于南府梅园

陈 向 阳

一

刚上班，刘主编就递给我一个信封：陈亚，今天到峪山县采访下这个人。

我缓缓放下茶杯，接过信。捏了捏，很薄，料定不是重要新闻。嘟囔起来：这么远？刘主编，那里可是山连山啊！

今早，赵总不知从哪里翻出来的，说二十年前采访过他，后来受人资助上学。二十年了，看看这人有什么变化。

哦。那边联系好了？

刘主编翻着今天的新报，也不看我，说：不用联系，到村里还找不到嘛！

我不情愿地点点头，看看周小璐，喊道：小璐，别玩了，收拾收拾，一会儿走。

好嘞。周小璐忙放下手机，爽快地答应着。

我掏出材料，翻到一张照片，上面一个十一二岁的男孩正襟危坐在用土坯墙搭建的教室里听课。黑乎乎的褂子仿佛从来没洗过，袖口短了一大截，粗糙的毛衣线头长短不齐地簇拥在袖口上。两只胳膊木棍一般摞在一起，手背上脏得似乎盖着一层黑垢。脏兮兮的瘦长脸黑里透红，小眼儿炯炯有神，目不转睛地盯着黑板，很认真的样子。一缕阳光穿过屋顶的窟窿射进来，洒在他身上。

陈向阳，和我一个姓，有意思。我在想二十年后他的样子。山花峪村，我马上去墙上扒拉地图，跨岭东、峪山两个县，将近二百公里，大多还是丘陵，真不是个好活儿。突然间，我有些不情愿，感觉这次极不理想的采访没有意义。

这时，周小璐凑上来，她很好奇。这丫头今年刚大学毕业，进报社才半年，对什么都新鲜。

下了楼，看看天，有些阴沉。我问：这两天天气怎么样？

周小璐抬起头也瞅瞅：谁知道这鬼天气呢！

小璐，要是下大雪，被困到山里，你怕不怕？

周小璐调皮地笑起来：我才不怕呢！正好拍山里的雪景呀！看雪工作两不误！

我一挥手：走！

一路上，周小璐很兴奋。可我脑子却设想着陈向阳是如何在受资助的情况下完成学业的，上到什么程度，现在干什么等问题。便问周小璐：你是怎么上的大学？

周小璐一脸疑惑：大学还能怎上，就那样上呗！

周小璐这孩子的确年轻，她光对大山深处有莫名的新鲜感，却不去想这次要采访的人物的经历。

小璐，你在车上先看看材料，这期采访你来写。

周小璐嘟着嘴，极不情愿，娇嗔起来：陈哥，我想玩嘛！

学着写写，这不是什么重要稿子！我极力鼓励她。

周小璐瞟了我一眼，沉默不语，手里翻弄着陈向阳的照片，半天才说：你看小眼睛这么有神，是个帅哥坯子，现在肯定帅呆了。

我微微一笑。

　　山花峪村地处峪山县西北的山花峪镇，很偏远。但是近十年来，县里大力发展水果种植业，经济发展迅猛，水果销往全国各地。几年时间，便迅速摘掉了贫困县的帽子，同时山花峪也由乡改镇，又依托得天独厚的山水条件，发展旅游项目。他们县人均年收入超过万元。在全县经济发展中，很靠前。

　　此时，我脑海开始描绘陈向阳现在的样子。或许是一个老实本分、平平淡淡的农民；或者努力奋斗，考出大山，出息了，一辈子不再回来。当然，还有一种可能，作为受资助的他，肯定感恩曾经帮助过他的人们，在学习上不会落后，正通过他自己的方式支持着家乡的经济发展呢！我能想象出他现在正过着自己的幸福生活，想象到他开怀的笑容。

　　半天，我又想：这次采访的中心主题就这些吗？一下子感觉迷茫了。

　　进入峪山县境内的高速路段时已是上午十一点多，天竟下起了雪。周小璐兴奋地欢呼雀跃，我却喜忧参半。慢慢走吧，心想。

　　下了高速，我们在县城一个简陋的饭馆吃了碗面。然后继续顺着既定的路线一直前行。

二

　　来到山花峪村。远远望去，完全不是我想象中小山村的样子，村里修了水泥路，笔直整洁，大多人家盖起了整齐的瓦房，清一色的小门楼，门楼上琉璃瓦闪着光亮，甚至还有二层三层的小楼房。我想，新农村的景象到底体现出他们幸福的生活和美好的向往。

眼前的情景证实了我在路上的想法。

我们见到几位老人正坐在一家门楼下说笑看景。我下了车，上前问：大爷，请问陈向阳家住哪儿啊？

一位大爷疑惑地看着我：啥？陈向阳？

噢，他父亲叫陈大刚。

听到"陈大刚"三个字，几个老乡面面相觑，都默不作声了。

就是老陈家那个怕得十头牛都拉不回来的书呆子？一个老人指点着给另外几个说。

对，就是那个忘恩负义的"狼"！

听到这些，我心里一沉，他们嘴中的书呆子、"狼"是我要找的人吗？我心里顿时没了底。

顺着这条路直走，走到头，再向北拐，再走到头，没有门楼的那家就是的，一眼就能看到。

没有门楼？我抬起头环顾四周，看到的都是清一色的门楼。对于这个结果，我想：为什么陈向阳家没有门楼？

带着疑惑上了车。我给周小璐说：这次采访不是我们想象的那样。有你写的了。

周小璐问：陈哥，这话怎讲？

我说：到了再说吧！

路很短，眨眼就到。

车子停在了路边，我下了车，默默注视着这户人家。低矮的土坯围墙，在大路上就可以看到院子和院子里的老屋，墙面被风雨吹打的凸凹不平、斑驳陆离，一些破碎的瓦片散落在墙头，风雪吹得墙头上的几棵枯蒿瑟瑟发抖，破旧的木板大门半掩着，门东旁堆着个掏了洞的麦穰垛，一只草狗头窝在腹部蜷缩在里面，哆嗦着。

这些景象完全颠覆了我们刚进村时的印象，也彻底打碎了我对陈向阳几种可能的想象，连最没出息的那种都不如！我呆呆地望着，周小璐傻傻地看了半天，才问：陈哥，是不是这家？

我除了失望还有沉默，呆愣在那儿。想到那几位老人指引的位置，想到他们的表情，应该没错的。这个门口、院墙在山花峪村显得特别异样，像是富裕村里未脱贫的破落户，很简单地就可以想象出他们的生活状态。我想，那几位老人的诧异也就能理解了。

瞅了眼麦穰洞里的狗，它翻白眼看着我们，看样子它懒得理我。轻轻推开了门，我站在门口向里瞅了一圈。周小璐紧张地跟在后面。

洁白的雪铺满了院子，以至于我不舍得踏进去。周小璐在后面捅了我一把，说：走啊！

院子里有一片菜园，里面还有用树枝搭的藤架，藤架上挂着枯枝败叶，在风雪中抖着。院子靠东墙立着一个用两根木棒撑起的草棚锅屋，里里外外黑乎乎的。正屋的墙体没有做任何装饰，土坯墙上有大块的墙皮脱落，几只灰色的陶泥罐子挂在屋檐下。黑色的屋门紧闭着，窗户上封着层塑料布，呼呼地往屋里灌着风。

我裹了裹羽绒服，拿门挂子敲了敲门：有人吗？

雪下得有些大，耳际里只有扑簌簌的落雪声。

周小璐催我：再喊！

我回头瞪了她一眼：丫头片子，你急什么。周小璐皱着小鼻子：哼！

我朝院子里张望着：有人在家吗？喊完，我竖起耳朵。

"嗖嗖"的落雪声似乎更大了。

周小璐压低了声，说：连个鬼影子都不见，让我写什么？

不会啊，那会儿还坚信一定能找到他，这下雪天他能到哪里去呢？

想着，周小璐喊起来：陈哥，屋里有人！刚才我看到了。

真的？

我能骗你！这家怎么这样啊！你再喊，快快！

这时候，我也看到面里有人走动，又喊了两嗓子。

屋里一个六七十岁模样的老人正透过玻璃窗向外看。我对他笑了笑，算是打招呼。

"吱呀"，老人拉开屋门，黑瘦的脸上刻满了深深浅浅的沟壑，两眼无神地望着我们。在他身下，探出一个小脑袋，晶莹的目光向我们投过来。周小璐朝孩子做了个鬼脸。

这是陈向阳家吗？

老人走出屋，站在雪地里抖抖披在身上的袄，一脸冷漠的表情，问：啥事？

我很惊喜，确定他一定是陈向阳的父亲——陈大刚。仿佛在冰天雪地里一下子抓住了希望。

我们是日报社的，二十年前报道过陈向阳，后来他受资助上了学，今天想再采访采访他。

我们边说边走过去。

陈大刚刚才还拿着旱烟锅在烟袋里摸索着，听到我的话，突然停止了，双眉和嘴角顿时垂了下来，脸上一下子堆满了悲伤，说：资助？都是你们害了他啊！

　　我欣喜的表情倏地停住了。周小璐拽拽我衣襟，悄悄地问：
挂了？

　　我拿胳膊肘捣捣她：别瞎说！又问陈大刚：大爷，这是
怎么说？说着，我们已走到屋门口。

　　陈大刚盯着我，烟锅在烟袋里磕了磕，掏出来，赌气似
的别进腰里，转过身就往屋里去，边走边说：进来吧！

　　外面的雪把屋子中间映得很亮，但四周依然黑乎乎一片。
屋里充满了一股呛人的烟油子味道。刚才那个男孩，八九岁的
样子，此时他已坐到火炉旁，正朝炉子里塞麦穰，炉火照亮了
他黑红的小脸。一身脏兮破旧的棉袄，像极了照片中的陈向阳，
我猜想他一定是陈向阳的儿子。二十年了，两代人的差别竟然
没有多少变化！

　　周小璐搓着手哈着气跑到炉旁坐下，跟小孩交谈起来。

　　你叫什么名字，嗯？周小璐问。

　　小男孩没有看周小璐，游离的眼神最后落在了陈大刚身
上。他在等待陈大刚说话。

　　我刚要问陈大刚，他拿嘴努努小男孩：陈小阳，陈向阳
的儿子，我的孙子。

　　此时，我并不意外陈大刚对自己儿子的称呼。

　　陈大刚指指炉子旁的马扎说：坐吧。我们四人围坐在火
炉旁，身子慢慢热乎起来。

　　我问：陈向阳去哪里了？

　　走了！陈大刚干净利索的话语里充满了怨气，说着他往
炉子里填了把麦穰。

　　走了？干什么去了？我示意周小璐做好记录。

　　陈大刚无奈地摇摇头，又有些怨恨：我算没养这个孩子！

周小璐皱着眉头看看我，又瞅瞅身边的男孩。

大爷，这二十年来，您和陈向阳的生活一直这样？还是……

陈大刚环顾一圈屋里，叹了口气说：你们不都看到了吗？村里都发家致富过上好日子了，哪家还这样啊？差得不是一截两截啊！我每次出门，头都得夹裤裆里走！

我看看了屋里的摆设，用"家徒四壁"形容真不为过。一阵寒风从门上、窗户上的缝隙钻进屋里，我打了个寒战，裹紧了羽绒服。

周小璐问：对了，大爷，当年资助陈向阳到什么阶段？

哼！你们都白养活他了。光埋着头念书，家里什么事都指望不上他，上个大学管个屁用！

上完大学了？我惊讶地望着陈大刚。

当时全村就他一个大学生！陈大刚悻悻地说：安稳地从村里教书吧，看家望门的，可这东西非得拐带着老婆孩子朝比咱还穷的地方钻，谁跟他不是过好日子的？人家跟他闹了多少回，结果怎么着？他头歪得跟蒜瓣儿似的，就是不动窝，再说他，他就跟人急眼红脸，人家骂他无情，他也一个屁不放。我活这么大，哪见过这样的孬种！真不知那些年他肚子里喝的啥墨水！陈大刚语气里流露着气愤与无奈。

我这才注意到，家里还少了一个人，忙问：小阳的妈妈呢？

他整天守着穷山恶水不回来，人家还待在这个家干啥啊！

周小璐咬咬笔尖，似有所思，问：大爷，陈向阳到底去哪儿了？现在什么情况？

陈大刚看了看陈小阳，搓了把脸，可脸上的愁苦依然没有展开。陈大刚长长地舒了口气，手一扬，说：去敕水县了。

我还没来得及开口，周小璐抢过去问：去干什么呢？

教书！两个字沉重地从陈大刚嘴里挤出来。对于这个答案，我有些惊讶，也有些失落。我顿时觉得自己很可能完不成这次采访任务。敕水县是我们市西北角的小县，地处偏远，自然条件恶劣，生活落后。在那里教学，我能想象到陈向阳的样子。只是——他为什么那样做？

敕水县离这里也得有一百多公里，而且山高路远，又逢大雪。我瞬间打消了去敕水县的念头。给周小璐说：详细做好记录吧。

周小璐低头写着：在记呢！说完，她抬起头问：大爷，陈向阳为什么去那里教书啊？

说到这里，陈大刚脸上甚至有些狰狞，说：我没法给你们说！你们问问俺们峪山联小的张校长吧！

看得出，陈大刚越说越激动，我从他的话语里感觉到他对陈向阳的怨气。周小璐却不管那一套，说：嗯。大爷，要不您带我们去找张校长？

陈大刚头顿时低得像犯了大错的人，说：你们到峪山联小就能找到他。我不去了！丢人呀！

周小璐看看我，没说话。

陈大刚叹了口气。他不想带我们去找张校长，却又怕慢待了我们，便说：陈向阳先是在峪山联小教了几年书，后来就不干了，再后来就走了。谁都没留住。我跟他说，你不管陈小阳啦？你猜他说什么？

什么？周小璐忙问。

他拉着架势瞪着眼说，不还有他娘，还有你嘛！生怕我们拽着他似的。陈大刚说到这里，大喘着粗气。

这是什么人啊！真是太没责任心了！周小璐嘟囔了句。听得出她很气愤。

嗯，这是支援贫困山区的教育。我跟周小璐说：从这点出发，能写出新闻点，体现他这方面的精神。

一直记录着呢。周小璐白了我一眼。

对，他说这是他的理想！理想就是抛妻弃子？哼！陈大刚愤愤地说。

出了陈大刚家，上了车，周小璐把笔记本往汽车的工作台上一扔，说：没想到陈向阳竟是这样的人，连孩子老人都不管了，连自己的亲人都不顾的人，还能指望他对别人好？还为人师表呢！

我思忖着看向远方，心，却如荒原的野草。

下午，我们找到峪山联小的张校长，告诉了我们此次的目的。

见到我们，张校长脸上闪过一丝不易觉察的惊喜，说：陈向阳最早在我们这边教学。有件事情，对他触动太大，才改变了他去支教的想法。当时，敕水县梨花乡那里就一个小学，周边村的孩子们上课每天都要走很远的路，刘寨村的一个孩子，上学的路上，因为雪滑，摔山沟里了。当时教育局通报，他一整天没吃没喝，后来他上县教育局申请多次，教育局就怕他是一时头脑发热，因为那是个谁都不愿去的地方。后来，他真去了，谁都拉不回来。那是个鸟都不拉屎的地方，没人愿去，所以很好调动。

为了验证陈大刚的说法，我问：当时就陈向阳自己去的？

　　张校长一脸严肃，说：哪有！他带着老婆孩子一块儿。可是妇女孩子哪能吃得了山里的苦啊！不久就闹着要回家，软的硬的都来，可他就是铁定了心。后来他老婆回来把孩子一撂，说是出去打工，可好几年了，这个人就跟消失了似的，我看八成是走了。

　　周小璐在一旁"喊"了声。我看看她，她瞅我一眼没说话。

　　那陈向阳呢？

　　张校长摇摇头，叹口气：唉，老的没人管，小的没人问。我听说，陈向阳每次回来都号啕大哭一通，以为他动摇了，可擦干了泪背上包袱，还是头也不回地就走了！可怜了家里的这祖孙俩啊！你们看看还像个家吗？村里的人哪个不骂他是个忘恩负义的狼啊！

　　他待在那里，就解决了孩子的上学问题了？

　　还别说，真让他拿下了。后来他跑过几次教育局，又逢教育系统的撤村并校，回来发动了那几个寨子建了寨子联小，孩子们就再也不用天天起早摸黑上学了。张校长说。

　　我对周小璐说：你看，采访的意义出来了吧！

　　张校长脸上这才露出笑容，说：希望你们通过报道，能让他回来，家里需要照顾，当然我也有私心，因为陈向阳教得好，这里的孩子们需要他。

　　当我明白了陈向阳离开家乡的目的和意义之后，望着张校长那期盼的眼神，心里五味杂陈。

　　临走时，张校长握着我的手：我们这里的发展，其实离不开陈向阳的功劳，几个带头发家致富的都是他的学生，没有他的教育，谁都打不开那个锈死的脑袋瓜。这一点，村里没人意识到。

我深深为陈向阳的精神所感动和鼓舞，下决心去看看这个人物。

离开峪山联小，我跟周小璐说：走，去敕水县。

周小璐说：啊？陈哥，真去啊？下这么大雪呀！

我张望着漫天大雪，若有所思：这条路再难，总会有人走的！

看看时间，已是下午三点。我知道这条路艰难，但是我要走过去，走到陈向阳去过的地方。在那里，有他的学校，有他深爱着的那些渴望知识的孩子们，更有他的梦想。

我们又去了陈大刚家，算是给他告别。本来还想告诉这祖孙俩，我们要去看陈向阳，可是话到嘴边，却又咽了回去。看着陈小阳晶莹的大眼睛，焦黄的面容，清瘦的身体，我突然觉得有些恨陈向阳，你这个无情的家伙！你不看看这一老一小可怜不？面对慈祥的老人和年幼的孩子，我更不愿刺痛他们心底的伤痛。

我说：大爷，我们回去了。话语里有些深沉。

陈大刚沉默着，一直紧跟着我们。走到车前，陈大刚花白的胡须颤抖着，望着我们，眼神里满是期盼，几次欲言又止。我知道这时候他想给我说什么，可我不敢问。我们上了车，他摆摆手，见我们坐定，陈大刚头也不回地拽着陈小阳就往回走。走了几步，这祖孙俩又转过身来，老的牵着小的的手，戳在那里，朝我们这边深深地凝望着。

面对着守望一样的姿态与眼神，我心里涌上一阵阵说不出的酸楚。

出了村，我们便拐到了奔向敕水县的公路。

三

车子在一百多公里的雪路上慢慢爬行了四个小时，晚上七点多才到达梨花乡贺家寨子。这时候肯定是找不到学校和校长了。我们临时决定找一户人家借宿一晚。

雪夜里，一个个灯火通明的雪屋显得很静谧。

有人吗？站在一户门前，这回我让周小璐敲门。

开门的是女主人，她看了看我们，问：你们是……

周小璐说：大姐，我们是日报社的，今天采访，下大雪回不去了，想在您家里借宿一宿。

女主人脸上立刻有了笑意，热情地招呼我们：快快进来，外面冷。

我和周小璐从心底涌出温暖的笑。进了屋，立马感到一股暖烘烘的热流扑面涌来。偌大的屋子中间烧着火炉，屋里虽然没多少家具家什，但摆放整洁有序，一个八九岁的小女孩正在灯下专心地写字。男主人见我们来了，忙放下书，从床沿站起来，邀我们坐下。

还没有坐定，女主人就问：你们还没吃饭吧？

心直口快的周小璐不顾淑女的优雅，头点得跟小鸡啄米似的。女主人抿嘴一笑：这时候了，也没的做了，家里还有些菜饭，你们将就下，我这就给热去。

周小璐嘻嘻一笑：谢谢大姐。

见到女孩，我想起了她的学习情况，便问：丫头上几年级了？

小女孩歪着小脑袋瞅着我，拿着铅笔的手伸出两个手指头，说：二年级。

周小璐说：才上二年级？

男主人不好意思地笑笑，是啊，山里娃上学晚，她又是下半年生人。要不是她老师，俺还没打算让她上呢。白瞎钱！

我说：嗯，现在是九年义务教育，每个孩子都应该有这个权利。咱们不能耽误了孩子，是不？

男主人忙点头称是：陈老师也是这样说的。劝了俺好几次呢！

一听到"陈老师"，我立马想到了陈向阳，心中一喜，忙问：是不是陈向阳老师？

小女孩忙转过头，说：是呀，是呀！

我顿时来了兴趣，忙说：我们这次采访的就是陈老师。忙叫周小璐抓紧准备。

周小璐拿出笔纸，边问边记。

小女孩子高兴起来，说：叔叔阿姨，你们一定要好好采访陈老师。

周小璐看了眼小女孩，问：丫头，你叫什么名字？

小女孩说：我小名叫秋收，大名叫贺秋收。

女主人端来了热气腾腾的菜饭。边让着我们趁热吃边说：是啊，多亏了陈老师。现在娃娃都能教俺识字了。

我说：将来还要靠他们这一代改变贫穷的山村啊！没有陈老师，他们怎么能成长起来呢！

是的，你们到底是读书人，想法都一样。每次陈老师说，我都能从他眼神里看到一股劲儿。女主人笑笑说。

秋收疑惑地听着我说的话，男主人憨憨地笑着，疼爱地抚摸着她的头。

我问：咱们这边的小学是不是叫寨子联小？

男主人点点头：是的，在崔家寨子村。离俺们这就几里路。

周小璐记完，说：陈哥，既然知道陈向阳在哪教学了，今晚需不需要找他啊？

我看看表，思忖半晌说：行。

秋收歪着小脑袋，说：陈老师今天没来，是李校长给俺上的课。

女主人接过来说：不知又去哪家劝学去了。想想陈老师也真是，自己的孩子放在家里不管不问，却跑到俺这深山沟里劝这个劝那个上学。俺们山里穷，有些家里的孩子还是上不起学。特别是女娃，家里都不愿让她们上，还有很多娃娃的爹娘都在外面打工，根本管不着娃娃们。陈老师啊，不仅当了这些娃娃们的老师，还当了他们的爹娘哩。说着，女主人眼里泛起了泪花。

嗯。我默默地应道。

周小璐呵呵一笑，说：看来，这陈老师还不错啊！

女主人说：那当然啦！

秋收满脸骄傲，说：陈老师是最好的老师，俺爹俺娘都不让俺上学，是陈老师让俺上学的。哼！

男主人说：陈老师不仅让俺们山里娃上了学，还常给我们讲知识对于山村脱贫致富的重要性。这不，我都拿起书本来了。说着，拿起身边的书晃了晃；又说：不仅如此，陈老师还给俺们带来了新的思想，整个山村从他来了后，活泛了。

我眼前一亮，问：怎么活泛？

以前，天一上黑影儿，村里就没了动静，巷子里走个猫都能听着脚花声。现在不一样了，陈老师不仅教孩子们学习，还经常带着俺们村的男女老少在苹果坪上唱歌跳舞，弄一些文艺活动，可好了。这在以前，哪有的事啊！陈老师那样子，简直就像城里来的教唱歌跳舞的老师。女主人抢过话来滔滔不绝。

男主人又说：这事惹得村里一些老人看不惯。说是男人和娃娃们跟着又唱又跳也就罢了，连女人们也跟着疯起来了，真是变了世道了。说完，男主人嘿嘿地笑了半天。

没想到，一个陈老师让我们山村起了这么大的变化。女主人又补了一句。

男主人又说：就像投进平静湖水里的一颗石子儿，荡起的涟漪让老百姓高兴着呢！

嗯。我点点头应着，读书就不一样吧，说话都有文采了。男主人挠挠头一笑。我瞅了眼周小璐。

周小璐说：不用看，我正记着呢。

我嘿嘿一笑。问：咱村里，像这种没上学，陈老师劝学的情况多不多？

女主人说：多呀。光我们梨花乡的几个寨子就有很多呢，陈老师都是一个一个地劝。

男主人说：是啊，真不敢想，如果没有陈老师来，我们这里不知怎么样！

女主人说：还能怎样啊？娃娃们上学还得跑十几里山路，两头不见太阳。刘寨子那孩子的事还难保不发生。

男主人说：嗯，关键是咱们有了自己的学校了。

夜里，周小璐整理白天的采访内容。我站在窗前，望着外面的大雪。面前出现了陈向阳领着那个小女孩在风雪中向寨子联小走去的情景，两个人在雪地里像慢慢移动的黑点。我能够想象到他们走得多艰难，我想不管有多难，我都要去。

周小璐放下笔，伸伸腰，说：陈哥，今天的采访真有意思，一整天，竟没有见到陈向阳。不过倒是搜集了很多材料。

我说：明天就能见到了吧。

周小璐说：不知是不是还像小时候那样帅。

第二天，我们来到了梨花乡寨子联小。没有院子，偌大的坪地算是操场，操场东北角有两间土屋，一间教室，一间办公室，是梨花乡崔家寨子村委腾出来的地儿。

望着简陋的校舍，我脑子里一下子蹦出三个字：拓荒者。

在联小办公室，我们见到了李校长，说明了来意。

寒暄一阵，李校长很遗憾地指指一张破旧松垮的木桌，说：是的，陈老师昨天就去了十里寨子村，到现在还没回来呢。

我瞅了眼那张简陋的办公桌，上面摞着一沓大小不一、参差不齐的作业本。奇怪地问：他不回来，住哪啊？

李校长说：很简单，我们这片寨子，每家都欢迎陈老师，家访或者劝学回不来，在哪里都能住得下。

"哦。"

李校长说：其实现在，不只是我们，这整片寨子的娃娃和家长们并不希望你们来采访？

为什么？我很诧异。

我们都怕因为你们的报道，上面会把他调回他的老家。

这又为什么？我越来越不明白了。

我们不想为他树典型，只是想让陈老师能继续带这里的孩子们。孩子们离不开他，陈老师成了这些留守儿童的精神依靠了。

我点点头，明白了。说：可是你们想过没有，他为了这里的留守儿童，把他的儿子和老爹都丢在家里。他们祖孙俩成了空巢老人和留守儿童了。

听到这里，李校长默默地点点头：这些，我都知道。你们知道吗？说着，李校长拿忧郁的眼神望着我。

我忙问：什么？

李校长说：陈老师给俺说过，他打小是受人资助才上得起学的。大学毕业后，他先在自己乡里的峪山联小教过学，就是因为我们这边刘寨子的一个小女孩出事触动了他，才使他来这边支教的。

我又问：就为这个？

李校长说：听陈老师说过，他的家乡发展要比这边好。他到这里，家乡的孩子依然有人教，但是他若不来，这里的孩子便没学上。因为……因为我们这边穷得没人愿意来。

顿时，一股暖流涌上心头。我看看周小璐，说：这是何等的思想境界啊！

站起身，我走到陈向阳的书桌前，整理着那些有点乱的作业本。

书桌的一角，有一个牛皮纸的笔记本，纸角卷着。我翻开封面，看到扉页上写了一句话，我慢慢读了起来：没有昨天，就没有今天，把今天奉献给明天！简简单单的一句话，我却在瞬间明白了陈向阳从山花峪村走到联寨小学的全部理由。

我看看周小璐，她边记录边擦着眼泪，半天才说：我们今天能见到陈老师吗？

李校长说：那可不一定。他为了劝学，有时要去好几天呢。

周小璐说：有没有他现在的照片呢？

李校长转过身，在办公桌的抽屉里找了半天，才摸出一张照片，递给我：不是现在的，一年前照的。

照片上，一个脸庞瘦削的男子，蓬松的头发，身着一件不太合身的土灰色西服，很明显那土灰色是洗得掉了色，而他的面容里有些瘦弱疲倦，眼神里充满了心事。他站在一间破旧的教室门口，前面站着几个衣着朴素的孩子。尽管这样，他脸上依然绽放着阳光、青春和自信。

周小璐探过头来，看了半天：这就是那张照片上的陈老师吗？

李校长问：还有哪张照片？

我拿出那张当年陈向阳的照片，两张照片放在一起，中间留了一段距离。看了一会儿，我说：小璐，你看，从第一张二十年前的陈向阳，到这张二十年后的陈向阳，中间的距离，你看到了没有？

周小璐点点头。

我说：我们要发现、挖掘这中间的陈向阳，这就是我们这次采访的重点。

周小璐似懂非懂。

四

峪山的原野笼罩在白茫茫的大雪里，天地一片混沌。汽车像一只蠕动的甲壳虫在长长的弯曲的山间公路上慢慢行驶。天渐渐黑下来，整个原野苍茫起来。一种莫名的孤独突然袭上心头。

我问周小璐：你能想象出陈向阳是孤独的吗？

周小璐盯着手机，漫不经心地说：有点儿。

看着前方被大雪封着的山路，我问：一个人为了理想，在孤独里能坚持多久？

周小璐这才放下手机，愣愣地看了我半天，才说：理想的最初是需要热情的，热情过后，依旧有信念和责任的话，就能无限坚持。

我仍然目不转睛地盯着前方，说：就像在这苍茫的原野上行走，信仰就是支撑你走下去的力量。比如陈向阳。

雪还一直下，直到我们离开寨子联小时，也没有见到陈向阳。车驶出很远，我回头望去，天地间依旧白茫茫一片，仿佛看到弓着腰顶着风雪领着孩子们上学的陈向阳，仿佛看到在风雪中傲然挺立的寨子联小，那个孤独的学校像矗立在雪域边陲的岗哨，而陈向阳一直在简陋的教室里执着地坚守着……

（发表于 2015 年第 2 期《洗砚池》，入选山东省文学院 2015 年《齐鲁文学作品年展》）

2015 年 1 月于南府梅园

沙 棘 花

　　刚进办公室，发行部就送来了当天的报纸。我泡了杯清茶，惬意地坐下来翻阅。读完一篇关于大学生支教的新闻，我心里一揪，突然想起一件事儿。看看时间，心里念叨：还能来得及。放下报纸就跟周小璐说：小璐，走！

　　周小璐正打扫卫生，见我这般焦急，她顿时停下来，愣了愣，才问：陈哥，这么早去哪儿？

　　我顾不得跟她解释，抓起包又说声"走"，就已到了门外。周小璐在后面边追边喊：陈哥，等等我。

　　上了车，我加足了油门，不一会儿就窜出了市里，这才松了口气。

　　周小璐疑惑地看着我，这才开口：陈哥，这是干什么去啊？

　　到了你就知道了。我故意卖了个关子。

　　车子行驶在去敕水县的路上。周小璐恍然大悟，喊道：哎，陈哥，这条路有些眼熟哎！

　　瞧你这一惊一乍的。我微微一笑。

　　去找陈向阳？周小璐歪着头轻轻地问我。

　　我目视前方，点点头道：去年冬天咱们给他做专题报道后，一些爱心人士打过电话询问，之后也没跟踪报道。他现在的工作和生活我们还是一无所知，今天去看看。

　　我的脑子里又浮现出陈向阳和他所在的寨子联小，他儿子陈小阳和他父亲陈大刚手牵手目送我们的情景。

初春的盘山公路像一条玉带绕在青山绿水之间，全然没有了第一次去救水县时大雪封路的苍茫，温暖的春风吹进车里，伴随着车内缓缓流淌的音乐，心情也朗润起来。

周小璐惬意地说：陈哥，这次还是采访？

我琢磨了一会儿，说：后续报道吧。

中午11点多，我们终于赶到救水县梨花乡寨子联小。空旷的校园一隅依旧坐落着两间简陋的土屋，屋前一片灌木，靠着墙根拥挤地生长着，还盛开着火红的小花，在黄土屋、黄土地的映衬下显得格外扎眼。周小璐忙跑上前，兴奋地看看这丛望望那丛，回过头来问：陈哥，这是什么花？真漂亮！

记得去年冬天来时，大雪覆盖，不曾注意在这贫瘠的土地上还有一片沉默的生命，静静地等待着春暖花开，如今竟绽放出如此娇艳的美丽。看着这丛耀眼的火红，竟莫名地感动起来。我摇了摇头。

周小璐边看边感叹：在这鸟不拉屎的地方竟然还有这么美丽的花，真是奇怪！

眼睛还盯着这花，我们已走进学校仅有的那间办公室。里面的布局还是老样子，只是陈向阳破旧松垮的桌上的作业本更高了。见到李校长，周小璐迎上去就问：李校长，门外是什么花？真漂亮！

李校长像在思考一个问题，顿了顿说：那是沙棘。

噢，这就是沙棘花啊！我恍然大悟。

陈向阳种的。本是西部干旱荒漠里的植物，不知他从哪里弄来的。李校长点点头，淡淡地说。

提到陈向阳，书归正传，我们说明来意。李校长立刻眉头紧蹙，看到他并不像上次那样热情，我和周小璐面面相觑。

唉！他去县教育局了。沉默半天，李校长才说。

我忙问：去教育局？干什么去了？

说话间，一个八九岁的小同学打报告进来，朝陈向阳的办公桌上放了一摞作业本。

别提了，现在不只孩子们。说着，李校长瞅瞅那个小同学：我也不想让他走，他也不愿离开这里，可是这事谁都无法解决，所以他就去找教育局……李校长似乎很痛苦。

小同学看看满脸愁容的校长，目光突然射过来瞪着我们，我甚至看到她泪汪汪的眼睛里有些敌意。

还是周小璐眼尖，忙上前拉住她的手：哎，这不是贺秋收吗？

听到这个名字，我这才细看她，对，是贺秋收！记得去年冬天采访陈向阳前一天的晚上就在她家借宿，当时是多么可爱的孩子啊，能看得出她对陈向阳的依恋，感到那么自豪，今天这是怎么了？

贺秋收甩开周小璐的手，气呼呼地跑了出去，我看到她边跑边擦着眼泪。

我们都疑惑地看着李校长，他这才说：你们对陈向阳的报道很好，县教育局看到了，呈报市教育局，想把陈老师调回他的家乡，方便他的生活嘛，这上有老下有小的，还得照顾不是？然后再调个教师过来。可是孩子们和学校都离不开他，他还担心新老师受不了这边的清苦，半道离开耽误了孩子们呢！他还是那句话：守在这里，家乡的孩子依然有人教，他若离开，这里的孩子便没学上。更要命的是他准备把陈小阳也接过来，可是这样，他老爹一个人在老家怎么能行？

我痛惜地摇摇头，心瞬间像被尖刀狠狠剜了一下，很痛。

我不知说什么好，周小璐接过话：要这样，还真难办！难道就让陈老师一个人承担这一切吗？

李校长摇摇头说：那有什么办法，若走，他过不去那个坎，留也过不去这个坎。

这时，贺秋收和几位同学堵在办公室门口，几双眼睛恨恨地盯着我们。顿时，我心里的内疚、无奈纠结地交织在一起。

我怜悯地看着孩子们，他们走进来，站在我们面前。贺秋收的声腔全然没有了第一次见她时的欢快和幸福，很尖锐，并且充满了质问和埋怨：你们为什么采访陈老师？因为你们，领导才让陈老师走的，我们不让他走！后面几个孩子一起喊道：不要陈老师走！不要陈老师走！喊着喊着，竟然都哭了。

我无言以对，从孩子们的留恋中能体会到陈向阳为这里所做的一切，看着他们一双双渴望和乞求的眼睛，我不能劝说他们；但是，再看看陈向阳的状况，我更无法言说他留在寨子联小的困境，本想通过媒体去报道他的事迹，引起社会关注，解决他的现状，可是到最后却是这种窘况。

李校长站起身走到孩子们中间，爱抚地摸着他们的头：同学们，回去吧！

贺秋收带着几个同学抹着眼泪儿，极不情愿地离开了办公室。李校长指着他们的背影，说：看到孩子们这样，我心痛，看到陈老师那样，我更心痛啊！

出了办公室，走了老远，我回头又朝那片火红的沙棘花望去。脑海里响起了一首歌：谁知道火红的 / 火红的沙棘花 /

一抔土把它培育／它扎根孤寂——／孤寂的荒漠／落落中开花结果／一腔酸甜含心里／含心里……

我们默默离开了寨子联小。报道本是好事，可谁都没料到是这个结果。车子继续行驶在盘山公路上，而此刻的心情竟然这般沉重，完全不是来时那样轻松愉悦，这种沉重压抑着我，也压抑着周小璐。这种压抑不得不让我们急急奔向一百多公里外的峪山县山花峪村。我担心起那爷俩——陈向阳的父亲陈大刚和儿子陈小阳。

一路上，我沉着脸，心里却在呐喊：陈向阳啊陈向阳，你这样到底为哪般？

山花峪村还是那样，一排排整齐明亮的瓦房和小门楼，而在村西北角，依旧是荒凉的小院和小院里破旧的老屋。

下了车，我站在大门前，默默凝视着。小院冷冷清清，但春天依然光顾，满院的草长势很猛，有些"青城草木深"的凄凉感。推开大门，朝院里走去，周小璐紧跟其后，正怀疑是不是还有人住，却听见屋里隐隐约约传来悲痛的哭泣声，周小璐惊恐地抓紧了我的胳膊。我顿时愣在那里，听得分明，那声音是陈大刚的。我似乎明白，陈向阳应该把陈小阳带走了，只留下痛苦的陈大刚孤独地守着这个悲戚的小院。

陈向阳，你好狠！你撇下老父亲一个人守着这空空的家，你让他怎么活下去？！我恨恨地骂道。

我们愣在院子里，回想着去年大雪纷飞的冬天踏进这个小院，而今草长莺飞，短短几个月，陈向阳的家却是越发悲哀。瞬间，一股无名的酸楚和羞愧涌上心头。

我知道，在此时任何一种宽慰，对于陈大刚都是残酷的伤痛。我无力地叹了口气，转过身，哽咽着：小璐，咱们还是回去吧！

　　回去的盘山公路上，我脑子里一直闪现着墙根下那片火红的沙棘花，而公路两侧却是春光无限，繁花似锦。只是，看得我想大哭！

　　（发表于 2016 年第 1 期《洗砚池》）

迷 途

一

二妮站在那棵拐脖子枣树下，"噗"的一声，一颗枣核吐到了压水井旁的水洼里，砸出一圈圈水晕。二妮努了努小嘴，指着艳玲、小凤她们，哧哧地嘲笑：你们穿得像洋女人，一点都不中看。说着，背起手倚着枣树，瞅着树上青色的红色的枣儿，一副得意样儿。

艳玲、小凤的喳喳声戛然而止，面面相觑了半天才迸发出一阵大笑。笑了会儿，艳玲捂着肚子直起腰，撇着一股土星子味的普通话：二妮，你真成土老冒了，你看你穿得跟它似的。说着指向旁边水洼里戏水的鸭子。

二狗瞥了眼二妮，又瞅了瞅艳玲几人，脸顿时红得像树上的枣子，衣服里跟焐热了麦芒一样，刺刺挠挠，浑身不自在起来。

二妮不敢看，紧紧捂耳朵摇着头，两条麻花辫子在双肩上跳起来：你说的啥话？难听死了！

艳玲她们在一百多里路外的县城打工。这次回来，看望二妮，因为她们曾是最好的姐妹。姐妹几个像枣树上的那群麻雀，叽喳着城里的新鲜事，根本没在意一旁的二妮。二妮光傻傻地看着她们，跟被打愣的鸡一样，一句话也插不进去，许久才冒出这么一句话。

昔日要好的姐妹远去的背影生生地拽疼了二妮的心尖，还牵出一阵阵无以复加的失落。自己真的落后了？跟个二愣子似的，啥都不知道，仿佛她们这一走，自己脱了鞋都追不上她们了，也比不上她们漂亮了。

二狗，俺漂亮不？二妮满脸愠气，傻傻地问。

二狗点点头：俺就瞅你俊。

二妮不信，说：你哄俺？

二狗顿了顿，说：哄你是骡子，是驴！

二妮又追问：你要是看上艳玲，咋办？

二狗憨憨一笑，挠挠头皮，说：那咱一块进城，也学艳玲打扮起来，你保准比她还俊。

二妮捶了二狗一拳：说了半晌，俺不打扮就不如艳玲俊啦？你还哄俺，看俺打你不！说着扬起手。

二狗一闪，笑起来：这是真的，俺爹都说了，人靠衣裳马靠鞍。

二妮说：不行！你要是去了，不得让城里的大嫚勾了魂去？

你以为俺真去啊，城里有啥好的，进城就学瞎了，再说俺还得看铺子呢！咱们都快要定亲了，你还有啥不放心的。

二妮说：不看铺子也不让你去。

回到屋里，二妮站在镜子前转来转去，镜子里的自己穿着粗布褂子，两条梳得不太整齐的麻花辫子，觉得艳玲说的在理，自己跟她比起来，真就是个灰不溜秋的丑小鸭。想着，二妮听到屋里有动静，回头才发现那只最调皮的小鸭子不知什么时候钻进屋里，正歪着小脑袋奇怪地瞅二妮。二妮想起艳玲的话，冷眉一竖，一跺脚，吓得它"嘎嘎"叫着，慌不择路地逃出屋。二妮一缩脖，又调皮地笑了。

其实，二妮心里觉得艳玲穿得蛮好看的，就是心里不服气，那会儿得意，是自己装出来的。她觉得自己要是穿上艳玲身上那样的衣裳，站在舞台上，再加上自己如百雀羚鸟般婉转清脆的歌声，肯定比艳玲好看一千倍一万倍。艳玲没进城前，大家都夸自己比艳玲俊，她进趟城，怎么就比自己好看了呢？俺也要去县城，一定要离开这山沟沟，到城里，俺要比艳玲强，俺要上舞台唱歌，赚了钱，搬进城里和爹、二狗一起住，也当城里人。

晚饭，昏暗的灯光下，二妮端着碗吸溜了口地瓜糊豆，盯着夹着的咸菜棒，想着城里人锦衣玉食的生活，怎么也送不到嘴里去。

爹瞥了一眼：咋啦？妮子。

爹，俺想跟艳玲进城。二妮鼓足了勇气说。

啥？二妮爹把碗一掷，老脸瞬间阴下来，瞪起牛眼：你没看看那小疯妮子变成啥样了？跟妖精似的，好娃都学瞎了。你走了，你放心二狗，二狗还不放心你呢！不行！爹的话好像让二妮没有回旋的余地。

爹，上回艳玲进城，您就不让俺去，这回不管咋地俺都得跟着走，俺不想拴在穷山村里一辈子，只有进了城才能有出息，才能出名！二妮也反驳着，争取自己离开的理由。

二妮爹说，咱出那名干啥？

二妮说：挣钱养您呐！

二妮爹说：要恁些钱干啥，有钱就学瞎了！想唱上哪唱不行，咱乡里的响器班多的是，不少挣钱。

二妮急了：爹，那不一样。进城能挣大钱，在这山沟沟里也没啥出息，您看咱爷俩现在过得啥日子，等俺挣了钱，让您天天喝酒吃肉。二妮鬼精灵地笑笑。

说到这里，二妮爹吧嗒吧嗒干裂的嘴唇，缓缓地说：爹是不放心你，不如待在山里啊！

听这语气，知道爹的心软下来了，二妮忽闪着大眼睛继续攻击：爹，您看艳玲进城半年多都没啥事，还不是好胳膊好腿地回来了。人家好着哩，这次家来，她给她爹带了恁些好烟好酒哩，您都没见过哩。说着，二妮歪头瞅着爹。

二妮爹"哼"了一声：你懂啥！！

二妮不懂啥，就是一门心思地想进城，便撒起娇来：爹，您看艳玲穿得多好看，您家妮子太土了，这样咋出门子嘛！

二妮爹"吧嗒吧嗒"地抽着旱烟袋。他知道女儿大了，自己管不了了，拴是拴不住的。说：山里人根在山里，进城做啥？进城不学坏了嘛！

二妮一副自信的样子：咱山里人，根上就憨，学不坏的。

好像二妮爹说一句话，二妮有一百句一万句等着回应。二妮爹心事重重地点点头，还没等他说话，二妮就欢呼起来：爹，您同意啦！二妮爹白了她一眼。

二妮来不及跟二狗说，生怕艳玲不知什么时候就离开了，顺着崎岖不平的石阶小路风一样一溜烟儿跑到艳玲家。扶着门框弯着腰，气喘吁吁地跟艳玲说：艳玲，再……再进城，带上俺。

二妮几夜都没有睡好，天天朝艳玲家跑，生怕艳玲把她落下了，惹得艳玲有些烦。

二狗知道二妮要进城，没有阻拦她。二妮反倒不放心了，说：二狗，你就这么放心俺进城？

二狗挠挠头皮，憨憨一笑：有啥不放心的，又不是你一个人去。

二妮努起小嘴，指着二狗的鼻子，嗔怪起来：你是不是有别人了？是不是光想让俺走啊？等俺走了，好跟别的大嫚好啊？

你瞎说，谁能看上俺。二狗笑得有些拘谨。

二妮说：村里恁多嫚都惦记着呢！不行，反正咱俩都好上了，恁些人都知道，俺走了，你不能吃着碗里的看着锅里的。俺挣了钱就回来！

二狗羞得脸跟刚出垄的红皮地瓜似的。

二妮拽起二狗的胳膊摇着撒娇：没吃，俺也是你的。

二狗一把将二妮抱进怀里，二妮这才放心。

走的那天，二狗心事重重地站在他家的墙畔上看着二妮提着大包小包朝村口走去。二狗的目光慢慢地被土路上扬起的灰尘淹没……

二妮爹木讷地立在村口，嗫嚅着给二妮说：外面不好就回来，想家了就回来。

二妮边点头边朝客车上塞行李。她的心思光顾着赶快飞向城里，哪看到爹爹的样子。汽车在启动的刹那间，二妮爹沧桑的脸上滑过两行蜂蜜样的老泪，呆在那里站成一棵守望家乡的老树，直到那辆载着他心爱的女儿驶向城里的城乡客车消失在故乡那两片郁郁葱葱的高粱地之间。

二

从山村到县城，客车一路狂颠，艳玲几人睡了一路，她
们早已习惯了城乡客车的颠簸。二妮睡不着，她也不睡，第一
次走出生活了二十年的山村，外面的世界一切都新奇，她趴在
车窗上看了一路的风景，脑子早已飞到她心心念念的繁华城市
里。

夜幕渐渐从天上拉下来，还没有拉到地上，她们就到了
县城。

县城一片灯红酒绿，车水马龙，人流如织。二妮看得眼
花缭乱。拖着行李走在县城的街道上，二妮任由艳玲领着——
她彻底转了向。

九曲十八拐，好不容易到了艳玲的租房处。这是一幢老
楼的一楼西户。开门的一刹那，二妮差点让房子里扑面而来的
香水味呛出了眼泪，咳了半天，捂着嘴问：这就是你们住的地
儿？艳玲白了二妮一眼说：有地儿住就不错了，今夜里你就在
这里困觉。说着给小彩递了个眼色，带上门就要走，二妮追上
去忙问，你们去哪里？

艳玲有些不耐烦，说：我们去工作。

二妮问：夜里还工啥作呀？

艳玲说：你真烦人，困你的觉吧！

艳玲她们走了。二妮收拾了会儿，坐要床上闲得无聊，
便趴在窗口看着这个她向往了很多年的地方，看着这个绚烂缤
纷的世界，这个世界曾在她梦里出现过很多次，她觉得今晚像

是在梦里，可又觉得不是梦。

二妮兴奋得翻来覆去像烙饼似的，她想等着艳玲，向她聊聊自己的感受，可是等到凌晨也不见艳玲回来。窗外，城市的夜渐渐暗下来，空洞洞的出租房里也跟着黑下来、静下来。静得让二妮有些害怕，缩在被窝里，不知什么时候睡去了。

醒来时已日上三竿，见艳玲、小彩她们横七竖八地躺在床上。二妮推了半天，个个跟死猪似的。

一连几天，艳玲并不给她找工作，她让二妮自己找。二妮就白天出去找工作，晚上回来睡觉，艳玲几个刚好与她相反——昼伏夜出。

两个人照上面的时候，二妮就给艳玲说：俺想找地儿唱歌。

艳玲冷冷地回了句：你唱的那是啥歌？在咱村里还中，进城了没人听。别糟蹋人家那地儿，再说那地儿也不合适你去，先找别的活再说。

二妮还发现，艳玲几个的穿着比回家那几天更吓人，她都不敢看，看了脸上就变红，就发烧。艳玲轻描淡写：城里人都这样，就你那老土劲，还进城！在城里，穿得越少越好混，你以后就知道了，也会习惯的。

二妮怯怯地看着艳玲，心想：看都看不惯，咋会习惯呢！

可是，事实证明，二妮对自己的定力判断是完全错误的。

二妮找工作处处碰壁，招聘单位连连摇头，不是嫌二妮没文化就是嫌她没形象气质。最后，她对艳玲软磨硬泡，艳玲让烦得不行，介绍到她认识的金色大酒店的姚绍经理那里，才把工作安排下，竟是端盘子上菜的活。

看着一大盆油汪汪的锅碗瓢盆，二妮不禁皱起眉。可是，

闲这么久了，确实有些着急：不管咋样，先干着再说，好歹是
个着落。

二妮很珍惜这个来之不易的工作机会，干起活来格外卖
力，认真、干净又利落，很得经理的赏识。不仅是酒店上上下
下的大小伙计都夸赞，连常来饭店的客人也喜欢这个山里妹子。

很快，二妮离开了艳玲的出租房，搬进了酒店里的集体
宿舍。

在酒店工作的第一个月，二妮耳熏目染，各色城里女孩、
时尚女郎在酒店进进出出，看着她们漂亮的时装、飘逸的秀发、
性感的身材，再看看自己，就浑身不自在起来。

发第一个月工资的那天，二妮就急忙拉着酒店的小姐妹
羞涩地钻进路边美发店，把那两条粗粗的麻花辫子拉成了直板，
二妮觉得这发型跟自己穿得不搭配，便扎成松散的马尾辫，照
镜子一看，顿觉脱去一层灰色的土气，还多了几分妩媚。二妮
灿烂一笑，很有成就感。以后，她要跟城里女孩子一样，换上
漂亮的衣服。姚绍经理都给她说了，人就得靠包装——在城里
混，行头很重要。

的确如此，自从二妮换了发型，添置了几件时尚服装，
既有城市女生的清秀华丽之气，也不失山里女孩的淳朴可爱之
感，二妮在酒店里一时间竟有了鹤立鸡群的感觉。看到酒店的
伙计和客人对她品头论足，啧啧称赞，二妮心里甭提多甜蜜了，
言谈举止之间不觉多了几分傲气。

看着酒店因二妮带来的回头客和火爆的生意，姚绍很快
意识到，应该将二妮树成一块招牌。时常旁敲侧击：不要穿那

么多，现在的衣着还是有些土，可以再露一些，回头率绝对超
高！

二妮满以为自己穿得够开放了，没想还没入经理这种见
多识广的大人物的法眼。她脸上又泛起一圈淡淡的红晕，怯怯
地问：能行吗？心里却犯起了嘀咕：不会穿成艳玲那样吧？

姚绍摇摇头：你看看，有谁穿得你这样。再少些，听我的，
绝对行！

于是，二妮在姚绍的精心指导下，衣服该短的短，该缩
的缩，虽说没有穿得像艳玲那样露骨性感，可露在外面的还是
多了些面积。

姚绍说的没错，审美疲劳的老顾客看到穿梭于酒店里脱
俗又爽朗的二妮，像是吃腻了鸡鸭鱼肉后遇到了山间野味，推
杯换盏之间也不忘与同僚酒友们调侃几句荤段子，边笑着边用
淫邪饥渴的目光直勾勾地刺向二妮身上几个凸起的部位。

二妮也渐渐地习惯了这种调侃，加之工作时间长了，没
多久，便能与客人毫无拘束地打情骂俏起来。二妮从来没有这
种优越感，从来没有这样受人注目过，也从来没有这样自信过，
把客人陪高兴了，还能赚到些许小费。二妮算过，自己一个月
的小费蛮赶上工资了。

二妮心里常常琢磨：城里人的钱真好赚！

那天，姚绍突然决定把她提升为领班，这让二妮措手不及，
却又扬扬得意。

第二个月，姚绍给二妮涨了工资。盯着比以前厚了一半
的工资，二妮心里一颤，半推半就地说：经理，涨得太快了。

姚绍很爽快，这是领班的工资标准，拿着！

二妮脸上开了花，"哎"了一声，连忙把那沓厚实的工资揣进口袋，说：经理，其实俺来城里是想唱歌的。

姚绍一愣，问：什么？有这么好的工作你还去唱歌？唱歌能挣几个钱啊！再说那唱歌的地方是你去的地方吗？乌七八糟的人都有，先在酒店里干着，我亏不了你的。

听到"乌七八糟"几个字，二妮想起了艳玲也这样劝过自己，不要去那种地方。难道艳玲在那样的地方唱歌？没听艳玲说过呀，再说艳玲也不会唱歌。二妮还是猜不透艳玲的工作。她看着姚绍，半信半疑地点点头。

姚绍发现了二妮的心思，此后便想方设法地拴住二妮的心，对她也是关怀备至。

二妮俨然成了酒店里的小红人，惹得比二妮早来酒店的同事羡慕妒忌恨。有几个早就喜欢二妮的小青年每每要表露出爱慕之心时，都被二妮高傲的目光吓得咽了回去。

很快，二妮不再和同事们一起住，而是搬进了姚绍专门给她安排的单身宿舍里。

这天，二妮特别高兴，把自己的单身宿舍收拾得井井有条，还专门在床头的书桌上摆了一个花瓶，里面放进了水，栽进了几棵吊兰，那是爹爹最喜欢的花儿。

二妮在书桌上拾起一本书，抹抹上面的灰尘。叹了口气，自己刚进城里时，还经常看看书，后来偶尔翻几页，而现在一天忙到晚，基本都不看了。

这两天，二妮又找了一趟艳玲。她是在酒店里中午忙完了才去的，她知道晚上找不到艳玲，上午她们又睡得都跟死猪似的。二妮敲艳玲租房的门，许久才听到艳玲懒洋洋地问：谁啊？声音里好像尽是警惕！二妮满心欢喜地说，艳玲，是俺。

艳玲开了木门，惺忪的眼一下子放出光来，顿时被二妮惊艳的样子吓到了，呆呆望了会儿才叫道：啊呀，真是你这个丫头片子，我差点没认出来。比在家里强吧。

二妮站在门口，笑嘻嘻地说：不让俺进去啊！

屋里传出一个男子的声音：玛丽，谁呀？

艳玲开开防盗门，一脚迈出来说：今天不行呀！

二妮探头朝里瞅了一眼，调皮地问：咋啦？谈对象啦？他管你叫啥？

艳玲一愣，啊啊地打个马虎眼说：这都让你看出来了。指着二妮又叮咛，回家可别说啊！

二妮嘻嘻一笑，说：谈对象怕啥啊？

艳玲有一句没一句地跟二妮聊着。二妮发现艳玲现在妖艳得很，不仅是穿得有些异样，还有一种说不出的感觉，她心里都奇怪为什么有这种感觉，便问：艳玲，你变了呀？

艳玲说：哪有啊，我倒是觉得你也变了很多呀，变得我都认不出来了。

二妮笑着说：嗯，进城就得要变点模样嘛！过阵子俺就回家，让俺爹也瞧瞧，怕他也认不出来了。快过节了，再给俺爹买些好酒回去。

好不容易送走了二妮，关上门。躺在床上的男人问：谁呀？艳玲懒懒地说：家里一个亲戚，在县城打工的。男人嘿嘿一笑：我看就是个二逼，还谈对象呢，什么年代了！

艳玲瞪他一眼说：不准说我妹妹！

男人说：耽误这么长时间怎么算？

艳玲点上一支烟，深吸了口说：有本事你再折腾一个小时。说完哈哈大笑，笑声很浪。

离开艳玲的租房，到了楼下，前面一个大妈正在门口喂鸡，大妈冷冷地瞥了一眼二妮，边撒鸡食边叫：鸡鸡鸡，鸡鸡鸡。鸡们就都跑过来吃食了。

三

进入农历八月，看着城里的人都忙活中秋节，二妮很想爹，也想二狗。快到八月十五了，该给爹打酒喝了。二妮在酒店给爹买了两瓶酒，这酒虽然不贵，可爹从来都没喝过。爹喝的都是村里小卖部里的散酒。

她就去找艳玲，说：酒店八月十五忙，俺回不去，你家走时捎给俺爹。

艳玲说：我也回不去，我托咱村的小凤她爹给你捎回去吧。二妮说：给俺爹说，二妮在外很好，让他放心，俺有空就回去。

二妮回去，艳玲送她到门口。不远处那个大妈又喂鸡了，看到艳玲和二妮，又喊起来：鸡鸡鸡，鸡鸡鸡。鸡们就又飞跑过来吃食了。

艳玲骂了句神经病！二妮扯了扯艳玲的衣角，小声嘀咕：人家喂鸡，管你啥事？

艳玲一扭身，挣脱了二妮的手，咬牙说：哪天我都给药死！

没几天，小凤她爹回城捎来话，说二妮爹病了，去的时候正躺在床上，二狗在给做糊豆饭。二妮爹说二狗做的糊豆不好喝。

二妮一听急了，骂道：这个笨二狗。想着爹躺在床上等待自己端碗地瓜糊豆喝的样子，心里泛起一阵酸楚，本来想着自己进城挣钱，能让爹爹过得好一些，没想到卧床时自己却不能陪伴。一会儿工夫，嘴上急得起了一片燎泡。找姚绍要请一天假回去看看，姚绍瞟了二妮一眼，说，这阵子正忙，谁也请不了假。还说，要给二妮加工资呢？二妮心想，等这个月发了工资一定回家看看。

二妮急急火火地找艳玲，让她领着一起去找小凤她爹。小凤她爹说，不碍事，我看你爹就是想你了，二妮你也别着急，安心干活。二妮这才放心下来。又闲聊了一些在城里的生活和工作情况，让小凤她爹捎话，让爹放心。这才忐忑不安地回去。

离开了艳玲，二妮独自走在城市的马路上，车水马龙，很是热闹，可越是这样，二妮心里越有一种难以名状的孤独和苦楚。原来离开家、离开爹爹的担心是这样的。她朝家乡的方向望去，可是她的目光、她的思念却被城市的灯红酒绿淹没。

那天，二妮正忙着，传菜的小伙计喊她，说经理叫，便把二妮领到了一个房间。姚绍正忙着给主陪、副陪敬酒，见二妮来了，经理招呼二妮一起敬酒。

原来，姚绍的大哥姚满总裁邀请某局局长。结果在酒店大堂内，局长看到淳朴俊秀的二妮夸了两句，姚总给姚绍使个眼色，二妮便被叫来了。

姚绍介绍，这是局长，这是姚总。二妮略显羞涩又不失方大地点点头说，局长好，姚总好。

局长见到此时的二妮，色眯眯的小眼瞅了半天，二妮被看得脸色绯红，更添了几分风韵，局长越发喜爱，问：你叫什么名字？

二妮第一次见这么大的官，怯怯地看了姚绍一眼，姚绍忙笑着说：她叫二妮，我嫌土，准备给她改名字的，在酒店里不能光二妮二妮地叫吧，显得我这酒店多没水准。

局长听了，大悦，瞪圆了眼，竖起大拇指说：二妮，这名字好，不土气。这好比在你们酒店里多了一道野味，不仅不降，还会提高你们酒店的档次，不能改，坚决不能改！你们看看，多么朴素漂亮的山妹子，看着她，我顿觉满面清风，比看你们这些浊物舒坦多了，这酒我喝了，来！说着，一杯三两三的白酒，一仰脖，下肚了。

这么一说，不仅二妮，连姚绍也是受宠若惊。看着局长都喝了，姚总和姚绍哪有不喝的道理，关键是这酒还得要二妮喝下去。不然，老总会很不高兴，他不高兴，你酒店还赚什么钱？

姚绍忙笑呵呵地给二妮斟满一杯白酒，二妮倍感关爱之情。这在酒店里是从来没有的事儿。二妮都没有想到，她以后在酒店的日子，可谓是春风得意。那些小伙计们更是对她刮目相看，不知道她是经理的还是那个姚总的抑或是那个局长的什么人，不然，一个酒店的经理怎么会给一个服务员亲自倒酒呢？

二妮不敢喝。

局长说，酒从量饮，能喝多少喝多少，喝多少我都高兴。

姚总和姚绍哪敢让二妮不喝啊，不喝办不成事儿。他们不敢让这样尴尬的局面僵持下去。不知姚绍在二妮的耳边嘀咕了句什么，二妮痛苦地喝下去，迎得大家一片掌声。按说，二妮第一次喝酒，不胜酒力，结果却是出人意料。当天晚上，二妮在喝酒上的表现相当出色。

当然，局长也是"酒精沙场"的老手，酒桌上对二妮赞誉不断，肚子里却是坏水翻涌。他给姚总使了眼色，摇着狗尾巴的姚总一晚上让姚绍又是安排 KTV 又是安排洗脚，忙得不亦乐乎。

可是，就在姚绍和二妮陪局长洗脚的空当，却差点闹出大乱子——二妮在大庭广众之下，弄了局长一个难堪。让姚总和他下不来台。

局长很生气。姚总愤懑地剜了眼姚绍，姚绍忙把二妮叫到另一间屋，问明原委后，急得差点叫出了声，却又压低了声说：让人搂下抱下，摸一把，又缺不着什么，陪局长高兴了，我哥高兴，咱以后自然就有钱赚，给你涨工资不就是顺理成章的事儿嘛！你看现在酒店里谁有你的工资高，谁有你红？再说，谁让咱就是干侍候人的买卖呢？你这丫头怎么不明白呢？你跟钱过不去吗？

二妮想想也是，自己好不容易从大山里来到城市就是挣钱的。听艳玲她们说，也是整天陪客人，搂搂抱抱的，也没见她们怎么着了，看看她们穿得多好，又不缺胳膊不缺腿的，过得可比自己滋润多了。回到家乡，看到你穿得好，吃得好，就羡慕得不得了，谁知道她干什么活呀！

想通了，什么事都不是事了。借着酒劲，二妮说：姚经理，你说的是。

姚绍给二妮竖起了大拇指：赶快给局长赔个不是去！

二妮点点头，站起身。

姚绍领着二妮回到房间，见到姚总，姚绍点头哈腰。姚总知道他已把二妮拿下，但满脸深沉，佯装不悦，目光转向局长。姚绍会意，忙上前给局长赔了半天不是，最后，给二妮说：

今天一定陪好局长，不能再惹局长不高兴喽！

二妮挤出满脸笑容，一个劲地点头。说着就坐到了局长身边，一手伏在局长的肩上，一手揽起局长的腰，嗲声嗲气地说：局长，您大人不计小人过，俺二妮给你赔不是了。局长脸上紧皱的纹线慢慢舒展开来，那只咸猪手又落在二妮白皙的大腿上，摸索着向上滑去……

姚总和姚绍很知趣地退出了房间。关上房门，姚总给姚绍嘀咕：这个二妮不简单呐！

姚绍靠近姚总，阴阴地一笑，三个手指头捏在一起搓搓，低声说：山里丫头穷怕了，有这个就好使，还不用多。

在昏暗的灯光下，两人笑得有些诡谲。

许久，局长很满足地走出房间，腋下夹着包，朝姚总和姚绍看看，也不说话，径直朝外走去。

姚总朝局长点头哈腰。姚绍忙跑到房间，见二妮在那边哭哭啼啼，明白发生了什么事情，这时姚总也跑了进来。姚绍冲他点点头，姚总从包里掏出两千块钱递给他。

回到酒店，姚绍来到二妮的宿舍，开导她，女孩子总有这第一次，在农村，你的这第一次要是让哪个穷小子占了便宜，一分钱也捞不到啊，到时你是哑巴吃黄连有苦说不出啊。现在跟着局长，他有钱有势，保准你的幸福日子。说着，甩给二妮一千元钱。

此时的二妮坐在床上，默默地流着泪水，月光洒了她一身，冰凉冰凉，她望着窗外的月亮，像被天狗咬了一口，二妮觉得月亮跟自己现在的心一样，也被什么咬了一口似的，隐隐地痛，二妮不知道自己该如何面对二狗。想想二狗也不容易，死心塌地地对自己这么好，爹爹有病，他还帮着照顾，小铺子挣钱不多，可养家糊口不成问题。想到这里，她觉得对不起二狗。

八月十五快到了，自己本想着要回家看看爹爹的，可是自己现在这个样子怎么回去？现在自己不再是爹爹心里那个女儿了，进城前，他还说过不放心，而今却真正应验了他的担心。爹呀！二妮对不起您呀！

二妮很想回家，可又感觉那个家好难回。她无颜面对爱他的二狗，无颜面对为她担心的爹爹，她不想让年迈的爹爹担心，二妮只想要好好混，让爹爹看到自己在城里过得比在家里活得好十倍、好一百倍。

第二天一早，姚总敲开了局长办公室的门，局长伏在案上，一脸肃穆，夹着根烟，头也不抬地翻翻眼皮，瞟了他一眼，不作声。姚总笑嘻嘻地说：局长放心，没事，摆平了。

局长这才吐了口烟，故作镇定：你那项目这两天就研究一下。

姚总心中一阵窃喜。

果然，局长很办事。没几天，局里给姚总打电话，说项目批下来了，不过还要再过几天才能拿到手。姚总很明白其意，他亲自去了趟局长办公室，送上几盒上好的茶叶，表示了谢意，又表露出宴请的意思。局长吐口烟圈说，不要到别的地方了，你安排吧。

姚总心领神会。给他弟弟打完电话，便奔向了商场。

当二妮接过姚总给她的纯金项链时笑逐颜开，佯装推辞。姚总说：这可不是白给你的，今天要把局长陪好，陪好了，还有呢！

二妮高兴地接过项链，边看边说：没问题。

晚上，金色大酒店206房间。二妮在金钱的诱惑和酒色的催发之下，在局长的搂抱和摸索中，哥哥妹妹地叫喊着，她和局长简直就成了情哥情妹，最后连局长都手舞足蹈起来。

可是，姚总和姚绍并没有醉，他们观察着二妮的表现，他们深知，二妮现在是他们手里的一张王炸，是决定他们项目成功与否的一张杀手锏。他们观察着局长的一举一动，这对于他们太重要了，如果再出现上次那种情况，局长可是翻手为云，覆手为雨，那个项目拿到了手都不一定保险，何况现在还是没煮熟的鸭子。

二妮当天晚上的表现相当出色，不仅陪局长喝得昏天黑地，还在姚总的精心安排下，住进了中心宾馆豪华套房，在宽大的床上陪局长疯狂了一夜。这个时候，她完全忘记了二狗，完全忘记了家里为她担心的爹爹。

这一夜的疯狂是局长这么多年来从来没有过的，二妮从最初的羞涩扭捏到后来的疯狂，让局长品尝到了一种少女的含蓄，一种久违的狂野，一种纯粹的叫床声。关键这是局长的第一个处女——连他的第一夫人都不是。所以当姚总表示宴请时，他最先想到的就是能有一个充足的理由再见到这个纯情的山里丫头。跟眼前的这个二妮做那事，放心踏实，不像城里的骚娘们，做一回要这要那，还恐怕惹上这病那病，事后提心吊胆，指不定什么时候遭到她们的威胁。所以，一整晚，局长倍感轻松愉悦。第二天一早，冲洗完毕，局长笑呵呵地随手甩给二妮一沓钱，说：丫头，以后少不了你的好处。这是你自己的。

二妮从来没见过那么多的钱，她的小心脏此时扑腾扑腾地跳着，比与局长第一次干那事时跳得还厉害。她的手颤抖着收起了钱，深情地看着局长，刚要开口，局长一摆手说，只要你以后好好陪恁叔我，亏待不了你的。二妮真诚地点点头，嗯，叔。

二妮舒心地坐在偌大的床上，看着局长收拾衣服的情景愣了神，局长抬起头见她发呆，问：丫头，发什么呆。

二妮甜甜地笑着，上前搂住局长说：没啥，叔，您对俺真好，俺幸福死了。

局长说：傻丫头，幸福的日子在后头呢！

二妮亲了局长一口，目不转睛地看着他的眼睛，她看到自己在局长的眼睛里，很幸福的样子。

八月的早上有些凉意了，太阳早已升起来，像红红的高粱。二妮刚出了宾馆，轻快地走在回去的路上。微风轻拂，二妮还想着与局长的温存，她觉得这是她最舒爽的一个早上，她似乎能在轻柔的秋风里嗅到一丝甜蜜。

下午，局长打电话给姚总，说：项目的事，啊……项目……半天又不知说什么。

姚总不知局长何意，顺着他说：好的好的。

局长才又说：另外，二妮这个孩子不错，农村来的不容易，你们不要光让她陪酒了。给你兄弟说声，以后我们局的接待就定金色吧，我看金色不错！

姚总再次心领神会。挂上电话，一拍大腿：搞定。

姚总又给他弟弟打电话。姚绍乐得满脸开花，老板娘说：你当是好事？就怕到时候钱难要啊！

姚绍神秘地说：只要把二妮这尊神供好了，就行！

老板娘说：管二妮什么×事？

姚绍嘿嘿一笑：傻老婆哎，你还没看出来嘛？还真是×事，你就瞧好吧。不过以后我要是对二妮好，你别吃醋啊，她可是咱们的财神爷。

老板娘明白这里面的猫腻，但见自二妮来酒店后，生意的确是好了不少。白了他一眼说：我操那个闲心，你爱跟谁好跟谁好去，别少了老娘挣钱就行，我看你跟二妮就不清不白。

姚绍一脸委屈，抓住老板娘的手：天地良心啊，我这还不全是为了酒店经营，现在有多少人是冲她来的，我不对她好，她走了，咱的生意不又回到从前了？

老板娘甩开他的手。你管，何时能管了啊，在家管得了，在外能管得了吗？开酒店这么多年，老公肯定也有不少花花事，只要不影响大面，不耽误挣钱，就睁一只眼闭一只眼得了，哪个有钱男人没有"三宫六院"，何况这房产和家里一半的财政大权都掌握在老娘手里，真有一天两个人翻脸分道扬镳时，也能养得了自己，而且过得会很不错。

姚绍无意的一句话，意思是说以后还要经常带着二妮到他哥哥和局长那边走动，给二妮的包装花销肯定是少不了的。没想到老板娘却如此大度，倒是让他有些心痒，心底一沉，琢磨着这个二妮是什么味道的？只可惜世间好白菜都他妈让猪拱了。心里恨恨地骂了一句。

四

且说二妮从宾馆回来后，还寻思着局长给她说的话，看着那沓厚厚的钞票，她相信爹这辈子都没见过这么多钱，二狗也没见过这么多钱，想着心里就好不美气。忙把钱存了起来，收拾利落，正准备去板板正正地工作，却被姚绍叫住了：二妮，来我办公室一趟。

二妮还沉浸在幸福中，跟着经理去了办公室，姚绍让二妮关门，二妮忐忑不安地关上办公室门，坐下问：经理，找俺有啥事。

姚绍色眯眯地盯着二妮，看得二妮有些慌，半天才说：二妮呀，你在这里感觉怎么样？

二妮琢磨不透经理找她什么事，惴惴不安地点点头说：经理，俺有啥地方做得不好，您给俺说。

经理嘿嘿一笑说：哪有啊，很好呀，不过从今天起你不用干活了！

二妮让突如其来的这句话吓呆了，一脸委屈：咋啦？经理，俺做错啥啦？

姚绍还是笑着，二妮看到他的笑里有跟客人看她时一样的笑容，她脸上有一丝恐慌和不安。姚绍说：没事，我是说从今天开始你做大堂经理，看好他们干活就行了，工资再给你加！

这一会儿的工夫，姚绍的话跟过山车似的，二妮的心虽然一下子落下来，可有些摸不着头脑，半信半疑地"哦"了声，点点头算是答应了。

姚绍说：下午咱一块去商场，给你买几套衣服！

二妮眼睛一下子亮起来，皱着眉头问：啥？经理，买啥衣裳呀？

妮绍说：做了大堂经理就要有大堂经理的行头，不穿得体面一点怎么能行？

逛了一下午，大大小小的名牌时装挑了好几件，每一件都让二妮心满意足。结账时，把二妮吓了一跳，说：经理，俺没这么多钱。

姚绍笑笑说：这都是领导安排，你放心，不花咱的钱。二妮一脸迷茫。

很快，二妮的迷茫被喜悦代替。

宿舍里，二妮站在镜前试着刚买来的各色时装，一个劲儿地傻笑。她想到进城前时那次，同样是在镜子面前打量着自己，可就是感觉跟以前不一样。她又想到了艳玲说她像丑小鸭，可是她感觉自己现在就是天鹅。她觉得自己是幸运的，要比艳玲好多了，看艳玲住的地方，憋屈啊！看艳玲穿得，妖气啊！她还记得当初进城时想着去唱歌，现在想想真傻真天真，艳玲唱歌，她好到哪里去了呢？当时听了经理的话，真没错！

幸福原来距离自己这么近！

第二天下午，二妮迫不及待地去找艳玲炫耀。

艳玲呆呆地看着二妮，半天无语。二妮故意莫名其妙地忽闪着眼睛，又瞅了瞅自己身上，问：艳玲咋啦？俺身上长花了？

艳玲说：你咋变的？那个姚绍给你发多少钱？能穿成这样！我都还没穿上。

二妮一仰头，满脸的骄傲，说：都是小钱。说完神秘地看看艳玲。

艳玲不是不相信二妮会变坏，而是想不到她怎么弄到这么多钱买这些名贵时装，她根本就不相信她只认识了一次的那个酒店经理会为土了巴叽的二妮花这么多钱。

艳玲问：你跟姚经理上床了？

二妮没跟姚绍上床，可心里还是一惊，她满脑子里转着跟局长上床的情景，脸一红，忙说：你说哪去了，羞死人了！

艳玲忙问：他没跟你上床，能给你买这么多这么贵的衣裳，他傻屄啊！

二妮眨巴眨巴眼皮，生怕被艳玲看出什么，忐忑不安地说：不知道呢？

艳玲说：二妮，你肯定有什么事瞒着我。俺叔让我带你出来，你不能学坏了，要不俺没法跟俺叔说。

二妮不知怎么撒谎，这才一五一十地说起最近在自己身上发生的事情。

艳玲听完，气得把枕头甩得老远，说：我不管你了，你就装吧！还羞死人！！跟局长上床你不羞啊！

二妮被艳玲揭得无地自容，觉得自己这个谎撒得太幼稚了。

艳玲瞪着二妮，心里顿时生出一股无名的妒忌，恨恨地咬着牙：这帮狗日的，老娘这么卖力，一次才几百，你这个局长可真舍得呀，一万！我操！我得干两月。

二妮头一回听到艳玲说出这么粗鲁的话，有些害怕。到现在，她只隐隐约约知道艳玲是在陪客人，她不敢再去想艳玲干什么工作，只是看她现在怒气的样子，更不敢问了，便说：俺也不想这样，可有时就不由自己了。

艳玲冷冷地说：是的，他们就是在利用你的简单幼稚。把你带城里来，我怎么就没想到这点呢？他们是在利用你赚钱啊！

二妮奇怪地问：利用俺赚钱？俺觉得姚绍是的，但是局长怎么会呢？

艳玲"哼"了一声说：他们都有利益可图。这水太深，你不懂的事太多了，慢慢你会知道的，留个心眼，给自己留个后路，你以为那钱是那么好拿的？不然，哪天你死都不知道怎么死的。

二妮害怕起来，忙问：那咋办呀？

艳玲一摆手，说：这也给你说不清，你注意点就是了，别干什么事都是一根筋！

二妮"哦"了一声，心里像揣了小兔子，惴惴不安。

路上，二妮一直琢磨，可是想了一路也是没想明白，最后稀里糊涂地总结：城里人真复杂。

从此之后，二妮便留了个心眼，她发现，凡是姚总和局长来酒店吃饭，必定会叫上她，而且都是姚绍钦点。有几次，二妮故意试探地说不想去，姚绍总是焦急地喊她姑奶奶。但是，如果只是姚总自己来，就不会叫她。这一点，证实了艳玲的说法。

但是姚经理和他什么关系呢？二妮决定试试他。

一天，二妮找到姚绍说：经理，俺想辞职。

姚绍愣了半天，依他对二妮的了解，不会轻易提出辞职的，但是最近也未见二妮思想上有什么波动，想了半天，也不知二妮脑子里想的什么。

手指在桌面上敲了半天，然后关切地问：二妮，怎么了？遇到什么困难了？还是嫌工资少了？

二妮有些激动，她自己都没想到竟然也跟经理玩起了小心眼，而且没被经理发现。可是对于姚绍的提问，自己却一下子不知如何回答了。"俺……俺"了半天才说：没啥，就是怪长时间没家走了，想回去看看俺爹。

姚绍松了口气，说：二妮呀，这不是辞职，这叫请假。姚绍如释重负的样子让二妮捕捉到了。

二妮忙"嗯嗯"地答应着。

姚绍问：回去几天？

二妮忙摆摆手说：俺不请假了，俺就试试请假好请不？

姚绍又愣了一下，接着又笑了，说：你这妮子什么时候学得这么鬼了，别人请假不好请，你还不好请嘛。

二妮问：俺咋就好请呢？

姚绍说：你是咱们金色大酒店的财神啊！

二妮又问：啥财神不财神的。还有呢？

姚绍顿了顿，两手一摊说：没有了啊。

二妮心里有些明白了，忙笑笑说：谢谢经理。

姚绍说：回去的时候说一声，我安排专车送你回去。

二妮说：俺想坐局长的车。

姚绍一惊，说：这我可说了不算，你要是跟局长说，我看准行。

听到这里，二妮心里又跳起来了，不知怎的，现在别人一说局长，二妮就激动地心跳。二妮脸色一红，说：经理，您对俺真好。

二妮走后，姚绍思忖半晌，心想：这妮子可不是刚来的时候好对付了，长了鬼心眼子了。

那日，姚总带几个客户来酒店。

二妮需要先了解今天是什么样的酒局，悄悄给姚总说：

姚总，今天给安排啥样的标准？

姚总忙送上笑，说：啊，二妮，你安排就行了，你说了算！

二妮似乎明白了，这就是说今天来的几位应该是普通客户，自己怎么安排都行，标准间可以，算是正常接待，豪华间也行，虽然超出标准，但是有超标的意义，有局长在那里摆着，有我和局长的关系，再豪华，姚总也是借花献佛，这个钱，他愿意花！忙说：那好，姚总俺给安排啦！

姚总还是那副样子，跟在局长面前的媚笑一样：您安排吧！

二妮看够了姚总的笑，而且还是头一回听姚总称自己"您"，更加坚定了自己的想法。她笑着说：那俺一会儿过来给敬个酒。

姚总忙摆手推辞：不！不！不！那可不敢！今天……话到嘴边，戛然停下。

二妮眨眨眼睛，故意问：今天咋啦？

姚总嘿嘿一笑：今天场合不行呀！

二妮已有八分明白了，胆子也大起来了，又问：不是普通客户嘛，咋不行？看不起俺呀！

姚总又忙不迭地说：不敢啊，今天局长没来，我可不敢请你出场。

二妮心里已经明朗起来，她微笑着，说：姚总真是客气。那我给安排个豪华间吧！

姚总忙说：行！行！

此时，二妮对艳玲的话越来越深信不疑。自己竟然成了他们交易的工具了！

二妮有些不甘心，她觉得他们挣的钱里，应该有自己的一份。

回到大堂，二妮想：要想得到自己应该得的那份，就得要把经理控制住，不下血本怎么能行？她想出一个好办法。突然，她自己都被自己的想法吓了一跳，心里的小兔子又开始跳了起来。

五

那天，老板娘回了娘家，二妮觉得是一个绝好的机会，她让厨师炒了几个菜，送到宿舍，把姚绍叫来。先是感谢他这大半年来的照顾，姚绍说：哪能啊，是你照顾了酒店的生意。二妮心知肚明。

姚绍自知老婆不在家，又与二妮在单身宿舍里举杯共酌，喝酒的气氛里就多了一些暧昧，几杯下肚，不觉体内有一股欲望在翻滚。没多会儿，便与二妮坐在一起了。

姚绍看着酒后的二妮，脸色红润，平时紧扎的秀发此时披散在胸前，衬托出二妮美丽的胸部，更多了几分妩媚。他坐在二妮身边，感觉体内体外都在燃烧着熊熊烈火，让他一刻也不能等了。

他猛然抱住二妮，一翻身，将二妮压在身下……

事后，二妮装作哭哭啼啼的样子：俺是局长的人了，经理你也敢动，让俺咋见局长啊！

一翻云雨，欲火已熄灭，姚绍懊悔不已，跪在二妮床前：二妮，对不起，我一时糊涂，控制不住自己，我不该，我不该……千万别让局长知道。

　　二妮装作一副受尽蹂躏的样子，心里却冷冷地一笑，她知道自己现在可以把经理玩弄于手掌之中了。

　　经理走后，二妮打着自己的如意算盘的同时，又深深陷入失落中。她觉得对不起局长，局长对她那么好，她又那么爱局长，为了自己证实一些事情，竟然出卖了自己的身体和对局长的感情。想到这里，二妮又有些恨自己。

　　可是她又想到艳玲给她说的话，难道局长不是真爱俺？如果不爱，为啥会给自己那么多钱？谁舍得给一个不爱自己的人那么多钱呀？如果不爱，那些钱不白瞎了。她还是觉得局长是爱她的。想到这里，二妮又觉得自己今天的行为，对不住局长。

　　以后的日子，姚绍对二妮更是关怀备至，老板娘看着都忌妒，姚绍说：哎呀，老婆，我不都是为了咱酒店的生意嘛！这尊神我恐怕供不好呢！别想多啦。

　　老板娘想想也是：自己忌妒什么呀！钱又不少挣，如果闹出点事来，对谁都不好。也就不再说什么了。

　　那天，二妮正在宿舍里梳妆打扮，酒店服务员小刘找到她：经理，有人找您。二妮斥责起来：不懂规矩吗？怎么跑这里了，让等着！

　　小刘刚要开口，只听得她身边有人说话：二妮，是俺！

　　是二狗，二妮一惊，忙站起身，二狗已走进宿舍，提着个蛇皮袋子，穿着一身不太合身的灰色西服，见到二妮，一脸憨笑：二妮，想死俺了。

　　二妮稍稍平静下来，瞥一眼小刘：你忙去吧！又坐来下，问二狗：拿的啥？

二狗说：地瓜。

二妮说：拿这个干啥？城里不缺。

怕你想吃它，就带来了。二狗依旧憨憨地笑着。

二妮说：嘁，谁吃！你来干啥？亏你找得着！

二狗说：俺是问小凤她爹。

二妮说：有啥事？

二狗说：没啥事，就是想你了。说着，二狗坐到了二妮身边。

二妮说：没啥事，别往城里跑。俺很忙，一会儿给你安排中午饭，吃完你快回去吧！二妮站起身又坐到了床沿。

二狗起身，说：你啥时回家？说着，也到了床边，坐在了二妮身边。

二妮吼二狗：你干啥？脏兮兮的，坐那就行。说着，推了二狗一把。

二狗本以为今天见到二妮，她会很惊喜，没想到冷得像一块冰，一路上的热情顿时被浇得荡然无存。

二妮似乎感到自己的态度，说：这里不是乡下。

许久，宿舍里的空气像是凝滞了。只有墙上的钟嘀嗒嘀嗒地响着。

二妮一阵恶心打破了僵硬的气氛，她忙跑到洗漱间干呕起来。二狗也忙跑过去，边轻捶二妮的背边关切地问：啥地方不舒服？

二妮摆摆手说：没事。

二狗说：刚才还好好的，咋就突然呕呢？

二妮也郁闷。突然，她明白了，心情莫名烦躁起来。擦擦嘴，若无其事地回到宿舍。

二狗又问：二妮，你咋啦？哪儿不舒服。

二狗又不知轻重地问，让她更加烦躁，说：你闭嘴吧，我烦着哩！

二狗低下头，不再说话。木讷的他很心疼二妮，却又不知道该说什么话安慰。

看着二狗不知所措的样子，二妮感觉他很可怜，他很爱自己，却从来没有非分之想。而自己却在这个充满欲望的地方出卖着自己的灵魂和肉体，而二狗却一无所知，还在为自己的罪恶苦恼。二妮有些恨自己。

意外的怀孕，打乱了二妮先前的计划，可这也算是意外之喜，从另一方面却是更有助于她的计划的实施。于是，二妮心里的计划更是变本加厉。

二妮去工作了，二狗自己在宿舍里待着，他觉得宿舍里有些闷，便想出去走走。经过酒店大堂时，他听到在一个房间里传出二妮的笑声，就故意朝那个房间的方向走去。经过房间，朝里瞥了一眼，看到二妮正陪人喝酒。他的心瞬间像一杯烈酒一样浇在他受伤的心尖上。

出去一下午，二狗像无头苍蝇一样毫无方向地乱闯，实在没地方去了，便回到了宿舍里，见二妮醉醺醺地躺在床上，没脱衣服也没脱鞋。二狗给二妮脱下鞋子，盖上被子，二妮却醒了。二狗说：你喝酒啦？

二妮说：咋啦？

二狗说：女娃家哪有喝酒的？

二妮又说：喝酒咋啦？说着要吐。

二狗忙把痰盂端过去。二妮吐了一会儿。

二狗问：上午俺来之前，你也喝酒啦？

二妮说：没。

二狗问：那咋也吐呀？

二妮说：怀孕了。

一个晴天霹雳打在二狗头上，二狗坐在地上，半天才说：这是咋啦嘛！让俺回家咋见人！

二妮带着醉意，笑着说：俺又不是你啥人，你怕啥！

二狗看着二妮的笑有些害怕，说：你就是俺媳妇，村里人都知道。

二妮收住了笑容，流着泪说：二狗，别等俺了，回去再找个吧！

二狗的心顿时碎了，他不知道回去后，怎么见父老乡亲。呆坐在那里许久，才说：二妮，当初进城时，你还对俺不放心，不在你身边，怕俺变心了。不是你对俺不放心，是俺对你不放心，俺没想到，你变了。村里人都知道咱俩的事了，你不在家的这半年里，你爹俺就当亲爹照顾，你这样，让俺回去咋过啊，咋见人啊！

二妮二话没说，投开床头柜，在那沓钱里抽出一些塞给二狗，说：俺没啥回报的，这钱就算是你照顾俺爹的钱，也是补偿和损失费，也算是分手费，你以后也别来找俺了，回村里，你该找的就找，是俺对不起你。

二狗心里一阵阵冰凉，蹲在地上竟像受委屈的孩子一样呜呜地哭起来，泣不成声。

姚绍听到二妮宿舍里有哭声，忙跑过来，看到二狗，问二妮：他是谁？

二妮说：老家的一个亲戚。

姚绍说：怎么能在这里呢？让人见了影响多不好？

二妮说：一会儿就走。

二狗说：俺这就走。眼里依旧充满了担忧，看了二妮一眼，欲言又止，最后把钱搁到二妮床上，提起蛇皮袋子甩到肩上，朝外走去。

二狗的突然到来，让二妮措手不及，突然地走，似乎又在二妮心里硬生生地抽走了什么似的。她何曾不想回去啊！只是自己走到今天，回家的路变得那样艰难，那样遥远，使回家都成了奢望。那家离她太远了。

上午还在为二狗难过，不到半天的工夫，二妮才发现，值得人可怜的竟是自己，自己被人当作工具使唤去，在这座城市里，失去了自我，失去了自由。还在这里堂而皇之地可怜别人，真是可笑！想着，二妮不禁一阵苦笑，从心低又泛起一丝仇恨！

姚绍坐下来，问：怎么回事？

二妮抬头看着姚绍，说：他是俺老家的对象，俺给他说俺有了。他受不了了。说着看看自己的肚子。

姚绍脸上顿时蜡黄起来，但还心存侥幸，佯装关切地问：谁……谁的？

二妮一把抱起枕头朝姚绍砸去。

二妮在那里佯装哭泣，姚绍坐在一旁焦急地不知所措。

半天，二妮才说：经理，你说咋办？

姚绍不知道二妮说的是真是假，他怎么都不相信，这才多长时间的事，二妮就能怀上他的种，会不会是局长的呢？可是这话，他又不敢出口，嗫嚅着说：我……我……

　　二妮说：你不知咋办，俺给你说咋办。俺就给局长说俺怀孕了。说完，抹了把泪，狡黠地笑笑，这笑让姚绍很害怕。

　　姚绍强装微笑，笑容很难堪：这……或许……是个办法……

　　二妮又说：可是局长他自己说过，他早就结扎了啊！俺跟他那么多回都没怀上，俺觉得局长说的是真的！

　　姚绍"扑通"一声，跪在地上，哀求：二妮啊，千万不能这样说。

　　二妮收住笑容：那俺咋说？

　　姚绍说：二妮，你说咋办都行。你要多少钱？

　　二妮一伸巴掌，问：多吧？

　　经理忙问：五千？

　　二妮把手收回去：俺觉得局长肯定不会相信俺说的话。

　　姚绍忙伸过手，把二妮的手压下去：好，好，五万，五万！

　　二妮笑笑说：经理，你真是聪明人！

　　姚绍知道，二妮现在是尊神，不仅是他的财神，还是他哥的财神，她上面有局长，他和他哥可真都是惹不起啊。琢磨了半天，心里恨恨地骂了句：真他妈×贱！

　　过了几天，二妮轻而易举地拿到五万块钱，喜不自禁，她从来没见过这么多的钱，她也从来没想到这些钱来得这些容易。这些钱该怎么安排，怎么花，她一时竟有些不知所措。

　　给钱的当天下午，姚绍找到二妮，二妮正在宿舍里数钱，见他来，忙把钱藏起来。

　　姚绍说：二妮，咱去医院吧？

二妮说：忙啥啊？

姚绍着急了，说：小姑奶奶，让人知道就麻烦了。

二妮不紧不慢地说：你哥那边给说了没？

姚绍有些慌，仍故作镇定地说：关他什么事！

二妮说：局长要是知道了，就关他事了。

这句话像一根钢针，直愣愣地扎在姚绍的心尖上，他咬了咬牙，哭丧着脸说：小姑奶奶，你有完没完啊？

二妮说：两万块不成问题吧。

姚绍说：我现在手头上也没有那么多钱啊。

二妮说：那就等等吧。

姚绍是让二妮讹着了，他思来想去，觉得还得告诉老大，找到姚总诉起苦来。姚总听罢，劈头盖脸地就骂上了：你个龟孙子，局长的马子你也敢日啊，吃了熊心豹子胆了！咱费那么大劲，不就是为了侍候好局长，给咱开好财路嘛！你可倒好，这不是断自家财路嘛！

姚绍捶胸顿足：就一时糊涂，让那狗日的丫头下套了！

姚总说：你自己想偷腥，谁也别怨！

姚绍说：哥，那你说咱现在怎么办？

姚总说：要不是有我这项目，我才懒得给你擦腚！

姚绍说：那是那是，不过得考虑局长这边啊！

姚总不耐烦地说：我比你懂！

回去后，姚总想：现在在二妮、局长、他和姚绍之间，已形成一个利益链，每个人都有不同的利益，而二妮只是这个利益链中的一环，如果缺少她，这个利益链会不会断掉？——

肯定会。把二妮拱手给局长，自己和姚绍从局长那里得到了最大利益，从一方面也抓住了局长的小辫，但从另一方面，二妮的缺失，也牵制了我和姚绍的利益。姚总有些为难。一下午踌躇不定。

正寻思着，局长打来电话：小姚啊，有时间吗？陪我来下盘棋！

姚总纳闷，公务繁忙的局长怎么突然想着下棋，便笑着问：局长，您日理万机，怎么能有空下棋啊？

局长笑笑说：天天忙也得找空儿歇歇啊，我在清风茶馆。

那是局长的定点。姚总开车一溜烟去了。

下棋常赢不输的局长，今天不知怎么了，连输两局，输得姚总满头是汗。

棋罢，局长站到窗前，向外望去，姚总紧跟其后。窗外的天空飘起了细雨，局长叹了口气，回头说：小姚，从明天起，我就无官一身轻了。

姚总一惊，不敢猜测，怯怯地问：局长您这是……

局长露出勉强的微笑，说：退啦，有些累。

姚总恍然大悟，忙问：您还不到年龄啊！

局长说：是提前退休，都交接完了。

姚总忙问：嗯，累了就休息休息，人不就一辈子吗？吃喝享受，那么累干吗，局长您想开了。那什么？局长大人，我那项目款……

局长指着姚总嘲笑说：你看，生怕钱丢了似的，少不了你的，明天到局里找我，我还有最后一天的权力。

姚总点头哈腰地应着。

局长说：这一退，还真有些失落感，但是我在这时候，想到两个字——舍得，有舍才有得，能舍才能得。所以啊，退了，也是一件好事，没有官场的急功近利，尔虞我诈，但是却还我了一个平静的心态，可以有更多的时间来放松嘛！

姚总竖起大拇指：局长对这件事拿得起放得下，真是大胸怀！

局长长舒了口气，感觉刚才一番话或许也是自我安慰，满意地点点头。

一下午的时光，局长是坦然了，可是姚总的心里像揣了小兔子似的。

回去后，姚总琢磨着局长下午找他的意图，思来想去，不能贪图一点小钱把西瓜丢了，毕竟局长还有一天的权力，这一天也非常关键！

当夜他去了趟局长家。

他来不及告诉他弟弟——金色大酒店的姚绍经理，他觉得局里的招待费不会不给的，而且就那些，不像他几十万的项目款。他唯恐自己现在都是泥菩萨过河，所以不敢再多问局长了。

局长这一退，这条利益链似乎也有了动摇，当然，二妮对于他们的作用也大大削弱。姚总默默点点头，心里有底了。

六

第二天，姚总先去局里办完了自己的事情，拿到即将退休的局长的签字，像抓住了救命草一样。

接着，他去了金色大酒店，找到姚绍。

姚绍很着急，问：怎么个情况了？

姚总说：我这边处理完了，你找个人给这个二妮点颜色看看，然后让她赶紧滚蛋！

姚绍丈二和尚摸不着头脑，问：这是怎么回事，这个财神爷不供了？

姚总这才说：局长今天就退下来了，留着她对酒店没什么用了。

姚绍说：还有些老顾客呢？

姚总说：哎呀，你小子怎么想不开呢？知道舍得吗？有舍才有得，能舍才能得。你不舍得她，她以后能讹死你，她能从你身上搜刮多少钱？你知道吗？

姚绍说：哄着她把孩子打掉了，我还怕她什么！

姚总说：你有你家那个母老虎，两个齐上阵，轮番给你闹，我看你能招架住不？

姚绍顾不得那么多了，说：再说了，局长这一退，也不能再保护二妮了，我还得想办法把那五万块钱弄回来。

姚总说：那是你的事。

姚绍光想着处理二妮这事去了，却把局里招待费的事情忘到一边了。

当天晚上，姚绍去了趟世纪海夜总会。他好久不来这里了，里面闪烁的灯光、聒噪的音响让他有些不适应，但是他不得不来，这样的事不得不用旁门左道来解决。

他找到了坐台小姐龙儿。

龙儿吐了口烟圈，用迷离的眼神瞟了眼姚绍：姚哥，这么久不见你鬼影子，怎么今晚有空啊？是想我了还是有事？

姚绍捏了捏龙儿的屁股，暧昧地笑笑：都有。

龙儿站起身扭着朝她的单间走去，姚绍紧跟其后。

……

临走时，姚绍递给龙儿两千块钱，说：这事你给我办好喽！

龙儿：姚哥放心吧！就是今晚上龙儿还没有爽够呢！

姚绍嘿嘿一笑，伸出五指说：等事办成了，爽死你！

姚绍走后，龙儿急忙给艳玲打了电话：玛丽，有个事要你帮忙，把 KT 电话给我。

第二天午后，姚绍安排二妮去商场买些东西。

二妮一出门，姚绍就给龙儿打去电话，把二妮的衣着特征告诉她，龙儿和 KT 在一起，他们的任务就是跟踪，然后绑架二妮，怎么处理由他们。当然，首先是撬开那有五万钱的口袋，这样才好有提成。

边跟踪，龙儿边对 KT 说：等会她出来时，我们上去跟她说，就说是姚经理安排来接她的，只要上了咱的车就成了。

KT 非常自信地点点头。

二妮买完东西从商场里走出来，龙儿和 KT 认为时机已到，便上去与二妮搭讪，提前设计好的台词却一句也没用上，刚要开口说话，二妮指着 KT 又惊又喜：哎，小周，咋是你呀？

KT 一时无言以对，抓挠着头皮说：没…没……说着看看龙儿。

龙儿疑惑地看着 KT。

二妮哈哈大笑：没啥呀你！今天咋没陪局长大人呀？

KT 说：我……我今天休班。

龙儿问 KT：怎么回事？是不是她？

KT 给龙儿说：这是二妮，我们局长的……刚要说，才觉得不该说，但是龙儿给他说今天的任务是绑架二妮，他不敢，

龙儿是风尘女子，在她和二妮之间，决定的天平应该倾向哪边，
显而易见。

　　KT 瞥了一眼龙儿，跟二妮说：不知你怎么得罪你老板了，
他让我们绑架你，你快跑吧！龙儿用力扯了把她的衣角，接着
又去抓二妮，KT 一把挡住，给二妮说：赶快跑吧。

　　二妮看这阵势，不像是假，抱着东西撒腿就跑。边跑边想：
该跑到哪里去呢？她有些害怕，想着自己从经理身上敲诈来的
五万块钱的后果，她拼命地跑，虽然前面是未知的方向，但是
她却不能停下来，害怕一停下来，就会陷入无限的恐惧中。

　　她终于想到，去找艳玲，这个时间，他们应该在睡觉。

　　艳玲被急促的敲门声吵醒，还是惺忪的睡眼，懒散的声音：
谁呀？急着奔丧啊！一开门，却是惊慌失措的二妮。艳玲顿时
醒盹了。

　　艳玲问：二妮，你怎么这个样子？

　　二妮边喘着粗气边哭：艳玲，有人绑架俺。

　　艳玲问：谁呀？快说！

　　二妮说：俺经理。

　　艳玲问：你怎么知道的？

　　二妮说：他找局长司机绑架俺，他经常上酒店吃饭，俺
们认识。

　　艳玲不明白了，问：你们认识，他还敢绑架你？姚经理
不也认识吗？

　　二妮停住哭声，这才明白过来：是呀？俺经理也认识小
周啊？

　　艳玲说：什么乱七八糟的，你看准了没有？

　　二妮又哭了，说：艳玲，俺想回家！这里太可怕了。

艳玲开始埋怨二妮：我早就给你说过，干什么事长点心眼，别到时死都不知怎么死的？我问你，你们经理为什么绑架你？

二妮这才又一五一十地把事情经过告诉了艳玲。

艳玲急得破口大骂：你这个死妮子，我给你说过，你就是不听，这回好了吧，踩地雷了吧！你当那钱那么好拿啊。幸亏是遇到局长司机，不然我看你会成为第二个无名女尸！

二妮听到，吓得叫了一阵。刚停下来，却听到有人敲门，二妮的恐惧又让她紧张起来。连忙上床，躲到被子里，打着颤。

艳玲去门口，透过防盗门栅栏，对敲门的男子说：你来干什么，今天我有事，不方便。

男子说：今天我遇到一个有趣的事儿，救人一命呢！

艳玲说：关我屁事！

男子继续说：说来滑稽，她老板雇人绑架，拐来拐去找到我，我们竟然认识，所以我救了她。

艳玲猛然抬起头：谁？

男子说：说了你也不认识！快开门，让我进去。

艳玲忙开开门，拽过男子说：快给我说说怎么回事。

男子才说两句，二妮就从被窝里出来了，吓得 KT 朝后跳了一步，说：你怎么跑这里来了？

艳玲说：她就是上次来找我的那个妹妹。

二妮惊讶地看看艳玲，说：你……对……象？

KT 一笑：我不说你了，什么年代了，还对象。这事可别跟局长说呀！

艳玲很尴尬，忙说：不是，是朋友。

二妮说：嗯，俺知道。

三个人这才说起这事的来龙去脉，艳玲说：没想到龙儿找你是这事，亏得找你，不然我这妹妹怕是被人害了。一根筋！

二妮说：俺去找局长，局长不治死他！！

KT 说：不行了，局长退了，算是安全着陆，在这节骨眼上，他也不会管这些骚猫狗臭的事了。

二妮说：可是，当时局长说是真心喜欢俺的。

艳玲说：嘁，妹子，你醒醒吧！这是大白天。

二妮流下眼泪，问 KT：小周，你知道的。

KT 说：在城里，不是乡下，什么事都别当真。说着瞅了艳玲一眼。

艳玲斥问：你敢说你不是为了钱嘛？

二妮默默无语，想想也是。只是她没有想到，这一切来得这么快，她的梦还没有开始，便结束了。

艳玲说：妹子，把孩子做掉赶快回去吧，免得越走越远，别像我，跟断了线的风筝一样，都回不了家了。二狗挺好的，你这性格，不适合在城里。

二妮回去的那天，才深切感觉到，不是家离她远了，而是她离那个家太远了。

拖着行李走到村口时，爹爹还是当时她离开的样子，充满期待的眼神里满藏着浓浓的爱，只是，二妮现在才看到。爹的身后是二狗，他搀扶着爹，看着疲惫的二妮，脸上露出憨憨的笑容，这笑是那样坦诚，让二妮感到那样温暖，那样踏实。

（入选山东省文学院 2014 年《齐鲁文学作品年展》）

2014 年 2 月于南府梅园

回家过年

刚过晌午。小翠生着了憋气炉，屋里冷得实在厉害。

潮湿的木头烟很大，呛得小翠睁不开眼，她擦了把泪，咳嗽了两声问，五，今年咱还能回家过年不？

能，一定得回！一年到头就盼这一天。王五蹲在屋门口正朝外瞅着，他掐灭了烟头，"噗"的一声，吐了根烟丝。我再去车站瞅瞅，真不行，晚上不回来了。

小翠说，那你多带点吃的。

嗯。王五站起身，走进屋里，从那张简陋的小床上抓起黄大衣披上，裹紧。走出阴冷的出租房。

放假三天了，一直没买到火车票。

王五琢磨，连夜排队，也不知能不能买到票。他看看停在屋檐下的摩托车，心想，如果不行，只能再骑它回去了。这辆摩托车是去年从旧货市场花了两千块钱买的，虽说在外打工钱巴不得一分钱掰开花，可为了回家，没办法啊！这头"铁驴"可真是卖力。去年它驮着我和小翠，大包小包的礼物，连续跑了两天，总算平安到家，那可是一千多里路啊！

可今年呢？不知它是否还跟去年那样健壮。

看看阴沉的天，王五狠狠地骂了句，他娘的，要是下起雪来，可就麻烦了！

王五想，得做好两手准备，买不到票的话，只能骑摩托回家。大半年没碰它了，得赶快去拾掇拾掇，眼看到腊月二十六了，修车的大都回家过年了，如果收拾不利索，或者半路上再出幺蛾子，回家的路将会更加漫长。

此时，王五的嗅觉像猎犬的鼻子一样灵敏，他嗅到空气中的湿度很大，觉得一场雪或者雨可能马上就要来临，不禁又骂了句。

王五回家的心更加迫切，仿佛爹娘和儿子就在眼前。王五的眼睛有些湿润。他想，不管雨雪有多大，一定要回家。

返回屋里，王五嘱咐小翠，你在家里好听着天气预报。

嗯，小翠答应着。

火车站的广场上，车水马龙，熙熙攘攘。王五跳到花池的水泥台上，踮起脚仰头朝候车大厅里望去，人山人海，即使从广场挤进大厅，可看到长龙似的购票队伍，买到票也不是件容易的事儿。

王五从水泥台上跳下来，敏捷地穿行于车流人流之间，不一会就到了候车大厅门口，但是大厅里人挤人，根本钻不进去。

王五仰头朝里张望着，正想办法如何挤进去，一个跟他穿着差不多的中年男子，上前打招呼，兄弟，买票的吧？别想了，买不到的，恁多人，排上号票也卖完了。

王五瞥了他一眼，黑瘦的脸，胡子拉碴，凌乱的头发，没有带任何行李，两手插裤兜里。

王五说，买不到也得买啊，不然怎么回家？

那中年男子笑笑问，兄弟要去哪里，我给整票。

王五一愣，今儿个竟然遇上了传说中的"黄牛"。王五不知黄牛怎么搞到那些票的，他们手头的票要高于市场价格很多，但有的人回家过年心切，就像王五，实在买不到票，也只能从他们手里搞高价票。王五没有答应，也没有拒绝，说，看看再说。

黄牛继续跟着王五，给你说了还不信，你等等看看，这几天购票高峰，别说买票了，你排上队就不错了，你看看前面。说着，指向购票大厅。

王五望去，偌大的购票大厅、候车厅，人挤人，没有插脚的空。淡淡一笑说，年年不都这样嘛，还是有人能买到票。

黄牛"哼"了一声，也有人买不到票啊！说完转身就要走。

可王五不甘心，忙叫住黄牛，到益阳多少钱？

黄牛转过身来，嘿嘿一笑，就是嘛，还是回家要紧。兄弟，你知道我们的，给大家买票得赚点辛苦费，一口价——二百四。

王五一惊，两张？

兄弟，你真会开玩笑，哪有这样报价的。买不买？

王五没想到今年黄牛手里的票价格这么高，整整多出一倍，如果加几十块钱，还是能让人接受的，这个价格根本不敢去想，两张票又多出二百四十块，这些钱回家能给老小买多少新年礼物呢？我同意，小翠也不会同意的。

王五说，那你还是再转转吧！

黄牛走了，王五有些失望了。人山人海，啥时才能挨上号，啥时才能买上票呢？真应验了刚出门时的想法。王五裹了裹黄大衣，感觉特别冷。

此时，王五听到大厅里播放着王杰的《回家》，心底生出莫名的烦躁。

坚持，一定要坚持下来，一定要买到票。似乎此时买票成为一种不可磨灭的信念，回家成为信仰，而王五觉得自己也成了虔诚的朝觐者，时刻提醒着自己要戒骄戒躁，才会买到火车票。现在站在人潮的最后，想想总会排到售票窗口前的，想到这里，王五似乎增加了许多信心。每向前挪动一步，心里都生出一阵狂喜，仿佛火车票就要到自己手里了。

王五看看候车大厅，人群中涌动着一阵阵归心似箭的焦急。这里不光是等候火车的，更多的和我王五一样，准备连夜排队买车票的。有的人等累了，裹着棉大衣或躺在大厅的椅子上或靠在自己的行李上歇一会儿。这些人大多是老人、妇女和孩子，他们为了回家，一直这样熬着，因为他们已做好了充分的回家准备，或者租房子已退了，或者将所有的家当从工厂宿舍里搬出来，除了候车大厅，他们没有地方可去。为了回家的车票，不顾候车大厅内寒冷的北风，拥挤的人群，嘈杂的声音，浑浊的空气，只要能回家，受这点罪不算什么？挺一挺，买到车票就能看到回家的路了。

从中午到晚上七点，六七个小时，已是饥肠辘辘，王五胡乱对付了点随身带的饭，继续等候。

果然让黄牛说中了。好不容易挨到售票大厅时，却被告知今天的车票已售完。即使这样，售出去的票也是好几天以后的。

王五又着急了，怎么办？

打电话问小翠，翠儿，车票还是不好买，还没挨上，就卖完了，还是好几天以后的。

小翠说，那怎么办？看看黄牛手里还有吗？

王五告诉小翠黄牛的价格。小翠犹豫半天说，站票呢？

王五摇摇头，一个样。

小翠又问，还有别的办法吗？

王五半天才说，暂时想不出了。

小翠叹了口气，回家怎么就这么难呢？你问问咱那些工友，他们都买到了吗？

王五给张三打电话，那边传来喜悦的声音，王五啊，我们已坐上回家的火车了。

王五满怀惆怅，又给李四打电话。李四说，难，买票难，我准备骑摩托车跟老乡一起走，明天就动身，不早动身，一下雪，就怕走不了了。

瞬间，泪水溢满了眼眶子。是啊！回家这么难。在外辛苦一整年，过年回家，都成了一种奢侈。

不一会儿，小翠给王五打电话说，你快回来，试试这样行不？

王五眼前一亮，忙问，有办法了？

那头，小翠头心花怒放，回来再给你说，先吃饭，我怕你冻坏了。

刚出大厅门口，又遇上了白天的黄牛，一下子上前拦住王五，兄弟，我没说错吧，你就是挨到明天，都不一定能买到，再朝后挨两天，就过年了，还是赶紧的。我这有票，明天的。

王五一心想着小翠给说的好办法，哪听得他说话，边走边摆手，不买了！

黄牛望着王五匆匆远去的背影，喊，坐飞机啊！

一回到家，小翠就给王五一个电话号码，这是周小芸给我发来的，她就是通过这个电话买到的车票，比黄牛便宜多了。小芸说，人家也是来广州打工的，年年想着咱们打工族不容易，就帮人在网上订火车票，一张票人家才多收十块钱，非常合算，而且好买。你快去。

王五高兴地抱着小翠的腮帮子就亲了一口，谢谢老婆。我这就去。咱们明天就能回家喽！

小翠看着王五高兴的样子，擦了把泪，也笑起来。说，那我晚上就收拾东西啦！

王五嗯嗯地答应着。接着便拨打那个电话号码。

果然，到益阳的车票才一百三，王五不仅感觉赚到了大便宜，还觉得一下子省了自己许多精力。

挂了电话，王五带着钱就跑了出去。

小翠则在家里边哼着《甜蜜蜜》边收拾着衣物。心想，今晚收拾完了，明天上午再去买些年货，给公公婆婆、爹娘和孩子买几件新衣服，就能踏上回家的幸福之路了。想到这里，小翠都有些等不及了。

收拾完衣服，小翠赶紧去做饭，好让辛苦了一天的五吃顿好饭，为了买票，心爱的五一直茶饭不宁。这回可要好好吃顿饭，睡个好觉，养足精神，回家啦！

小翠约莫着王五快回来了，便将菜下锅，开始烹炒。叮当一阵子，四个菜已摆上餐桌，又拿出一瓶白酒，今晚上要庆贺一下。我小翠也要喝一盅，高兴嘛！想到这里，小翠激动得有些想哭，辛辛苦苦工作了一年，挣些钱，给家里的老老少少捎些新年礼物回去，抱抱亲亲一年未见的儿子……想着，小翠竟哽咽起来。

可是，一等不来，二等还是不见王五，打电话也不接。

小翠有些着急，在屋里踱来踱去，心里念道，这是到哪去了，没听小芸说这么费事，这时候千万别出岔子啊！

晚上十点多，王五才回来。一进屋，小翠扑上去就问，买到了吗？

王五无精打采的样子，摇摇头。

小翠又问，怎么回事啊？

王五说，我差点都没有回来。那个卖车票的让公安局给抓起来了，说是倒卖车票，我让叫去问话了。

啊！小翠忙问，怎么能这样呢？这是为咱们打工族解决回家的难处啊！怎么能逮他们呢？

王五说，你不知道，这是犯法，国家法律规定，这是不允许的。

小翠恨恨地说，要逮应该逮那些黄牛。

王五叹了口气。

小两口静静地坐在餐桌前，桌上的菜饭已经冰凉，可是谁都没有胃口。他们感到冷冷的还有这个冬天。

过了好久，王五站到窗前，看看外面的天，像是自言自语，又像是给小翠说，明天就腊月二十七了，不知天气怎么样？

小翠小心翼翼地问，骑车回家？

王五神情凝重，半天才说，不，明天我去找黄牛。

回家的渴望越来越强烈……

第二天早上，外面飘起了雪。

王五急忙跑到火车站，他不再排队买票，而是满天地下地找黄牛。

然而转了俩小时，也没见到黄牛的鬼影子，或者说没有黄牛主动去找他。黄牛这帮人，眼睛像鹰眼一样敏锐，哪个是买票的，哪个是小偷，哪个是便衣警察，一眼便能瞅准。但是王五东钻西窜的，竟没有一个找他搭讪的，难道是黄牛们集体蒸发了，还是……王五突然想到，有可能是警察集中行动，打击票贩子，一下子让他们藏匿起来或者被抓。昨天晚上就是个例子。

这可怎么办？王五在心里喊道。

他再次朝候车大厅、售票大厅望望，买票的人丝毫不见减少。王五急得直攥拳头。

不能再等了，王五心想。可是这雪天骑车又怎么能走呢？先不管，赶快回去，和小翠兵分两路，她去购物，我去修车。不能等到连最后的机会也没有了。

说做就要快。王五飞奔回家。一屁股坐下，气喘吁吁地给小翠说了他的想法。小翠忙说，你先别急，我去买年货，你上网吧，看看在网上还能订到票吧。

王五一拍脑门说，哎，还是老婆聪明，我怎么没想到呢，这样就不用排队了。我这就去。

其实王五一点也不想骑车回家，他是在对购票绝望之后，不得已才走最后这一步。记得去年冒着风雪骑摩托车回家，到家时，双腿冻得都伸不直，下不了摩托车，想想真是可怜。所以，今年不到万不得已，不会再骑车回家了，但是最后若没别的办法，只能再重蹈去年的覆辙。冷，也得回到温暖的家——过年。

这时候的网吧也不比平日人少，早有人捷足先登。如今网上订票亦成热门，在网上购票也不见得比火车站人少。这是王五上网等了半个小时后发出的感慨。

终于，王五还是等不及了，觉得在网上同样比火车站艰难。网络拥挤，网速慢，提交不上数据，甚至掉线，不一会儿，便焦躁起来，最后他总结了一句话：网络也不靠谱。

刚要下线，听见邻桌的一个小姑娘说话，老公，我在跟人拼车回家过年呢。

王五听着新奇，竖耳朵听了半天，才明白。原来小姑娘所说的拼车是与别人，特别是老乡搭乘同一辆车回去，舒服、快速、安全，费用还低。王五有些心动，忙问，小妹妹，你说的拼车是怎么拼的？我确实买不到票了，听你说拼车不错，俺也想试试。

小姑娘"扑哧"一笑，给王五详细介绍了拼车的情况，还给他发了发布拼车回家过年信息的网址。王五如获至宝，在网上搜索着。

可是，王五搜了一下午也没找到合适的拼车伙伴，能到益阳的不在广州，在广州的不去益阳，哪怕去相邻的城市也没有。

王五走出网吧，天地一片茫茫，雪下得更大了。

垂头丧气地回到家。一开门，小翠就问，怎么样了？

王五有些懊恼，没想到回家的路这么艰难，买票不成，票贩被抓，黄牛不见，网购堵塞，拼车无果……王五憋在心里的愤懑终于爆发出来，朝着屋顶吼了一声，长长的，似乎要将整个屋顶掀起来。小翠吓了一跳，老半天没敢说话，发泄完了的王五蹲在地上呜呜地哭起来……

小翠明白了，王五还是没买到车票，便安慰他，五，票不好买，咱不买了，明天好好修修车，咱再骑摩托回家。我觉得骑车不错的，可以欣赏路上的雪景，虽然冷点，但是在各个收费处不是有政府给咱准备的热汤吗？那也是一种温暖，也是一种爱呀？你看，我今天都把年货买齐了，说着，小翠如数家珍般地展示她今天的收获，这是给小宝爷爷奶奶买的衣服，这是给俺爹娘买的，还有给小宝的玩具，还有新衣服，压岁钱我都准备好了……说着说着，竟然哽咽起来……

小两口抱头痛哭。

腊月二十八一早，王五推着摩托车到外面找摩托修理门头。好几个都关了门。好难啊，确实不想骑摩托车回家，可现在就指望它了，希望还有能开门的，好好检修下，让我们快快回家。

功夫不负有心人。王五推着摩托车走了很远，才找到一家。人家本来要关门的，王五再三央求，大哥，你给看看吧，我们要回家过年，一走就是将近两千里路，路上不能有差错，出故障我们就回不了家了。大哥，求求您了。

修车的见王五可怜，叹了口气说，唉，可怜你们这些打工的啊，一年到头不容易。说着，开始拿工具。

王五感激万分，连声道谢，谢谢大哥。我们盼了一年了，父母一年没见了，孩子一年没见了，就盼着这几天。再远再难，我们都要回去的。

修车的边检查边默默地点头，你放心吧，小伙子，我给拾掇利索的。

王五感激得不知说什么好。看着师傅忙碌的样子，王五似乎看到自己已经骑在摩托车上，只等着加油出发了。

王五和小翠把年货捆在摩托车屁股上，高高的，摩托车头似乎都要翘起来。头盔、护膝，棉大衣，手套，全部检查完毕后，两个人脸上露出轻松的笑容。

王五掏出电话，爸爸妈妈，我们要回家了。

电话那边传来一个稚嫩的童声，爸爸妈妈，我等你们回家过年。

瞬间，王五小翠泪流满面。

（发表于 2013 年第 1 期《沂蒙人》杂志，2016 年第 4 期《洗砚池》，并获"童星杯"第四届《洗砚池》文学奖，入选《临沂文学典藏》）

回家囧途

一

腊月二十三，小年的早上。

女孩站在那儿特别扎眼，双手捧着盒草莓牛奶，嘴巴咬着吸管玩。厚厚的白色羽绒服包着她苗条的身体，细长的腿像两根棍戳在公交车站牌边的小雪堆上，狗剩看着她像支大大的棉花糖。

站在寒风里的女孩小鼻子、小腮帮冻得通红，发丝随风缱绻，在羽绒服的映衬下，狗剩看了一眼，又看了一眼，此时他觉得女孩的脸像三月里盛开的桃花，可现在是寒冬腊月，他对女孩就有些怜爱了，忍不住又多瞅了几眼，却与女孩的目光碰上了，像触了电一般，赶紧收了回来，转过头，用力塞了塞耳机，装作听音乐。

女孩发现这个土了巴叽的男孩看自己，杏眼一瞪：看什么看，没见过美女！

狗剩嗅到女孩子的声音里带着点鞭炮味，转过头刚要说话，发现21路交公车刚刚起步，忙掂掂背包，边跑边招手：师傅等等我，师傅，师傅等等我。公交车油门一轰，一溜烟急驰而去。

狗剩灰头灰脑地返回站牌处，见女孩正瞪自己，狗剩歪头瞅着，她生气的样子反倒更可爱了，摇摇头，嘿嘿笑起来：见过美女，就是没见过这么大的棉花糖。

女孩打量着狗剩，一脸愠怒：悟空！你师父咋不等你？穿越来的吧？土老冒！

狗剩倏地收住了笑容，立马回应：二师弟，你这是咋说话呢？看俺长得着急？这是在工地上干活干的。恁要是上工地干，也不比俺好哪去。

唉——，这都是命啊！女孩言语里尽是嘲讽。

狗剩凑上去问：恁说的是啥意思？

女孩连忙朝旁边躲了躲，捂住嘴巴说，臭悟空，远点，臭死了！

狗剩后退一步，诧异地低头闻闻肩上、胸前、袖子，紧皱了眉头：咋啦？

说话间，29 路公交车开来了，还没有停稳，女孩就拉起身旁的行李箱和候车的人们一起朝车上挤。边挤边回头给狗剩招手：悟空，再见。

狗剩朝她摆摆手，喊道：二师弟，慢点，别挤着奶……

话音刚落，只见女孩瞪圆了眼，一甩手，牛奶盒子"嗖"的一声就朝狗剩飞来，不偏不倚，打在他的左腮帮上。狗剩顿时觉得左腮帮上先是一阵冰凉，接着火辣辣的热。

女孩子竖起大拇指，给自己赞了一个：准！

狗剩捂着腮帮，回过神来时，公交车开走了，但是女孩却站在了他面前。

狗剩摘了耳机，眨眨眼：哎，你咋又回来了？

女孩走上前，指着狗剩恶狠狠地说：你刚才说什么？

俺说你是坐车还是打人？你练过拳吗？咋这准的？

　　女孩又上前一步，马上就和狗剩贴在一起了，指着狗剩的鼻尖，努着小嘴说：前面那句！

　　狗剩看看女孩离自己这么近，一阵淡淡的清香扑面而来，她喘息的热气飘到狗剩的脸上，狗剩似乎能感觉到她的体温，小心脏里揣了一百只小兔子似的，他有些窒息。不敢看女孩的脸，拿目光向下一移，却偏偏又扫过她隐约轮廓的胸部，狗剩嘟囔了一句：你……别这样……狗剩手足无措，忙解释道：俺看你挤公交车，怕把牛奶挤了，滋人身上就不好了，俺没别的意思。说着，目光竟停在女孩的胸部上，脸"唰"地一下红了。

　　女孩见狗剩盯自己的胸，瞪着眼咬着牙，扬起手就要打：故意的吧？

　　狗剩敏捷地躲到一边，埋怨：你这是说啥呢？动不动就动手，这样咋找婆家嘛！

　　女孩满脸愠怒：管你屁事，小心你那边的脸。

　　狗剩忙捂着右腮帮，嘟哝了一句：女汉子，又问：哎，棉花糖，你刚才不是上车了嘛，咋又回来了？不是特意找俺算账的吧？

　　女孩瞪着狗剩，一摆手：臭美你。人挤上去了，行李上不去。

　　狗剩憨憨一笑：你这是去哪呀？

　　女孩瞟了狗剩一眼，没好气地说：过年，你不回家啊！

　　一说起回家过年，狗剩脸上就开了花，说：咋不回呀！俺从外边打一年的工，就盼着回家过年呢？

　　女孩不屑一顾，"哼"了声：幼儿园大班刚毕业吗你——幼稚！我最讨厌回家了！

　　说话间，开往火车站的公交又开来了一辆。狗剩热情地说：又来了，这回俺帮恁。

女孩冷冷地回了句：帮什么帮！你当我跟你一路啊！滚吧你！

狗剩热脸蛋贴在冷屁股上，但他不生气，脸上笑嘻嘻地说：那就再见吧，新年快乐噢！

女孩说：谁跟你再见，赶快滚！

狗剩听得出来，女孩说的"滚"并无恶意，可能只是口头禅。看着公交车，竟有些不愿上去，回头又看了眼女孩，刚要开口说话，女孩又扬起手，动作与刚才扔牛奶盒如出一辙，一句"我烦着呢，快滚"。狗剩觉得自己想多了，"腾"地一下跳上公交车。

他回头望去，女孩依旧站在雪地里。狗剩竟有些不舍。

车窗外的晴天，在雪后是那样明亮，与女孩一样美丽。

二

来到车站，狗剩就莫名地烦躁。

今年的火车站还和往年一样，他挤进候车大厅，人山人海，嘈嘈杂杂，春运的气氛自然多了一股股难闻的汗臭。狗剩想到了棉花糖的话，自言自语起来：这才叫臭呢！好不容易向前挤进了一点，心里不禁喊了句：亲娘啊，就这样，等回到家都挤成相片了。

是啊，过年了，谁不盼望着回家跟爹娘团聚呢！也就棉花糖那样没心没肺的才不愿意回去，真不知这个调皮的丫头片子是咋想的。狗剩又嘟哝了一句。

挤不进去，索性不挤了。狗剩退出候车大厅，绕过火车站广场，一溜小跑，去了五百米开外的配货站，找到一个路经自己家乡的物流公司。

师傅，走峪山县不？狗剩跟一个正在装货的司机师傅说。

司机师傅喘了口气：带货啊？

俺要家走的，搭个顺风车，车票太难买了。

司机师傅这才打量起狗剩：我们不捎人。

狗剩嘿嘿一笑：师傅，合适的时候可以客货两用嘛，反正恁车座上闲着也是闲着，俺给钱的。

司机师傅指着狗剩笑笑：你真是鬼精灵。一百五，待会上车出发吧！

一百五，一点都不贵，上年工友赵六回家没买到票，搭人家的车，整整二百呢！

狗剩的脸笑成了狗尾巴花：好嘞师傅，咱一路上搭个伴，拉拉呱，恁也不累。

司机师傅边装货边与狗剩聊：没给爹娘带年货吗？

俺爹不让带，说路上不得劲，家里啥也不缺，赶年集再买。其实当小辈的能回家，就是给爹娘最大的年礼了。

司机师傅看了狗剩一眼，"嗯"了一声，继续装货。

狗剩问：师傅，您贵姓？

司机师傅：姓唐。

货车出发时，已是上午十点了。稳稳当当地坐上车时，狗剩就仿佛一下子看到爹娘可掬的笑容了，似乎也闻到了家乡过年的味道。

在市区，货车跑得很慢，好不容易上了外环，刚刚跑出几公里，司机师傅却停了下来。

狗剩眨巴着小眼睛说：咋？

司机唐师傅说：在这里等人接货。说着点上一支烟，猛吸两口。狗剩看到唐师傅的鼻孔里顿时喷出两条长长的象牙，他想起了爹，爹抽烟时也常常这样，这让他感到亲切。唐师傅叼着烟，在车头的左右转起来，狗剩下了车，问：师傅，恁这是干啥呢？

唐师傅说：出发前检查车辆。说话间，烟头在他嘴上一翘一翘的。狗剩听了，竟不好意思起来，连忙下车，逆着唐师傅的方向也转起来，走到车尾与司机师傅碰个对头，狗剩装作很惊喜的样子，哈哈一笑。唐师傅大惊：你下来干什么？

狗剩又哈哈一笑：俺在车上坐不住，下来也帮您查查。

唐师傅脸色大变，忙回头朝驾驶室跑去，狗剩丈二和尚摸不着头了，跟着跑去。只听得唐师傅喊：抓小偷，抓小偷！狗剩循声而望，发现一个男子刚从驾驶室跳下来，手里拿着个黑包，朝北拼命而逃。

狗剩三下五除二追上唐师傅，边跑边问：恁咋知有小偷？

唐师傅恨恨地瞪了狗剩一眼：谁让你下来的！快追！说着，就要拿手里的钢钎砸狗剩。狗剩哎哎了两声。司机师傅喊：接着，小子！扔给狗剩。

狗剩一把接住，顺着小偷跑去的方向，三步并作两步，奋力直追。转眼工夫，就和小偷前后脚了。小偷的速度明显慢下来了，上气不接下气，而狗剩仍是劲头十足，他觉得胜利在握，边跑边喊他：你再跑！你继续跑！那个小偷边跑边朝后瞅，看着狗剩手里的工具，而且追得这么紧，吓得脸都要变形。

小偷逃窜的前方，一辆普桑上。女孩从后视镜里看到两个男子一前一后正朝他们的方向跑，忙对开车的小青年说：停下停下，快看，有戏。

司机说：什么戏？

女孩说：朝右点开。

司机向右打了打方向。

女孩子喊道：好嘞！说着，一开车门，只听得后面的男子一声"啊"，司机也"啊"地惊叫起来，女孩捂着耳朵也调皮地跟着"啊——"车里车外像是男女三重唱。可是女孩并没有听到她预想的结果，小偷没有撞到车门上。

原来，司机看到女孩那边的车门瞬间打开，一个紧急制动，几乎要停住了。可在这时，司机从后视镜看到有人差点撞上车门，一加油门又向前蹿出去了，小偷顿时闪得向前倾倒，跟在后面的狗剩一个前扑，将小偷死死压在身下。

司机停下车，斥责女孩：你干什么？

女孩不理会他，忙下车，说：走，下车瞧瞧。朝狗剩那边跑去。

师兄——

狗剩抬起头：二师弟？咋是你？你从哪里变出来的？

她指指前面的普桑说：那里。满脸骄傲，老远我就看着你了，瞧不出来，小腿跑得还挺快！真有翻筋斗的功夫啊！

狗剩扬扬得意：小儿科。

小偷在狗剩身子底下大口大口地喘着粗气，狗剩见状，也放心了，忙过去捡起包。小偷已翻过身来，四仰八叉地喘着粗气说：兄弟，放我一马，过年了，谁都想给老婆孩子爹娘带点年货回去。

狗剩说：你过年！人家不过了？你偷人家钱，咋让人家回家给老婆孩子买年货？

说着，棉花糖上前给了小偷一脚，小偷瞪了一眼她。棉花糖说：怎么？嫌少？说着又抬起脚。

小偷忙抬起胳膊挡住：我今天算栽在你师兄俩手里了。

狗剩拽起小偷说：不仅俺师兄俩，还有师傅呢？

棉花糖惊异的目光看着狗剩：师傅？唐僧？

狗剩拽着小偷说：走吧。

小偷问：去哪里？

棉花糖又补一脚：少废话。回头给普桑司机说：你俩等着我。便跟着狗剩去了。

回了大货车那儿，唐师傅正在车前焦急地等着，见狗剩抓着小偷回来，手里拿着包回来，喜出望外，忙迎上去，给狗剩竖起了大拇指：小兄弟好身手啊！

狗剩有些得意，说：学校里短跑冠军五连冠。说着把包递给唐师傅：看看钱少没？

唐师傅捏捏包，拿疑惑的目光前盯着狗剩：五连冠？

狗剩不好意思地挠挠头皮，嘿嘿一笑：俺初中上五年。

棉花糖讥讽说：师兄好学问啊！才五年，我当是五百年呢！

唐师傅让逗乐了，说：学习不咋地，人还不错。说着指指棉花糖，问：这是？

狗剩说：俺二师弟。接着给棉花糖介绍：这是唐师傅。

棉花糖嘻嘻一笑：真是唐师傅啊？挺像，挺像。

唐师傅问：像谁？

棉花糖说：唐僧。

唐师傅嘿嘿笑起来，对狗剩说：应该是你二师妹啊！

5

　　狗剩一摆手：你不懂。又问：师傅，您下车看见贼了？

　　唐师傅点点头：嗯，我们跑外的都比较注意，车上有人才敢下来，特别是年关，一定要注意财产安全。要不是你，我这钱肯定是丢定了。

　　狗剩挠挠头，不好意思了：哪里，谁都会这样。

　　三人光顾着说话，把小偷给忘了。没想到，小偷歇了这会儿，精神和力气都蓄足了，哪想到他小眼一滴溜，身体向前一蹿，竟逃了出去。狗剩正要追，唐师傅拦住他说：算了，都要回家过年，不计较了，钱追回来了就行。把他送派出所，他就得进拘留所过年了。

　　棉花糖不屑地看看唐师傅：嘁，这样的人不进拘留所，还没地方吃饭呢！

　　狗剩看看棉花糖，突然想到，忙说：你跟俺车走吧，俺把师傅的钱包给追回来了，坐他车指定不要钱了。

　　棉花糖看看唐师傅，唐师傅忙点点头：是的，你俩的钱都不要了。

　　棉花糖又笑了起来：嘁！你们的车啊，你们慢慢走吧，我有男朋友。说着，拿嘴努努前方的普桑，狗剩看到两个流里流气的小青年正站在普桑旁朝这边看。

　　唐师傅说：傻子，人家有男朋友了，不方便。

　　棉花糖说：方便也不跟你们走，回到家都赶上过正月十五了。说着转身朝普桑走去。

　　唐师傅说：你不跟你二师弟说再见吗？

　　狗剩说：我说了，她就让我滚。

　　棉花糖上了普桑，车子油门一加，嗖的一声，蹿了出去。不一会儿就不见影了。

狗剩望着轿车远去的方向叹道：真有快感啊！

司机师傅说：上车吧，咱这车就是拉得多，上了高速，也很快的。

三

升上玻璃窗，小伟说：琪小妹，没听你说你有过师兄啊？

小琪哈哈大笑，想起公交车站牌处的"典故"，说：天下无二的师兄！

小伟说：真抓个小偷？

小琪说：嗯。

司机小虎"喊"了一声：真个为两毛钱追小偷？不要命了。钱又不是自己的。

小琪说：是真的。那俩还说要我坐他们的车呢？不要钱的。

小伟说：你坐咱的车，咱也不要钱啊！

小琪说：不都说好了，钱都在那里面。你别胡闹！

小伟连连点头：好好好，其实咱要的钱不多，你想想车费，租赁费，才两千块，哪儿找去。现在租男朋友回家过年最起码得五千！

说话间，就到了高速公路收费处。小虎一拍方向盘：得，还得高速公路费，这都是钱呐！

小琪烦了，别给我提钱，讲好是多少就是多少，多了一个子儿不给。想干就干，不干拉倒，备用的多的是，有人等着！

小伟忙摆手：干干干，别急嘛。明显把"干"字的语气加重了说。说完，淫邪地看着小琪。

一脚油门，十几公里下去了，车子却突然跑不动了，小虎的脚差点踹进油箱，还是跑不起来。小伟问：怎么回事？

小虎为难地说：哥，可能是缺缸，老毛病了。

小伟恶狠狠地瞪了小虎一眼：你脑袋让驴踢了吗？不是让你检查了吗？

小虎吓得脑门上都沁出了汗。油门不敢加，大了一蹿一蹿的，小了一颠一颠的。就这样慢悠悠地跑着。

没多久，小琪不耐烦了：哎，两位帅哥，我晕船。

小伟说：咱这是汽车。

小琪"嘁"了一声：这破车一蹿蹿的，跟冲浪似的，我不能晕嘛！再说，这样跑，我什么时候才能到家？

小伟说：宝贝，别着急……

你喊什么？小心我踢死你！小琪怒吼一声，手指指到小伟的鼻子上。

小伟忙说：好好，我说错了，到下个服务区我们就修，保证不耽误你的事儿。

小琪说：修你个头，我还是晕船。说着就要朝小伟身上吐。

小伟忙躲到一边，说：可不能在车上吐，车脏了要洗，洗车要花钱。

四

大货车虽然慢，可是匀速行驶，一样赶路。唐师傅和狗剩谈笑风生里不觉下去二十公里。

狗剩突然发现前面的一辆轿车一蹿蹿地行驶，排气管还扑通扑通地响，像村里的"泰山304"，大喊：唐师傅，你看你看，拖拉机咋也上高速了？

唐师傅说：那是你二师弟的车，我说吧，咱们赶上他们了吧？

狗剩说：咋还一蹿一蹿的，跟那个干啥事似的。

唐师傅说：可能在"车震"。

狗剩说：哎呀，妈呀，大白天在高速上车震，太刺激了，快，超上去看看。

唐师傅一撇嘴：这个有点难。

说着，那辆普桑竟靠紧急停车道停了下来，车门突然打开，棉花糖从车上下来，踉踉跄跄地趴到路边蹲下来，哇哇地干吐起来。

狗剩忙叫唐师傅停车。唐师傅靠边停下来后，狗剩下车跑过去，问：棉花糖，你咋啦？

棉花糖还是吐，说：晕船。说着，手背过去指着普桑。

狗剩：啥？晕船？回头看看普桑，只见那两个流里流气的小青年站在车前正朝这边瞅。

棉花糖慢慢转转头，瞅了瞅小伟和小虎，对狗剩小声说：贼船！说着调皮地一笑。

狗剩大惊：贼船？

棉花糖装作非常痛苦的样子，艰难地点点头。

狗剩担心地问：那咋办？

棉花糖无奈地看了狗剩一眼：猪！说着站起身，满脸痛苦，张开一只胳膊说：扶着我。

狗剩难为情地说：这个……

棉花糖摇摇头，吼一声：扶着我，师兄！

　　狗剩这才忸怩地伸过胳膊扶着棉花糖。

　　走过去，棉花糖气若游丝，说：两位帅哥，我不行了，你们先去前面服务区修车等我，我先稳一会儿，一会儿坐我师兄的车，我们马上就到。

　　小伟和小虎两个面面相觑，没说话，棉花糖又说：没什么不放心的，这是我大师兄。说着，给狗剩说：大师兄，上车上把我的行李拿下来，快。

　　狗剩如得将军令，撒下手就去车上拿行李，棉花糖一个趔趄差点摔倒。

　　小伟忙上前拦住狗剩，语气有些生硬：伙计，别介，你是她师兄，我是她男朋友，放你的心吧。说着，竟然推开了狗剩，扶起棉花糖朝车上去，棉花糖犹豫了一下，便上了车。

　　小伟给狗剩说：没事儿，你们先走。

　　狗剩看着棉花糖被小伟塞进了车，想着她刚才说的话，半信半疑地看着小伟，心中却空落落的。

　　伴着巨大的轰鸣声，大货车又出发了，狗剩的心里又是乱糟糟的。

　　车上，狗剩问唐师傅：那个小青年是棉花糖的男朋友吗？

　　唐师傅嘿嘿一笑：闲吃萝卜淡操心。

　　狗剩回想了刚才的情景，说：唐师傅，俺感觉不对，刚才棉花糖给俺说她上贼船了，晕船，还冲俺笑来，不像是真晕。

　　唐师傅说：我看她就是个调皮捣蛋鬼。

　　狗剩忧心忡忡地摇摇头。

　　大货车在高速上慢吞吞地跑着，狗剩却嫌唐师傅跑得快，唐师傅说：你小子别惦记了，我看你还没女朋友吧？说着给转移了话题，要是有绝不可能这样惦记别人的女朋友。

狗剩说：你饱汉子不知饿汉子饥。

唐师傅说：年青人呐！

狗剩说：我觉得她是个好女孩。

唐师傅说：就是太调皮了。

正说话，只见那辆普桑从大货车旁超过去，棉花糖把头伸出车外，摇摆着大喊：师兄……接着头又缩回去了。

狗剩还没有看清楚，普桑就跑到前面去了。

唐师傅接着说：嗯，倒是有情有义，路过还不忘给你打招呼。

狗剩说：咦，这会怎么跑得这么快啊。

唐师傅说：再慢也比咱快啊。

狗剩有些着急，问：唐师傅，咱们超他吧？

唐师傅说：你当我这是飞机啊？

狗剩焦急地"嗯"了一声。他感觉那两个男的，哪个都不像棉花糖的男朋友，她怕是遇上麻烦了。

五

好不容易到了服务区，车一停住，狗剩就跳下来，到处找那辆普桑，可是转遍了服务区也没找到。狗剩有点泄气，他懊恼起来，如果棉花糖出现什么不测，他会愧疚一辈子的。他觉得自己意识到棉花糖有麻烦时，就应该挺身而出，这样可以制止一些不该发生的事情发生。可是现在，他找不到他们，不知道究竟发生了什么，他蹲在那儿像霜打的茄子。

他突然想到，赶快让唐师傅赶路，超上他们，或许普桑在路上又出问题了呢？想着，他站起身，背后一个声音把他吓了一跳，回头一看，正是棉花糖。他还没有惊喜过来，棉花糖就嚷起来：你诈尸啊？蹲在这里一动不动跟死人一样，我过来没站稳你就突然蹿起来。

狗剩喜出望外，说：你还吓了我一跳呢！

棉花糖说：你跳跳我看看。

狗剩不好意思地嘿嘿一笑，说：你没事吧。

棉花糖悄悄说：遇上麻烦了。我给你说，我是租他们其中一个回家过年的，没想到那俩家伙都不是什么好东西，我不想租了，但是他们说带我跑了这么多路，不愿意干，我怕他们打我的主意，我想甩掉他们。

狗剩说：那好啊，跟我们走。

棉花糖说：猪，我行李还在他们车上。

狗剩忙问：八戒，他们车呢？

棉花糖说：在后面修理厂。

狗剩说：我说怎么找不到呢？

棉花糖说：他们修好车，我想甩掉他们可就难了。

狗剩问：怎么甩掉？

棉花糖说：你得帮我，这样……

唐师傅调好车……

棉花糖递给狗剩两片卫生巾，狗剩满脸通红，难为情地接过来，把卫生巾装进口袋……

棉花糖说：你们到餐厅等着，注意，你们邻座的别让别人占了。

狗剩点头示意。

棉花糖回到修理厂，给小伟小虎说，我饿了，你们得请我吃饭。

小伟说：我再请上你吃两顿，就不够油钱了。

棉花糖说：想请就请，不请拉倒。要不我自己走，说着就要走。

小虎忙劝：别介，一顿饭钱还管不起嘛，走着！

说着要去锁车门，棉花糖说：锁什么车啊，破车还怕偷啊。

修车的师傅郑重地说：没事，放心吧。

小虎、小伟这才放心地领棉花糖朝餐厅去。

到了餐厅棉花糖东张望地看了半天，领着小伟小虎就去了狗剩临桌，还没坐下，棉花糖就故作惊讶地叫道：哎，师傅、师兄，你们好快啊。现在咱们快齐全了，就差沙师弟了。

狗剩有些紧张：一般一般，天下第三。

棉花糖给小伟说：我师兄很幽默。那要不咱们一起吃吧，我请！好久不跟师兄一块吃饭了。

狗剩说：哪能让二师弟请客。

棉花糖脸一拉，喝道：坐下。

狗剩真吓一跳，连忙坐下。

小伟感觉棉花糖在给他难堪，在她师兄面前要请客，没把我小伟放在眼里啊，便说：今天我跟小琪回家，在路上能遇到勇猛的师兄，哪能让她再请啊，我请吧。

棉花糖连忙说：那就快去点菜吧。

小伟说：虎子，点菜去吧。

小虎刚要走，棉花糖突然面色痛苦，手顶着小腹，哎哟哎哟地叫起来。小伟忙问：怎么了？

棉花糖说：肚子疼，我去厕所，快扶我。

小伟忙去扶棉花糖，棉花糖故做歪倒的样子，张开另外一只胳膊，说：师兄。

狗剩忙过去搀扶。

棉花糖回头给小虎说：你先点菜，我去趟厕所就好了，老毛病了。

小虎看看小伟，小伟点点头，他这才放心地去点菜。

唐师傅说：那我就从这里等着吃啦。

到了厕所门口，棉花糖说：师兄，我忘了拿那个什么了？你去我包里给我拿来。

狗剩故意问：啥？

棉花糖看看小伟，说：卫生巾。

狗剩面带为难之情，看看小伟，小伟自知自己是临时男友，不敢造次，也不说话。

棉花糖说：快去。

狗剩问：包在哪里？

棉花糖说：咱师傅看着的。

狗剩"噢"了一声就去了。

狗剩走了，棉花糖蹲在地上还是哎哟哎哟地叫唤，小伟也跟着蹲下来，关心地询问，棉花糖紧紧抓住小伟的胳膊。小伟顿时感觉有一股男人的责任与力量，他觉得自己真的就是棉花糖的男朋友了。

不一会儿，狗剩拿来了两片卫生巾，弱弱地问：是这个不？

棉花糖痛苦的面容里露出一丝狡黠的笑，嘲讽着说：师兄很有经验。

小伟瞪了他一眼。狗剩说：她是俺师弟。

两分钟工夫，棉花糖从厕所里出来，面带笑容，如释重负。小伟问：这么快就好了？

棉花糖一甩头发，打个响指：病去如抽丝。走，吃饭去！

小虎点的菜饭还算丰盛，五个人海吃海喝一番。

饭毕，唐师傅剔着牙说：我先上车了。

棉花糖说：俺给俺师兄拉两句呱，此去一别，不知何年再能相见啊。说着，做出呜呜哭的样子。

小伟也让逗乐了。小虎心存疑虑地看看小伟，小伟低声说：没事，行李在车上，还能跑？

小伟和小虎在车上一等，棉花糖不来，二等也不见人影。小虎说：哥，我看看去。小伟说：去吧。

不一会儿，小虎慌慌张张地跑回来说：哥，人不见啦。

小伟若无其事地说：跑了和尚跑不了庙，她的行李箱里有电脑什么的。说着打开后备箱——空空如也。

小伟顿时傻眼了，问：行李呢？

小虎胆怯地摇摇头。

小伟又问修车师傅：你们见谁拿行李箱了？

修车师傅说：一个小伙子，跟你们一块的姑娘让拿的。

小伟骂道：我操！吃饭，就是吃饭的工夫。

小虎说：没呀，咱们五个人一直在吃饭呀，谁也没离开过。

小伟说：傻屄！那个傻帽回来拿小琪的东西没有？

小虎说：哪有呀！不是一直跟你俩嘛，出来进去都是，我点完菜就等你们，老半天不见回来，我还骂这货难道上厕所吃去了嘛！

小伟恨恨地骂道：妈了个×的，让操了，还管顿饭！我说呢，师傅师兄的，原来都是商议好了的。

小虎捶胸顿足：早知这样，早下手。

六

大货车上，唐师傅播放着欢快的《春节序曲》。

棉花糖说：唐师傅，吃饱了没？

唐师傅打个饱嗝，满意地点点头：小虎这小伙子点的菜不错，我喜欢。

棉花糖也说：嗯，我也吃得挺饱。拍拍车座子，又说：别看这车跟老牛似的，但是坐上来，舒坦。

狗剩嘿嘿一笑：哪里舒坦？

棉花糖扬起手要打：找抽啊你！

唐师傅说：我看着这两个流里流气的小子就不像好人。

棉花糖说：今天要是不遇上你们，我就死定了。

狗剩说：像瘪三一类的，你咋认识这样的人呢？

棉花糖说：没办法，就是租个男朋友回家过年，应付了事啊！

唐师傅说：我真当是你男朋友呢？

棉花糖说：喊，我要他那样的？整个是二货！

狗剩眼睛一亮，嘿嘿一笑：引狼入室，要不别租他们了，租我吧。

棉花糖抬起手，又停在了半空中，说：滚！

狗剩向旁边一躲，指着棉花糖给唐师傅说：你看，就这样，三句不来就动手，租我？我还不带去呢。

唐师傅嘿嘿一笑，说：姑娘，你男朋友追上来了。

狗剩正要朝外看，只见那辆普桑赶上来，小伟头伸外面大喊：傻子，我问候你妈。

狗剩说：你妈新年快乐！你全家都新年快乐。话音一落缩回驾驶室，自己还没笑，就听得后面棉花糖已笑得前俯后仰。

陈佳琪，你等着。小伟气急败坏地吼起来。

狗剩问棉花糖：你叫陈佳琪？

棉花糖鸡啄米似的点头——嗯嗯嗯，是我。

狗剩把小伟的话传递给棉花糖，棉花糖说：告诉他，我这就拉黑他，让他永不翻身。

狗剩嘿嘿一笑，又伸头朝外要喊的，只听普桑又扑通扑通地响起来，一蹿一蹿的。狗剩回过头来说：那车又快成船了。

棉花糖连连拍手：真是时候！

唐师傅问：不是修好了吗？

棉花糖说：我故意不让修车师傅修好的，修好了咱还能走得了啊？

唐师傅点点头：这姑娘干事倒挺细心的，就是没用正道上。

狗剩问：你是啥星座的？人格咋这么分裂。

棉花糖一扭头：哼！

唐师傅说：不管他们了。姑娘，为什么要租男朋友回家过年啊？

棉花糖说：没办法啊，爸妈年年催，要么领个男朋友回家，要么别回去。你们说说哪有这样的爹娘啊，我是他们亲生的嘛，是不是交话费送的啊！

狗剩也逗乐了，说：我交话费咋没人给我送啊！

棉花糖捅了狗剩一小拳，狗剩像是被电击了一样，竟害羞起来。说：君子动口不动手。

棉花糖摆出一副刁蛮的样子：我就是小人。哼！

狗剩向旁边挪了挪，说：怪不得找不到男朋友。

棉花糖拧住狗剩的耳朵：我让你说，今年我还谁都不领了，就你了！

狗剩吓了一跳：别拧了，再拧就跟二师弟的猪耳朵一样大了。

棉花糖说：正好，我拽着走。

狗剩说：不去。俺回家要相媳妇呢！

棉花糖一听，乐了：哈哈，怪不得你说盼着回家啊，想媳妇想的吧！那我跟你一块回去，看看你媳妇长什么样子？

狗剩大惊，忙说：你去算咋回事嘛。好不容易相个媳妇，俺这次不能再错过了。

棉花糖说：听你这样说，以前错过？

狗剩叹了口气：前几年和俺本村的一个女同学谈的，可俺要出去打工，要想继续谈，咋办？那就能靠写信呗，写了一年多的信，可是……说着，狗剩顿住了。

棉花糖睁大眼睛：可是怎么了？满脸期待。

狗剩说：后来她跟邮递员好上了。

"噗"的一声，棉花糖差点儿笑喷，掐着腰拍着胸口：笑死我了。人心隔肚皮啊！看来今天相媳妇，我还必须得跟着去，给长长眼。

狗剩说：你跟着去啥，又不是你相媳妇，再说，你跟俺，不怕俺也是坏人。

棉花糖说：嘁，就你这样，再坏能坏哪去！

唐师傅在前面边开车边听他们聊，说：就是。

狗剩有些无奈。正要说话，电话响起。

娘，俺今天就能到家。狗剩乐得喜不自禁。

俺今天就能到家。棉花糖一改普通话，学着狗剩的口音大声喊道。

狗剩忙捂住话筒，严肃起来：你是咋了嘛！俺这是正事，不跟你胡闹。

棉花糖也努起小嘴：谁跟你胡闹了。

狗剩不理她，听电话里问：狗剩，跟谁一块儿的？俺听着是个姑娘。

狗剩说：娘，是俺一车的，没事。俺到了再给恁打电话。

挂了电话，狗剩说：你不是胡闹是啥，俺这是相媳妇，俺在外打工，一出来就是一年，过年俺回去相个媳妇，定下来。过年俺走了，媳妇就能照顾爹娘了，俺在外面，老是担心爹娘身体不好，没啥人照顾。俺这次家走，要是相不中，俺又得牵肠挂肚一年，俺在外面打工也不安心。

棉花糖说：你也不能因为这样，随便相个自己不喜欢的媳妇啊。给你说了好媳妇还好，说了不好的，你不在家，你爸妈还得侍候她呢！

狗剩说：她敢！

棉花糖说：我给你参谋参谋。

狗剩急了：这是啥事嘛，你去干啥？

棉花糖得意地仰着头，哈哈大笑。

唐师傅在前面嘿嘿直笑：有你们两个活宝，我这一路上也不犯困了。你这丫头也太能闹了，人家回家相亲，你去掺和干什么？

棉花糖说：嘿嘿，师傅开你的车吧，我不能刚出虎穴又进狼窝。

唐师傅问：什么狼窝？

棉花糖说：我家就是狼窝，我一点都不想回家。

狗剩说：我看你是白眼狼！

唐师傅说：是啊，过年哪有不回家的。像我，在外跑一年，就盼着回家这几天，与亲人团聚，体验家的温暖，体验浓浓的亲情。

棉花糖说：可我家里没有温暖，他们巴不得我早嫁出去，回家也是走，不回家也是走，那我回家干什么！

唐师傅说：世界上的情感百分之九十九是为了聚合，只有父母对子女的情感是离散，他们对你的爱就是为了你能早日成家立业。你不明白呀？

棉花糖说：我明白也不想回去，不想听他们唠叨。我在城市待够了，我想上农村过年。

狗剩说：上农村过年，也别靠上我啊，我要是相不成媳妇，咋办？

棉花糖说：结了婚都照样离，何况你这是相亲了，不成再换，也不用办手续，比离婚方便多了。说完，调皮地笑笑。

狗剩有些生气：大过年的，你这是说的啥话！

唐师傅说：有父母都不想回家过年！等到父母年老了，不在了，你回去找谁去呀？只能去坟头了。说着，唐师傅竟然落泪了。

棉花糖和狗剩似乎感到了什么。狗剩傻乎乎地问：唐师傅，你……

唐师傅擦了把泪说：前些年，我在外拼命挣钱，就是想让妻儿父母的生活过得好些，没能好好陪他们，父母走的时候我都没有陪在他们身边，挣了那么多钱有什么用呢？还不如在家陪着他们。

说到这里，棉花糖这才安静下来，说：唐师傅，我明白了。

狗剩松了一口气，说：唐师傅，谢谢恁，俺也明白了。

棉花糖给狗剩说：我明白了，我要回家——你要陪我一起回家。

狗剩一听，一阵狂晕，抓狂起来：你是咋回事嘛，不是上俺家就是要俺上你家。

棉花糖说：你陪我一起回家，给我爸妈编一个善意的谎言。

狗剩这才明白棉花糖的想法，不语。

七

两个人提着行李，一前一后走在通往村子的土路上。家乡过年的氛围弥漫在潮湿的空气里，浓浓的，不时看到有村邻或骑着车，或三五一群说笑着去赶年集。远处，偶尔能听到清脆的鞭炮声和孩子们爽朗的笑声。

遇到村邻。

那个村邻：狗剩，回家过年啦。这是你媳妇啊，嗯，穿得怪时髦。

狗剩难为情地说：不是不是。

这个村邻：狗剩，领媳妇回来了？不孬不孬。

　　狗剩脸上烧起了红云，说：不是不是。

　　你小子还不好意思了，说你没长见识吧，领回个这么俊的媳妇，说是长见识了吧？咋还这么忸怩。

　　狗剩说：真不是。

　　棉花糖在一边光笑不说话。

　　村邻说：你看你看，你媳妇都笑了。

　　狗剩急得一头汗。

　　村邻走远了，狗剩说：你咋不说一声呢？俺这样咋见人嘛。

　　棉花糖一副得意的样子，说：就不。哎，师兄，刚才那人叫你什么？

　　狗剩说：咋？

　　棉花糖说：狗剩这名字好有个性哎。

　　狗剩不理她，继续走，棉花糖紧跟其后。

　　一推开大门，狗剩就叫喊：爹，娘，俺回来了。

　　只见狗剩的爹从低矮的土屋里走出来，手盖在眼帘上，脸上的折皱被笑容拉开了。狗剩娘跟在后面，刚要说话，看到棉花糖，脸上立刻又堆起了皱纹。后面还跟着一位大娘，拽了拽了狗剩娘的衣襟说：嫂子，后面那闺女是谁家的呀？

　　狗剩娘摇摇头，一脸莫名其妙。

　　大家进了屋，都还没开口说话，棉花糖说：哎哟，我什么也看不见啦。

　　狗剩娘说：那是因为你从外面刚进来，一会儿就好啦。

　　狗剩说：这屋里太黑啦。

　　只听屋里漆黑处一个响脆的声音：是她穿得太白了。

　　狗剩听得是一位姑娘的声音，顺着声音去看。只听那位大娘说：就你会说！

那位姑娘又说：跟狗剩哥来的是谁呀？

那位大娘又说：这不是在你自己家，就不会拘板点。

狗剩娘说：没事没事。

狗剩刚要开口说话，那位姑娘又说：今天俺们相亲，狗剩哥领家来一个洋女人，是啥意思嘛！大娘，你耍俺呀。

狗剩娘忙赔不是：俺也不知道，电话里狗剩没说呀！

那姑娘又说：恁娘俩，到底是哪个的不是？

那位大娘扯了一把那姑娘：你少说两句不行呀？

姑娘说：不行，这还了得嘛，还没结婚就开始领女人回家，我一看就是花心。这样的男人不跟也罢。

大娘说：他现在还不是你男人，人家领不领女人，你管不着呀，你说这些有啥用？

姑娘说：当然有用，这让俺看清他就是一个花心大萝卜。

大娘一把拉起她：走，咱走。别在这里丢人现眼。说着，剜了眼狗剩娘，这句话像一个耳光，打在了狗剩娘的脸上。狗剩娘感觉脸上火辣辣的，还得赔着笑，说：妹子，你走啊。

姑娘让她娘拽着，临走还回头说：不走，你管饭呀。

大娘又拽了她一把：你还真想吃了再走呀！

回到屋里，狗剩爹坐在炕沿上，抽着旱烟袋，不语，烟雾把他的脸都盖住了，狗剩看不到爹的表情，但是从爹的沉默中，狗剩知道爹在生气。狗剩娘坐下来，闷了半天，才起身说：你们赶了一天的路，饿了，我给你们下鸡蛋面去。说着，去了锅屋。

许久，狗剩爹咳了两声，听着他把旱烟袋在地面磕了磕，烟雾慢慢散去，狗剩才看清爹的脸，一脸严肃。狗剩爹说：菊花这丫头，哎……

狗剩说：爹，恁别气呀。儿子回来了，咱应该高兴嘛。

狗剩爹这才又舒展开了脸上的褶子，说：嗯，高兴高兴。

棉花糖这才敢说话：叔叔，刚才那个女孩叫菊花啊，脾气不小呀，这样的不要也罢。

狗剩爹看了一眼棉花糖，不说话。狗剩这才想起该给爹说明一下，说：爹，这是俺工友，小……，这才想起，光叫她棉花糖、二师弟，真名竟一下子想不起来了。看了一眼棉花糖，棉花糖笑嘻嘻地说：我姓棉，小棉。狗剩目瞪口呆。

晚饭后，狗剩怕棉花糖不方便，本想叫她一块出去转转的，可是棉花糖不去出，索性就都在屋里聊天了。

狗剩娘专门把炉火生得旺一些，没多会儿，屋里便暖烘烘起来。

棉花糖肚子里存不住话，给狗剩的爹娘说：叔叔婶婶，我知道今天来得不合适，本该很好的事，我这么一来，都搅和了。其实我跟着大师兄来是有私心的，我不是他工友，我们今天才认识，同搭一辆回家的车。在路上司机唐师傅的一席话，让我觉得一定要回家，而且还要带着男朋友回家，我自己和父母都满意的男朋友。这样，我过了年走的时候才能让我爸妈放心。以前我没体谅到父母的良苦用心，现在我知道了，儿女不管走多远，都是你们的牵挂，儿女们感觉不到父母的牵挂，可是父母的心时时刻刻都为孩子们吊着。所以，我们在外打工的儿女们要让在家的父母放心，就是对他们最孝敬了。我想明后天，让大师兄陪着我回次家，就说是我男朋友，让我爸妈看看，他们放心了就行了。大师兄是个好人。

狗剩爹点点头，不语。

狗剩娘慈祥地望着棉花糖，脸上掩饰不住心里的高兴，说：哎，真是个孝顺闺女。

狗剩说：俺明天还要给俺爹俺娘买年货呢。

棉花糖听了，微笑着，忙起身从行李箱里拿出了许多新年的礼物，说：师兄，你不说我还差点忘了。叔叔婶婶，我来得匆忙，也没有什么准备的，这是一点心意。

狗剩惊异地望着棉花糖，说：啥时候买的？

棉花糖说：我给我爸我妈买的，回去家后我再去买。

狗剩让说的不好意思了，嘿嘿一笑，他看着眼前的这个他叫了一路的棉花糖，认识才一天，从刚才之前，认定她是一个女汉子，现在才发现棉花糖是那样可爱，真如自己小时候吃的棉花糖一样，让狗剩从心底里感觉到她的温润、轻柔和丝丝的甜蜜。

2014 年 1 月于南府梅园

逃跑的小婧

注意到小婧，是她逃跑前半个月的一天。

那天下午，我着急忙慌地从店里往外走。小婧正坐在街对面她小姨的裁缝店门口，手搭在额前挡着午后的阳光，冒烟眉微蹙，远远地问，你干吗去？声音如百灵鸟般婉转清脆。我不禁回头瞥了一眼，正好与她清纯调皮的目光撞上。我心里微微一颤，脸有些发热，鬼使神差地指指前面说，去厕所。说着，头也不回地朝公共厕所跑去。她一手捏着针线，一手用白嫩的手背挡着小嘴笑，笑得花枝乱颤，在我身后留下一串清脆的铃声。

她小姨从屋里探出头来，白了她一眼，女孩子要有个女孩子样，不要随便跟人说话！她仰起小脸，调皮地朝小姨努起小嘴，哼！

回来的时候，她的笑声余音仍在我脑子里萦绕。我特意朝对面裁缝店门口瞅了眼，她还在那里，围一件花围裙坐在马扎上，正低头专心地做针线，两条不长的麻花辫搭在肩上，刘海随小风在额前轻轻飘着，白皙的皮肤映衬着，让我想起了青城山下白素贞的恬静。我禁不住多看了她一眼，又多看了一眼，但又怕再次撞上她的目光，便忙跑回店里。

进了屋，我问妈妈她是谁。妈妈刚才大概听到了我和她的对话，便说，那是你刘姨的外甥女，刚从乡下来城里跟她小姨学做衣服的，那天还过来坐了会儿。噢！我答应着，她不是让我叫她刘姐吗？

从那之后，我就开始注意我家店对面刘姨的裁缝店。特别是在柜台里吃饭时，总忍不住朝对面瞅两眼，时常能看到她的影子。她十五六岁的样子，白净的圆脸，脸上的幼稚带着些青涩的味道，让人感觉初中还没读完，短麻花辫、短刘海，加之那双清澈的如山泉般的眼睛，整个人显得很清纯，很精神，穿着虽然朴素，行为却落落大方。还时不时地听到她在裁缝店里的笑声。

第二天，我下班回来，禁不住向那边瞅去，坐在门口的她见到我，拿食指在小红腮帮上比画着，不说话，一脸坏笑。我想起昨天急匆匆上厕所的尴尬，便不理她，可脚还没踏进门里，就听那边响起一串悦耳的笑声。在屋里干活的刘姨又开始数落她，这丫头搭错神经了嘛！一惊一乍的！

有时我刚出门，远远的就听到她喊，哎！我以为有事，回头问，什么？她立即低下头，坐在那里干活，不看我，也不说话。能看得出，她憋着笑。我刚要回头，那边的笑声就爆发了，一个手背挡着嘴，笑得前仰后合，摇头晃脑，笑得两个麻花辫在肩上跳舞。

她小姨从店里探出头来，瞪她一眼，别整天没大没小的，得叫叔！她立刻反驳道，叫哥！她小姨又瞪她一眼。她越发得意。

从那时候起，我倒是有点喜欢这丫头了。

慢慢地，我习惯了她这些奇怪而又讨人喜欢的行为，看到她的可爱，我竟然有些心动了。再见到她，表情就有些不自然了，朝她报以微微一笑。她依然那样，看着我，爽朗地笑着，笑得毫无遮拦，笑得我有些手足无措。

有一天，我衣服袖子被自行车把剐坏了，我打量着“残废”的袖子，突然心里一阵惊喜，掂掇再三，忙跑到她店里。女孩一见是我，咯咯地笑起来，啊，是你呀！那天跟小姨去你家店里，你妈说起过你。我还看到你了，可是你不理我！

这一串“你”竹筒倒豆子般秃秃噜噜跑出来，我一边暗笑一边满脑子搜索，不过想不清是哪天的事了。我说明来意，她接过衣服一打量，指指旁边的凳子说，你先坐，一会儿就好了。声音轻柔，如风过琴弦。

阳光下，她依旧坐在一个马扎上一声不吭地干活，和前几次看到的一个样子。认真而熟练的穿针引线，专注的眼神，鼻尖细密的汗珠，时不时向耳后捋捋头发，呈现出齐眉的刘海，颇有些雨后初荷的清新，总让人忍不住要多看几眼。

她干活时很安静，屋里的空气有些闷，我没话找话说，就问她叫什么。她说以前叫秋收，现在叫小婧。说着，抬起头忽闪着大眼睛瞅着我。我装作镇定，眉头一皱。她忙问，咋啦？是不是很土？我不知道该怎么回答。她又说，我就知道你们城里人嫌土，我也觉得难听死了，就起了现在的名字。我心里惊讶，才细瞅眼前的这个女孩子，摇摇头，小静？这可不符合你的性格，我从路对面就能听到你的声音。说着，我瞅一眼对面我家的店。

她又咯咯地笑起来，哪个静呀！一个女字旁，一个青，女子有才能的意思！我立刻明白，心想，这个丫头可不一般。但仍打趣道，人道说女子无才便是德。她“嘁”了一声，噘起小嘴，“哼！跟我大一样，偏见！”抛下几个字，又埋头专心地补衣服。其间，我看到她揉了两次眼睛，头压得很低。

当时并不知道她大对她的偏见是什么样子，但从后来的几次聊天中我有所了解，心里多少对她有些怜悯。

她的确没上完初中，初三刚开学，她大死活不让她去了。老师来家劝学，都准备要领着她走了，她大板着个驴脸堵在门口，就跟谁欠他八百块钱似的，硬着头皮给人阻拦下来，还把老师撵到门外，冲人家吼，家务农活你给干？！老师走后，小婧跟她大吵了一架，但最终她还是没能回到学校。

小婧性格开朗，能说会道，她大嫌她大大咧咧，一点也没女孩子的矜持，骂她不知道丢人值几个钱，让她滚！小婧一阵窃喜，于是就顺理成章地"滚"到小姨身边，来到城里。板凳还没坐热，她就收到大的"十二道金牌"，让她抓紧回去。她跟我说这事时，嘬着小嘴，有些幸灾乐祸，说滚就滚，说回就回，哪有那么容易！哼！

她大让她回家，无非就是想让小婧守在身边放心，耕种几分薄地。可小婧偏不回去，她觉得不值得，她不想面朝黄土背朝天一辈子。她说她要学手艺，读职高，自学大专，还有……她瞅了我一眼，慌忙躲开，倏地停了下来。

知道了这些情况之后，我心里竟然有了一种要保护她的冲动。思忖良久，于是找一个合适的机会，在刘姨与我妈的一次聊天中跟刘姨说，小婧有理想，多好啊，家里应该支持呀！都什么年代了？！刘姨说，就是，都什么年代了，理想能当饭吃呀？我无奈地笑笑，还有，这丫头热情是好事，但不能对谁都这样。刘姨脸上划过一丝狡黠的笑，也没见她对谁这样过！就你！

独独对我这样？我脸上一热，心里咯噔一下，五味杂陈。这是我没有想到的。

不知为什么，从那天起我就怕遇见小婧，进进出出也总想法躲着她。从那以后，她的笑声好像突然在我的生活中消失了。她不笑了，也不主动跟我打招呼了。偶尔瞥一眼，看到她在店里默默干活，脸上也没有了往日的欢快，眉宇之间明显挤满了忧伤。

目光离开了她，我心里就隐隐作痛，有种负罪感，总感觉有些对不住这丫头。

那天，我下班回去，远远地看她站在缝纫店门口，手插裤子口袋里，心事重重的样子。我加快脚步往店里钻，结果还是被她看到。哎，你过来下！她向我招手。我抬起头，看到她脸上挂着沉沉的忧愁，想起了刘姨的话，没敢搭理她，慌不迭地拱进屋里。

进了屋坐定，回味良久。被我拒绝的尴尬是小，难道她有重要事？思来想去，要不再去问问她？我悄悄透过模糊的玻璃窗朝那边瞅瞅，她仍然不安地站在那里，时不时焦急地往这看一眼，我忙躲到窗帘背后。

我在屋里犹豫很久，但最终还是没鼓起走出屋子的勇气。望着她孤零零的身影，心里泛起了一丝难言的内疚。

后来的几天里，竟然不见她了！我有些着急，可又无可奈何，正绞尽脑汁地琢磨找理由向刘姨打听，却得知了一个不幸的消息。

那天晚上我到回店里，一进屋就感觉气氛有些不对，刘姨正与我妈面对面坐着说悄悄话，表情很凝重。我扫一圈没见小婧，心里咯噔一下子空了半截，装作漫不经心地问，哎，刘姨，这两天怎么没见小婧？刘姨叹了口气，跑了！我惊愕，呆呆盯着刘姨。刘姨又说，那几天她大来好几回，叫她回去种地、

看家望门，这丫头的脾气哪会顺从！有一天夜里跟她大干了一
仗，气得姐夫拎着捆绳子又来一趟，咬牙切齿地要绑她回去。
我脑子"嗡"的一声，如响个炸雷，她还是个孩子啊！怎么能
这样对待一个孩子！我戳在那里，脑海里演了一遍从认识小婧
到有意疏远她的过程，从那天她向我求助到今天的结果，我后
悔得捶胸顿足……

刘姨继续说，她说她不想在乡下待一辈子，想在城里赚
点钱上学，实现她的梦想，实现人生价值。她给我说过她得跑，
咱也没当回事，这不前天晚上姐夫没看住，眨眼工夫，就不见
影了。还梦想，还人生价值呢！这小屁孩。

我心里突然升起一股无处寻觅的失落，还有无以复加的
心疼和不舍。我知道，但凡有一条能走的路，她不会选择逃跑。

刘姨说，那天她偷偷哭了好一阵子，光哭不说话，这可
不像她，她心里肯定有事，但是咱啥也不敢问呀！

突然，一股无法言说的痛从胸口一个劲儿往上撞，我极
力控制，默默地走出屋子。仰望着黑黢黢的夜空，一颗孤独的
流星悄然划过，我心底"咯噔"一下，眼前又浮现出她略带忧
伤的笑容，我想伸手去抓，可那笑容渐渐离我远去。许久，我
紧紧攥着那只袖子，摩挲着细密整齐的针脚，心里默默念道，
小婧，对不起，对不起……

（发表于 2021 年第 3 期《双月湖》）

2020 年 6 月 2 日初稿于南府梅园

那年冬天好大雪

腊月二十三。

收音机里说，明后天要有场大雪。陈老汉皱起眉头看看天，思忖着：要赶在下雪前回到家。

租赁房里，陈老汉叮叮当当收拾了一头晌，午饭一过，他要到服装批发市场给外孙女买几件新衣裳。虽说现在富裕的生活让这个宝贝疙瘩不缺吃穿，可过年还是要给她添点新年礼物的。对了，还要准备压岁钱。想到这里，陈老汉心里就开了花，脸上的皱褶也舒展开来。

陈老汉有些迫不及待，简单对付了点午饭，把烤地瓜的炉子从三轮车上卸下来，又匆匆扫了扫，骑上车便直奔服装批发市场。陈老汉骑车像风一样快，陈老汉感觉今天的三轮车比平时轻快很多。

寒冬腊月，阳光照在身上像地瓜烤炉的温暖，暖烘烘的。陈老汉松了松领口，他有些质疑天气预报。最好先别下，陈老汉心里嘀咕着。

服装批发市场。陈老汉怕买得不合适，毕竟大半年没见到外孙女了，不知这小家伙长高了没有，长胖了没有。他在服装店里看来看去，就是拿不准。陈老汉乐呵呵地请求女老板给挑选，老板娘热情大方：大爷，恁外孙女多大了？上几年级了？陈老汉把五个手指尖捏在一起，骄傲地回答：吃了饺子就九岁啦，上三年级。

好来。爽快的老板娘为陈老汉精挑细选了几件，陈老汉左看右看，对老板娘憨笑着：小孙女肯定喜欢。

老板娘说：有这么好的姥爷，她一定喜欢。说着把衣服包装好，陈老汉给放在三轮车后斗里，按了按，心里感觉踏实些。马上他又担心三轮车里余留的炭灰弄脏了包衣服的袋子，特意向老板娘要了几张废报纸铺上，这才放心。

出了服装批发市场，陈老汉看到大街上熙熙攘攘的人们的脸上都洋溢着欢乐的笑容，路边此起彼伏的叫卖声，陈老汉突然感觉这有点像乡下家里年集的味道。

路上，陈老汉打开兜里的收音机，听自己喜欢的京剧。

天刚要上黑影儿，却突然阴了起来。陈老汉吃完晚饭，披着棉大衣站在门口，朝家乡的方向望去……

闺女说，今年她一家三口回家陪他过年，腊月二十四差不多到家。这让陈老汉孤独的心一下子像开了花似的。陈老汉天天盼着二十四，这盼望让陈老汉心里感觉有时满满的，有时空落落的。

晚饭时，他特意犒劳了自己二两老白干。抿一口小酒，嚼一口醇香的花生米，瞅一眼给外孙女买的新衣裳，看看窗外，傻笑半天。

第二天一早，陈老汉披着棉袄从床上爬起来，望向窗外，天空飘着细密的小雪。陈老汉嘟囔着：怎么说下就下了呢？

赶上小年，天又下雪，回家的人带着大包小包。陈老汉想：坐客车说不定很麻烦，不知这雪下到什么程度。陈老汉临时决定直接骑三轮车回家。

从市里到城乡交界处十里路，再从城乡交界处到村里是五十里。这就是陈老汉回家的路。

半年来，他穿梭于这个城市的东南西北，他烤的地瓜的香气弥漫在人们的心里，回味在人们的唇齿之间，只要吃过他的烤地瓜的人都竖大拇哥。不仅如此，陈老汉从不缺斤少两。人们口口相传，陈老汉的生意竟出奇地好。那些经常来买烤地瓜的顾客总是喜欢与陈老汉聊上几句。慢慢地，陈老汉也喜欢他年轻时就向往的这个城市了。

雪渐渐大了，陈老汉骑着三轮车，听着小曲儿，显得格外轻快。他知道，出了城就能看到家乡的路了。

快到城界时，陈老汉下了三轮车，回头望望，这个城市的高楼大厦和大街小巷都已弥漫在茫茫大雪中。陈老汉突然觉得这个城市既熟悉又陌生，心里默默念道：戚老哥，刘大妹子，张作家，小云她爸，调皮的豆豆，我要回家过年啦，去见我外孙女啦。过了二月二，我就回来，还给你们烤地瓜吃。

陈老汉打打身上的雪，骑上三轮车，他仿佛看见闺女、女婿正在村口那棵老槐树下等着他回家，顽皮的外孙女正站在裸露在外面粗大的树根上朝这边瞅呢。陈老汉真想给他们打个招呼。

回家的路，让陈老汉浑身充满了力量。

不知不觉走了四十里路，陈老汉又回头瞅瞅县城，县城已经慢慢模糊，转过头来，家乡的轮廓已渐渐出现在前方。陈老汉似乎听到谁敲响了村口槐树上那挂老钟，听到了村里鸡呀、狗呀、牛呀的叫声，还有村东那条小河哗哗的流水灌进田地的声音……

　　过了乡驻地就是村里的田地，陈老汉好像一下子闻到了泥土清新的气息，和着雪的清香，这种味道像大烟一样让陈老汉着迷上瘾，闻着这个味道，陈老汉顿时觉得整个人都有了精神和劲头。这片田地有自己家的六分，因为女儿不在家，自己进城，没人种，陈老汉觉得荒了怪可惜，就转给了陈九年。看着雪盖了厚厚一层，陈老汉心里舒坦极了，舒了口气自言自语：今冬麦盖三层被，来年枕着馒头睡，这场雪来得真好，过了年又是个好年头啊！

　　陈老汉下了三轮车走到地畔，默默地望向地南边，那里有老伴的坟头。春上，老婆子就"搬"这里来了，静静地，快一年了。坟墓被雪盖成了白色，陈老汉觉得比清明时小了些，它孤伶伶地堆在那儿，坟丘上干枯的茅草也挂满了雪花。陈老汉啜嚅着：不知这老婆子冷不冷。想着，他裹紧了棉衣。

　　陈老汉点了袋烟，蹲下来。边抽边远远地望去，沉思着：老婆子啊，我看你来了。我现在在城里烤地瓜卖，不少挣钱的。那里都是好人，我还认识了很多朋友呢，大朋友小朋友都有，他们都爱吃我烤的地瓜。在城里，我吃得饱，穿得暖，活得很快活。闺女和女婿还在南方打工，过得也不错。今年，他们和你从来没见过的外孙女都回来陪我过年，我可高兴了，你放心吧！

　　陈老汉磕磕烟锅，站起身。他笑着离开了那片田地，离开了视野中的坟冢；又骑上三轮车，村子就在前面，他已经能看到村口那棵老槐树了。陈老汉觉得，看到老槐树就算是到家了。

　　蹬了一天三轮车，陈老汉都没感觉到路有多么难走，可这会儿却觉得特别吃力。

到了村口，陈老汉看到前面三个熟悉的身影正蹒跚着朝前走，陈老汉禁不住激动地喊了声：丫头。

闺女回过头来，看到是爹爹回来，忙把手里的年礼递给老公，上前迎接陈老汉。外孙女丢下书包，嘴里不停地喊着"姥爷"，张着小胳膊朝这边跑来，两条细细的小辫子仿佛在肩头跳舞。

陈老汉忙下了三轮车，蹲下来，张开双臂，拥抱着朝思暮想的外孙女，怎么亲都亲不够……

雪花在袅袅升起的炊烟里飘飞，辞灶的鞭炮接二连三地响起，陈老汉抹了把泪，笑了起来：走，回家过年喽！

（发表于 2018 年第 4 期《双月湖》）

我们是兄弟

老二靠着床头，半躺在那里，点上烟，烟头一明一灭，老二的心一起一伏。路上的事儿像卡了片的录像带，在老二脑子里反复重播。媳妇翻过身，推了他一把，又抽！几点了不睡觉！

老二一蹶愣，瞅了眼墙上嘀嗒响着的挂钟，表针指向十一点。老二望望窗外，说不清是乌云还是浮尘，黑压压地在夜空上堆成了疙瘩，像只怪物，张牙舞爪，夜色显得更加诡异、沉闷。

每当心里有事儿，老二就会半躺在床上抽烟。而媳妇最烦他这样。

媳妇如此说，老二只好将香烟摁进床头柜上的烟灰缸里熄灭。顿时，一股青烟从里面长出来，如蛇妖一般扭着细长的身子向上飘。老二缩进被窝，半天才嘟囔了句，路上闯了红灯，还撞到一块石头，真是倒霉！媳妇转过去，迷迷瞪瞪地说，那肯定是拉土方的大车掉下的。你没事吧？

那倒没事。老二躺在那里一动不动。

那你以后小心点！老二媳妇像说梦话。

路口没有摄像头。黑灯瞎火的，车灯又坏了，妈的，谁能看到那东西啊！老二一下子把被子拽到头顶盖上。

老二在床上翻来覆去"烙饼"，天麻麻亮时，才迷迷糊糊地睡去。

早饭时，媳妇喊了好几遍，老二才黑着眼圈爬起来，像霜打的茄子一样，蔫头耷脑的。

分扣就扣了，钱罚就罚了，好好吃饭干活，再把钱挣回来！老二媳妇一边忙活一边劝。老二叹了口气，摸起筷子，索然无味地嚼着饭。

老二媳妇说，今早播条新闻，昨晚咱村东路口撞死个人。

老二端着碗的手一哆嗦，硬生生地咽了口饭，忙打开电视，新闻正在重播：昨晚，开发区小新庄路口发生一起恶性交通事故，现场遗留一被撞碎的摩托车，一名男子被碾压致死，地上有大量土块。初步认定为大型车辆撞击所致。公安机关已在周边进行地毯式排查，希望肇事者投案自首，争取宽大处理。

事故现场的摩托车七零八散，死者血肉模糊。老二媳妇瘆得胃里的饭直往上顶，忙换了频道，说，工程车拉得多跑得快，白天黑夜不住点地狂飙，太危险了！上面也不管管。活生生的一个人说没就没了，这个男人家里得多伤心啊！

老二像一只被打愣的鸡，呆呆地盯着电视，半天才冒出一句话，怎么看着像咱哥呀！

啊！老二媳妇呆在那里片刻，遂转过脸盯着老二。却看到老二怪异的表情，想到昨晚他说的事儿，心里"咯噔"一声，像突然坠了块大石头。

老二放下碗筷就站起来，说，我要去交警队。

投案自首？老二媳妇冒出句话，突然又后悔。

老二倏地停下来，狠狠剜了媳妇一眼，叫起来，你说的什么屁话！我是去了解情况！

老二媳妇立刻埋起头，默默地看着碗，筷子拨弄着碗里的饭，却一口也吃不下去。她抬起头，我是说，昨晚你撞到什么了？

当然是一块大石头啊！老二语气很坚定。

撞了块石头还能跟丢了魂似的？

老二阴下脸来，指着电视，你看那样子，咱小面包车有那么大的威力吗？哼！老二顿了顿又补充了句，人家不是说大车撞的嘛！

老二媳妇瞅一眼电视，又回头瞄了老二一眼，觉得老二说的没错，点点头，表示明白。

到了院子，老二推自行车就朝外走，他媳妇喊，你就这样去？

老二没吱声，犟驴似的别愣着头出了门。

到了交警队，老二找到了办案民警。民警证实了老二的身份，开始询问。

你哥干什么职业？

修空调。我们弟兄俩一块干制冷维修的。

民警点点头，你哥的家庭情况？

唉，老二叹了口气。俺哥是俺爹俺娘拾人家的，到现在还是光棍一根。唉，老二又叹了口气。看得出，老二心里很悲痛。

你哥住哪里？民警边记边问。

地下室，借人家的。老家的房子跟着旧城改造一块儿拆了，等着还建呢！

你哥晚上经常出去吗？民警抬起头盯了眼老二。

冷不丁撞到了民警的目光，老二像被刺了一下，浑身一颤，忙把目光移到桌上的那盆绿植上，我们干制冷的，到半夜三更很正常的。

父母呢？

都去世了。说着，老二抽泣起来，我再也没有亲人了！

民警合上记录本，安慰道，我们会尽快调查。

老二悲恸欲绝，紧攥着拳头，牙咬得吱吱响，警察同志，一定为俺哥主持公道，严惩凶手。让我们家属心里安慰些，告慰俺哥的在天之灵。

民警点点头，想见你哥，我们随时和殡仪馆联系。老二应承着，却没提去殡仪馆的要求。

一回到家，媳妇就问见到哥了吗？老二哭丧着脸，摇着头，似乎要哭，我怕接受不了，哥呀……

见老二这般颓丧，老二媳妇不说什么了，坐在一旁沉默。

肇事者投案自首时，已过午。

消息钻进老二的耳朵时，老二忙拽上媳妇，赶到交警大队，一见到办案民警就要求见肇事者。

看到坐在留置室的大车司机，激动的老二分外眼红，冲过去就发起飙，你怎么这么残忍！我们是兄弟啊！他可是我唯一的亲人！唯一的亲人啊！老二痛得捶胸顿足。

大车司机痛哭流涕，双手合十，连连道歉。能看得出他很内疚，很自责。

老二像打了一管子鸡血，歇斯底里地吼着，你撞死了人，要么多赔钱，要么你把牢底坐穿！大车司机"扑通"一声跪下，头几乎要低到怀里了，对不起，对不起。我砸锅卖铁、卖车也会赔你们的，可是我钱确实不多。何况我还有女儿，我要是坐牢了，她就得回老家农村上学了。

老二瞪起的牛眼里滋着火星子，那是你的事儿！俺哥白死了？老二一挥手，没五十万免谈！老二媳妇跟在后面，默默无语。

大车司机一屁股瘫坐在地上，抱头痛哭。

回到办公室，民警告诉老二，肇事者对昨晚撞你哥后逃逸的犯罪事实供认不讳。他也不容易，自己带女儿生活，贷款买辆工程车。昨晚工地本来停工，他想多拉几趟活，多挣点钱，没想到出这档子事。

老二又叫起来，管他容易不容易，撞死人就得偿命！不偿命就赔钱！人不能这样白白死了！

民警说，通过调查，昨晚就他一辆工程车经过。据其供述，昨晚 12 点 01 分，他经过案发路口，刚拐过弯就撞上了你哥，都不知道人从哪里出来的，反应都来不及了。大车惯性大，何况还拉着土方。不过，整个事故过程仍有疑点，我们还需要进一步侦查。

老二心里咯噔一沉，还有疑点？只有他一个人出车，还能错得了？很显然，无论有多少疑点，老二把哥哥的死都算在大车司机头上。

临走时，民警征求老二的意见，家属是否同意尸检？说这样对案子的侦查有帮助等等。老二鸡啄米似的点头，行行行。

你们家属还去吗？民警又问。

老二一扭头，我怕接受不了。声音有些颤抖。

民警拍拍老二的臂膀，能理解，晚上出尸检结果。

出了交警大队，老二反问，是谁撞的！他媳妇舒了口气，说，早上看你魂不守舍的样子，以为是你这个家伙呢！吓死我了。

嗨！我懒得解释！老二嘴一撇，嘴角咧到了耳朵根。

下午 5 点，尸检结果出来。结果确定受害人死亡时间为昨晚 11 点半左右。根据时间推算，很显然大车司机撞到的是个死人。民警对现场再次进行了分析，并从现场提取的物证中发现了非工程车灯的碎片。据此推算，有一辆车在工程车前就已经撞了老大，然后逃之夭夭。

于是，一场铺天盖地的排查在案发现场周边迅速展开。然而两个小时下来，结果却是空空如也，疲惫的民警无功而返。

着急的老二这顿饭吃得火急火燎，撂下筷子，抹着嘴就去了交警大队，遇上刚刚排查回来的民警。

民警端着泡面跟老二介绍了尸检的基本情况，说，案情有些复杂。请你们家属放心，我们还要发公告，让嫌疑人投案自首。老二边听边默默地点头，身体竟颤抖起来。民警劝说，不要激动，案子很快就水落石出。

走出办公室，老二脑子里重播着昨晚路上的事儿。老二边想边走，他不知自己怎么走出交警大队的。

回去的路上，老二突然想起了哥哥，父母早亡，这个捡来的哥哥是真疼他，把自己养大成人，供着自己读完大学。房子、结婚也都是哥哥一手操持的。老家的房子拆迁，哥哥舍不得租房，借了别人的地下室住，还满心欢喜地等着还建住新房呢！突然，老二心里一阵绞痛，老二号啕大哭起来，老二悲痛地喊了声，哥……

一回到家，老二就开着他那辆坏了车灯的面包车，油门一脚踩到底，朝交警大队飞驰而去……

月光如洗，夜，通明如玉。

（发表于 2019 年 6 月 13 日《临沂日报》银雀副刊）

2019 年 3 月于南府梅园

守 候

张三板着刀刻一样的脸，一手举着点滴瓶一手推开门，在靠近门口的病床前站定。挂吊瓶的工夫，张三用 0.1 秒的时间拿余光扫了眼屋里的四个人。然后"忽"地一下掀开被子，撂倒在床上，闭了眼睛。

那四个人正热火朝天地聊着，张三的突然到来，让李四有了新话题，他打起哈哈：我们能凑一桌打保皇啦！王五、赵六、周七哈哈笑起来。

这个病房里住的都是没有大病但需要住院治疗的病人。每个人到来，先住进来的都热情相迎。赵六来时，李四说：我们三个可以斗地主了。鉴于这个"优良传统"，王五进来时，周七一撂平板电脑：又来一位，我们可以打麻将了。然而说归说，大家并没有打麻将，只是开玩笑，轻松下氛围，陌生的人自然就熟起来。

然而张三却像一块冰，根本不理会他们几个，拉着冷默的长脸，躺在病床上一动不动。

病房里和谐的氛围立刻变得僵硬。住张三邻床的老女人周七递个眼色，摆摆手。李四、王五、赵六悄无声息地点点头。他们立即明白，这个家伙不合群。

张三躺在病床上跟死人一样，大家自然就不再开玩笑，甚至不敢开玩笑，即便说，也是低声细语，生怕打扰了这个"包公脸"。

没话说就无聊了，李四沉迷在游戏里，王五一个人翻看手机，赵六看看这个瞅瞅那个，觉得没意思，一头拱进被子睡大觉了。老女人周七也觉没趣，长吁短叹地到阳台看风景。

他们好像一下子谁都不认识谁了。

然而这还不是最要命的。

半夜里，大家睡得深沉，老女人周七的一声尖叫刺破了寂静的夜，回荡在病房里、楼道里。李四和王五"忽"地一下坐起来，迷迷糊糊地喊：咋啦！咋啦！

周七在床上趴着、跪着、翻腾着：谁见我的平板啦！谁见啦！

李四抬起头，好像有了重大发现，指着病房门喊：快看！大家朝门外瞅去，只见病房门半掩着。突然有个影子在外面一晃。大家盯着病房门，屏住呼吸。

"吱"的一声，楼道的灯光射进来，赵六出现在病房门口，见三个人呆愣着，问：干啥呢？大眼瞪小眼的。

我的平板明明放在枕头底下了，醒来就不见啦！周七一屁股坐到床上。

啊！赵六瞥了眼李四、王五。见张三床空着，忙走过去掀开被子探进手摸了一把：床是凉的！

大家这才注意到张三不在。啥时走的？周七眼珠子差点瞪出来，咬牙切齿：真是知面不知心啊！

赵六甩开被子：他刚来时，我就看不着调，瞧那两个滴溜溜的贼眼儿！又指着李四和王五：今晚都别睡了，防着点！

李四摩拳擦掌：那咱们就守候，抓他个现行！

擒贼擒王，捉贼捉赃。捉到赃才算是他。再者，谁能说就是他啊！王五则不急不慢。

他偷东西还等着你捉赃？！李四眼一瞪：这屋他来最晚了。

一句话提醒了周七，她盯着他们几个。李四心里一揪，说：周姨，看我干吗！

赵六说：不许看啊？咱屋里每个人都值得怀疑，包括我。

李四一甩手：反正不是我，不做亏心事，不怕鬼叫门。李四一头倒到床上，被子扯过了头，蒙头大睡。

王五嘿嘿笑着：不管我事，我也睡啦。说着转过身去。

李四气不过王五那副事不关己高高挂起的样子，他翻开被子坐起来，指指王五，暗地里给赵六、周七递眼色。赵六竖起大拇指，周七点点头，表示明白，心里却想：你们几个都脱不了干系！

张三一直没回来，大家都不敢睡，仿佛整个世界充满了重重危机。撑到后半夜，实在熬不住了，才迷迷糊糊地睡去。

"咣当"一声，大家从睡梦里惊醒，一下子坐起来。只见张三反别着赵六的胳膊在地上打滚儿，忽地一下，赵六的头就被张三用膝盖顶到地板上，本来英俊的脸蛋瞬间变成了歪冬瓜。张三变魔术似的，银光一闪，一副锃亮的手铐就给赵六带上了。旁边地上躺着周七的平板电脑。李四咋呼起来：怎么啦？

赵六挣扎着：干啥！干啥！张三掷地有声：警察！接着从门外冲进来两个便衣，一把摁住赵六。

周七疑惑地盯着张三：咋回事？

王五伸了伸懒腰：原来你才是"保皇"啊！

张三木刻一样的脸有了笑模样：天明到局里做个笔录吧！

李四恍然大悟，忙说：警察同志终于笑了。

张三走到赵六的病床前，拉开床头柜的抽屉，边检查边说：惯犯，我们跟踪好多天了。

说着，张三从柜子的下层提出一个袋子，捏着袋子底往床上一倒，"哗啦"，五六个手机像小鱼一样跳出来，蹦在了床上。

阳光洒了进来，大家继续治疗着。病房热闹如昨天，他们议论着张三便衣破案的故事……

（发表于2019年第959期《金雀坊》、2020年第三期《双月湖》）

秋收梦想

和煦的春风飞进沂蒙山，吹开了枝头上的苹果花。苹果花迎着春光笑，笑得整片山像披上了洁白的婚纱，白得惹人喜爱。

秋收急匆匆地从小石屋里钻出来，脸上掩饰不住欢喜，一把将笔记本塞进包里，一甩麻花辫，胳膊一扬，包就背到了肩上，推起屋门旁的自行车就朝外奔，边走边喊：娘，俺再去趟镇里。

娘正在苹果树下缝补，摘了老花镜，抬起头：这阵子咋老往镇上跑？你干啥哩？

秋收顾不得解释，骑上自行车，头也不回地喊：俺晌午就回来咧。边骑边猛摁自行车铃铛，清脆的铃声响满了凹凸不平的山路。还没等娘再张口，秋收就小风一般冲下山去。秋收娘看着秋收的碎花褂背影，摇摇头。

不一会儿，秋收爹躲闪着枝枝叶叶，猫着腰从园子里出来，放下盘子，蹲在一棵苹果树下，阴着脸，一面瞅着那些苹果树一面从腰里抽出烟袋，把烟锅探进烟袋里，边摸索边嘟囔：照这个弄法，再使劲也赶不上去年的收成了！话语里明显充满了失望。

秋收娘说：啥赶上赶不上的。快看好您闺女，干好活就行啦！这边忙得活急，她倒一个劲地朝镇上跑。

秋收爹倏地停下来，眼一瞪：又走啦？！

秋收娘说：一天到晚让人勾了魂似的，刚才打瞌症，一声"走"，骑车就不见人影了！

秋收爹点上烟，"滋——滋——"狠狠地抽了两口，顿时从鼻子里喷出两根象牙样的烟，骂道：这个丫头片子！回来我敲断她腿！

过了晌午，秋收风风火火火地推自行车朝山上来，还没进苹果园的门，就喊了起来：娘，娘，快给俺做饭，俺快饿死了。

秋收娘忙起身，秋收爹吓道：坐下！

秋收娘吓得坐了回去。

说话间，秋收已进了石屋里。屋子里有些黑，只有一缕阳光照进门。爹跟进来，坐在门口的小马扎上抽着旱烟，烟雾把他团团围住。秋收看到爹呆愣着，问：咋啦？

秋收娘走进来，忙圆场：没咋，这阵子园里忙，一个姑娘家别整天往外跑。

我当咋啦呢！秋收咯咯一笑。

秋收爹话语深沉：干啥去了？

到镇上上网了。说着，拉过一个板凳在门口坐下。

秋收爹抬起头，疑惑地问：上啥？

上网。噢，就是上网跟人聊天，对，就是拉呱。

网上是哪里？跟谁拉呱？

秋收从包里掏出笔记本，把书包撂在一边，说：网上就是……说着，歪下脑袋略作思考，网上就是从镇上到县城，跟俺同学拉呱。

秋收爹又问：同学？男的女的？

秋收翻弄着笔记本，一面看着一面说：男同学。

话音刚落，秋收爹就满地下找笤帚：家里忙得火急，你却找男同学拉呱，看我砸断你的腿。说着就要去打。秋收娘要去拉架，秋收敏捷地一闪，眼睛笑成了一对月牙儿：嘿嘿，打不着。

秋收爹见秋收调皮的样子，气自然消了一半，却还是骂：你再到外面胡作，小心着你！

秋收又坐下来，翻开笔记本，麻花辫子一甩，说：爹，您看着，今年咱家的苹果纽虽然不如去年多，但我能让亩产翻一番。说着，拿笔记本的手伸过去：这些技术都俺同学教的。

秋收爹瞥了眼笔记本，半信半疑：哼，看把你个丫头片子能的！

秋收调皮地瞥了眼爹，也"哼"了声，不信等着瞧！便跑到饭桌前一阵狼吞虎咽，吃得差不多时，拿着馒头坐到一旁，边啃边继续在笔记本上写写画画。

这天，村里的赵二狗游荡到山上，见到秋收爹，嬉皮笑脸地凑上去：三叔，我那天看到俺妹妹跟一个男的在一起！

你说啥？

那天我进城遇见的，看那男的好像对俺妹妹怪关心。赵二狗一本正经。

秋收爹想到最近的事，心里便忐忑不安，嘀咕起来：看来是真的，我说这丫头怎么老上网呢？便说：我听秋收说，她去镇里上网，是找她同学聊天学什么技术的。咋又在县城见到他们？

赵二狗一听，眉飞色舞：三叔，您太老外了，不管在啥地方，只要上网就能拉呱。

秋收爹看着赵二狗，稀里糊涂地点点头。

赵二狗说：啥不明白哒！俺妹妹是网恋了，现在兴这个。

啥是网恋？秋收爹疑惑。

赵二狗说：就是在网上谈对象。

网上？……就是从镇上到县城？

三叔，给你说不清楚。反正您得看好俺妹妹，网上谈对象没准，坑蒙拐骗的多了去了。

秋收爹顿时怔了，有些羞愧，可还碍于面子：那还了得。说着，满地上找东西，边找边嘟囔：我非教训教训这丫头片子不可，让她不学好！

赵二狗刚要说话，见秋收从外面推着自行车回来，头上汗津津的，小辫子搭在胸前，映衬的小脸白里透红，还带着甜甜的微笑。赵二狗看直了眼，呆在那里。秋收爹气汹汹地问：上哪来？

秋收擦擦汗，看看赵二狗，又瞅瞅爹，忽闪着眼睛，问：去镇上了，咋啦？

秋收爹没找到笤帚疙瘩，索性拿烟杆子指着秋收吼起来：天天往镇上跑，不务正业。还上网，谈对象，想嫁人赶快滚！

秋收让骂急了，狠狠瞪了眼赵二狗，赵二狗这才醒过来，急忙转身溜走了。

秋收说：爹，你知道啥？赵二狗的话哪回不添油加醋？我去忙正事的，你看看咱家园子的苹果纽，还有六子家的、王五家的，你没发现比别人家的都大吗？

哼！大有啥了不起的，你没看今年少了很多？！

爹，产量不能光看那个。你还记得我说过咱们今年的产量要比上年翻一番不？王五家、六子家都行的。真的！

秋收爹这才收住手，悻悻地说：哼！吹牛不上税。

爹，这不是吹牛，是科学培育，我去镇里上网就是联系我农校的同学程功，人家现在在县农科所，专门研究农业科技种植。我还去县里找过他，用的就是他研究的改良苹果品种和授粉方法。我很看好这个。

秋收爹听得有些飘飘然，但嘴里仍不服气：这个有啥好的？

说到这里，秋收兴奋起来，拉起爹的手：爹，你不知道，科技种植的最大优势就是亩产量高、防病虫害，这是改变山村经济产业、推动山村发展的一个重要举措。我想和程功一起努力，在咱们三家先做个试点，等今年大丰收，乡亲们看到实惠，来年就好推广了。虽然我没考上村官，但我一样能改变咱们山村的旧面貌，带领乡亲们共同致富的。这是我的梦想！

秋收一口气说完，秋收爹听得目瞪口呆，老半天才说：俺的亲娘啊，你这丫头片子在哪学的啊？一套一套的。

秋收拨弄着胸前的小辫，得意扬扬地笑着：网上啊！

说到网上，秋收爹突然想起来了，扯扯秋收的袖子，问：闺女，你……跟那个程功，是——在网恋不？

秋收莞尔一笑，满脸红霞，一闪身，钻进了苹果园里。

一阵春风吹来，秋收身后枝头上青涩的苹果纽随风摇摆，像一串串风铃，奏响了山里人幸福的梦想……

（发表于 2017 年第 2 期《洗砚池》并获第五届洗砚池文学奖、临沂第三十二中校刊《梅子》）

月光在河里跳舞

　　七夕之夜，城市的大街小巷车水马龙，人流如织，霓虹灯不停地闪着、跳着，犹如舞者尽情地展示着她绚丽的舞姿。

　　林廷牵着洋洋的小手，出了小区北门，向东走，越过金雀山路的漫坡，不远处便是沂河。路边树下坐着纳凉的人们。路上，手牵手的夫妻或恋人成双成对，迈着悠闲的步子，有说有笑，那甜蜜的声音仿佛锥子一般钻进林廷的耳朵里，林廷心里泛起一阵酸楚。他漫不经心地看着前面的路，问洋洋：洋，还有多远到沂河边？洋洋边走边低头踢石子玩，歪头问：大林，你问什么？林廷也不看洋洋，抓紧了洋洋的手说：我问沂河啊！也不等洋洋说话，就拽着洋洋快走了两步。

　　超过了"撒狗粮"的人们，林廷才觉得真是自寻烦恼。别人在七夕夜看鹊桥，看银河，或者去相会，去秀恩爱，而自己一条光棍有必要去看牛郎织女相会吗？想着，便索无兴致地对洋洋说：洋洋，要不咱们回去吧。

　　洋洋不解，怯怯地问：爸爸，走了这么远，干吗不去了呀？我想看牛郎织女。

　　看着洋洋期待的眼神，林廷心里软了下来。是啊，自己一直忙于工作，照顾女儿少，大多时候是她自己一个人在家写作业、玩耍。今晚，跟她说出来玩时，看她那高兴的小可怜样，让人心酸，怎么这会子却因为自己的情绪而打退堂鼓呢？自己无所谓，不能让孩子失望。她已经够可怜的了。何况，孩子不懂大人的那些事儿，她想要的仅仅是快乐。

林廷蹲下来，望着洋洋，强挤欢笑，半天才说：爸爸跟你开玩笑的。说着，刮了下洋洋的小鼻子。

洋洋抓着林廷的手，放心地舒了口气：真是开玩笑！大林，你吓死我了！

林廷怜爱地抱着洋洋。想起了往事。

离婚前，雨晴说：我不要孩子，这七八年来，我照顾洋洋足够了，她是你们林家的种，这回该你照顾了。

林廷深知雨晴的心早已不在这个家了，挽留也无用。她与那个老板不清不白的关系，夫妻俩心知肚明，只要林廷一揭挑，雨晴就疯了，连抓带挠，掐着腰跺着脚骂林廷与他同学周小妮合影照的骚事儿。那是林廷在她手里的"小辫子"，虽是莫须有，但被雨晴攥在手里，任何时候都可以拽出来，在林廷面前添油加醋地抖上两抖。特别是林廷抓住雨晴与那个老板的事实后，雨晴彻底变了，三天一吵，五天一闹，时不时还摔锅碗瓢盆，扬言"过不下去了"。林廷也受够了，他最担心洋洋夹在中间担惊受怕，而她却常拿洋洋做挡箭牌，她知道洋洋是他的软肋。

一过正月十五，雨晴逼迫着林廷去民政局换了本，然后愉快地甩了甩长长的秀发，头也不回地钻进路边一辆等候多时的豪华轿车，下了趟子。

刚开始，洋洋问：妈妈去哪儿了。林廷怜爱地看着洋洋，半天才轻轻地说：妈妈出发了。

洋洋问：那妈妈什么时候回来呀？林廷顿了顿：嗯……

得半年。觉得脸上有些烧。

　　洋洋又问：半年是多长呀？林廷没法回答，洋洋就闹。林廷不理，洋洋就哭。时间一长，洋洋不再理林廷了，经常独自坐那儿哭，哭累了，自己就歪倒在床上睡了。

　　林廷看了，知道这孩子想妈妈了，心被撕得一绺一绺的，默默地流泪。

　　此后，林廷尽量抽出时间去陪洋洋。林廷知道，现在，他是洋洋唯一的依靠了。

　　不知不觉，爷俩来到了沂河岸边，河边的草坪上坐着三三两两的人。静静的沂水河映着皎洁的月亮和满天的星星，河里潮湿凉爽的风夹杂着些许腥味吹过来。七夕的月光、七夕的河风，还有河水的腥味，都让林廷想起他与雨晴结婚前经常在河边约会的情景，而今却物是人非。

　　好在现在有女儿。

　　林廷找了个安静的草地躺了下来，洋洋坐在一旁。他给洋洋讲天上牛郎织女的故事。洋洋问牛郎织女在哪儿呀？林廷便拿着洋洋的小手朝夜空向指着，洋洋找不到，问：哪儿呀？林廷又指：在那儿……洋洋又探着小脑袋在茫茫夜空里找。林廷一直想着他与雨晴的往昔，心不在焉地说：我们面前就是银河。洋洋说：不，这是沂河，不是银河，大林，你快给我找银河！

　　林廷微微一笑，他喜欢女儿喊自己大林，这样他觉得很幸福。

　　爷俩正玩得兴致，听见南面不远处有人喊救命……

　　林廷一"咕噜"爬起来，洋洋也扭过头望去，惊奇地嘟囔了句：妈妈？林廷跟洋洋说：洋洋，在这儿别动。说着，林廷一下子蹿了出去。

林廷寻声跑过去，正见前面两个黑影撕扯着，一个狠命地向前拉，一个哭喊着"抢劫"朝后缩，听声音分明是个女子。林廷跑上前便朝抢劫的猛端一脚。抢劫的男子根本没防备，被端个趔趄，爬起来愣了下神，见眼前突然又出现个人，吓得连头也没回就逃掉了。

女子凌乱着头发和衣服，缩在那里紧紧抱着一个半旧的皮包，手捏着扯坏的包系带，心疼地哭起来。

林廷看着熟悉的皮包，自己曾经精心为雨晴挑选过一个同样的包。他再看看那女子，惊呆在一旁，半日才说：雨晴？

雨晴忙站起身，看到林廷，羞愧难当，只流泪不说话。

这时候，洋洋已跑过来，看到雨晴，迎上去抱住就不松手了，哭喊着，"妈妈！妈妈！"

洋洋半年没见到雨晴的面了。

雨晴忙蹲下身，紧紧地抱着洋洋，边哭边说：洋洋，妈妈被人骗了，妈妈错了，妈妈想你，妈妈多想再回到那个家呀！

洋洋哽咽着，说：妈妈回家。说着，紧紧拉着雨晴的手，转过头跟林廷说：爸爸，妈妈出发回来了，我们一起回家喽！

林廷看了眼洋洋，转过头，默默地擦了把泪水，心想：洋洋有妈了。

林廷捡起块瓦片，朝河面用力地甩出去，河面上荡起一片片涟漪。他看见，月光在河里跳舞。

（发表于 2017 年《临沂日报》）

强子的门

一个黑影从教学楼后一闪而过，蹿到墙根宣传栏后面的冬青丛里，冬青晃动几下，又恢复了宁静。

躲过了学校保安的巡视，强子暗自庆幸，直起腰，顺着墙根，左手扶墙，右手撑着靠墙的电线杆，三下两下便蹿上了墙头，一个跳跃，猴一般稳稳地落在地上。

这一连串动作，强子做得娴熟而稳健。

强子翻学校的墙头，是因为又有钱了，钱是白天爹送来的生活费。

太阳偏西，爹才赶到学校。强子阴着脸问：爹，咋这才来？爹叹了口气，声音很沉：今天的车晚了。然后颤颤巍巍地从厚衣兜里掏出生活费，递给强子。强子接过来，塞进口袋，说：爹，不早了，快回去吧！爹看着强子，嗫嚅着，欲言又止，最后还是默默地点点头，说：嗯，我这就走，这就走。

生活费都是五元、十元凑起来的，强子接过来，心里沉甸甸地，压得他的脸上堆满了忧郁。他知道这些零钱是爹打零工换来的，爹平时舍不得吃舍不得喝攒下的。

爹每次送来生活费，都会笑吟吟地交代几句：强子，这个月的生活费又给你凑齐啦，你要好好学习，农家子弟一样鲤鱼跳龙门。但最近两次却是沉着脸，也不说话。强子发现爹的沉默，却不知爹为什么这样。

强子知道爹辛苦，盼望着自己能够早一天考上名牌大学，跳出农门。强子知道爹对他的期望很高。

可是，强子觉得让爹失望了，他最近"中毒"了，迷上了网络游戏。最初是同学拽着强子，翻过校园的墙，钻进了游戏厅。后来，强子自己翻墙去游戏厅。他和同学很快由同学变成了"战友"。

强子十分纠结，他有时很着急，既想发奋读书，又沉迷游戏却无法自拔，游戏的毒像钻心的虫子一样，时时刻刻咬噬着他的心。每次爹走后，强子就迫不及待地抽出两张"大团结"，然后盼着太阳下山，天一上黑影儿，强子就朝墙根跑，边跑边想：爹，回来我一定好好学习。可是，夜里回到宿舍，强子满脑子依旧是打打杀杀，对着面前的课本，一个字儿也看不进去。

墙外就是公交车站牌，因为是站牌，所以成了很好的屏障，一些同学翻墙逃课、进游戏厅、打酒伙，都从这儿翻出来，只要学校发现不了，墙外绝对看不到。

强子站起身，拍拍手上的土，裹了裹衣服，有些凉。自从过了中秋，夜里的天气凉了很多，这是强子没有预料到的。

强子刚走了几步，余光里，他看到一个人躺在公交车站牌的棚底下，熟悉的身影，熟悉的鼾声。强子禁不住停下来，回过头悄悄望过去……

强子脑袋"轰"的一声，呆在了那里，眼前渐渐浮现出爹给他送生活费的情景、爹捡破烂的情景、爹给他说跳出农门的情景、爹每次在家门口目送他的情景……

难道就是躺在公交车站牌棚子底下的这个人吗？强子简直不敢相信，但不得不信，这么冷的天，爹就实实在在地睡在那里。强子戳在地上，恍惚着……爹翻了个身，强子忙躲到站牌后面，竖着耳朵听着爹的动静。

不一会儿，鼾声又响起。强子悄悄从站牌后面爬上墙头，"咚"的一声，跳进学校，默默地回到宿舍，脑海里一遍遍重复着刚才的情景，边翻着课本边抽泣起来。

两年后，强子考上了一所名牌大学，乡里乡亲都挤进家里祝贺，强子给爹挣足了面子。寒假回家，爷俩吃饭，酒过三巡，爹眼神迷离，说：高一时，我就知道你翻墙头去游戏厅的事儿。

强子端着酒杯的手微微一颤，抬起头：爹……强子想起了他每次在学校门口送爹时的虚假，还有爹每次在家门口送自己时的盼望。

爹说：从发现，我就像病了一场。每次给你送完生活费，我都"睡"在公交车站牌的棚下等你，希望你能改过。说着，爹竖起三个手指头：整整等了你三次，第三次你才发现我。那次听到你没去游戏厅，我知道你以后不会再爬墙了，学校的大门才是你的希望。

顿时，强子恍惚如梦，满眼泪花。

（发表于 2019 年第 1 期《家乡》）

最后的土地

　　落日衔山时分，大楼黑压压的影子和塔吊张牙舞爪的影子一起从马路对面铺天盖地地压过来。张老汉回头剜了一眼那群正施工的楼，背着手踩着影子一步一步朝这边走来，每走一步他都用狠力，仿佛在和那些影子打架。走到路沿石上，刚好走出影子，他转过身，呆呆地站着，迎着血色的残阳默默地看着马路对面那一小块金黄的麦地。

　　麦地原先有八分，现在只有一厘多点，凸出地面半米多高，远远望去，很像一个竖满枯草的平头坟墓。张老汉把目光从麦地投向了麦地西边那道围墙，里面是几个村联合开发的集中住宅区，分期盖了几批，楼群渐渐朝这边挤过来。紧靠围墙的十几栋正昼夜建设，而最外面的那栋便压在这八分地上。

　　张老汉活了大半辈子，满眼都是黄土地。如今，这越长越多的一道道长长的墙、一栋栋高高的楼，全是清一色的灰白，乍一看过去，刺眼得很。张老汉眉毛耷着，黢黑的脸上的褶子一层一层地堆着，犹如农民粗大笨拙的手写了一个不太工整的"苦"字。

　　这一厘多点的地本来也是征收了去的，夹在新建小区和马路之间，听说三年后盖完那些楼才去绿化。刨了一辈子地的张老汉哪能闲得住，看着空了半年的这一厘地，他心里的急躁就像一场夏雨过后的野草似的疯长着，痒得难受，憋得难受。去年秋分，张老汉忙把躺了几个月的农具从棚子里一样一样地请了出来，兴奋地站在这一厘多点儿的土地上。那时候，张老汉感觉自己活了，农具们也活了。当铁锨扎进土的那刻，张老汉心里顿时亮堂起来，他慢慢跪下去，颤巍巍地捧起一把泥土，似乎闻到了黄土地久违的清香，他眼里噙满泪水，真想放开嗓子，吼他个豪情激荡，吼他个惊天动地。

自从那刻起，张老汉就一直守着曾经熟稔的时光，精心照顾着那点可怜的土地。他每天都会过来，静静地坐在一旁看着，像一个慈爱的父亲深情地望着自己的孩子。从播种到越冬，从发芽到返青，从抽枝到结穗，一点点嫩绿染成一片金黄，麦子们昂着饱满的头一秆秆挺立着。再有几天就芒种了，往年，一到"三夏"便开始不住点儿地忙，收了上年的再种下年的。可是，今年还能不能再播种呢？张老汉一双失落的眼睛茫然地扫着这点儿即将收割的麦子。

张老汉眼瞅着墙里的高楼，手轻轻地摩挲着麦子的头顶，麦子们随风轻轻摆着，像张老汉的孩子们与他打招呼。麦芒划过手掌，痒痒的，可心里却很疼。

大楼的阴影匍匐着又压在张老汉的脚面子上，张老汉向后退了一步坐下来，看着路对面的麦子，又朝楼群望去，还有远处的夕阳，红彤彤的余晖洒向大地，像过年的杀猪场，一片血红。楼群偌大的影子和麦子的影子重叠着投到公路上，来来往往的车辆急驰而过，一次次地碾压着。张老汉心痛不已。

大楼的影子有些怪异，像一个狰狞的魔怪突然又扑到张老汉身上，张老汉眼前顿时暗下来，他蓦地感到一阵清冷和孤独排山倒海地袭来。阴影里，张老汉望着远处的麦子，痛苦地喊：孩子们，这是咱最后的土地，是咱们的命啊……

2015 年 10 月于南府梅园

中 药

最近不知怎么了，头老是疼。我怀疑得了什么不好的病。同事鄙夷一瞥：神经病！我当时就火了：你才神经病呢！

冷静地坐下来，仔细想想最近的自己，神经可能真不正常了，要不怎么就动不动发火，整日坐立不安，嘴里念念叨叨，有时还打癔症呢？

同事并没发火，劝我：去看看医生吧！这句话倒提醒了我。是的，去问问医生怎么说。

于是我去了医院，给我看病的竟然是个美女医生，高挑的身材，白皙的面皮，高鼻梁，深眼窝，蓝眼睛，金发如瀑，活像画里的外国美人。

美女医生用了各种先进的仪器忙活了好一阵子，给我做了各种检查，最后郑重其事地告诉我：你这是癌！

我吓了一跳，脸色顿时蜡黄了：啊呀！我还能活多长？

美女医生连连摇头，说：西医治不了了，我带你去找我的老师——一个老中医，或许还能救。你这是虚症，得看中医。跟我来吧！

于是，我跟着美女医生屁股后面，边走边寻思：说我这是癌症，又说是虚症？怎么这个美女医生说的话前后矛盾呢？不靠谱，她懂不懂医？

我们一前一后，走在大河边，从河面上吹来徐徐清风。

顿时，我感觉头舒服多了。我说：我们找个阴凉地方歇会吧！美女医生看着我，也不说话，却先在河边坐了下来。

我们坐在河边，濯足。清凉的河水使我感觉到从未有过的舒爽。我们边濯边聊。

美女医生问：你喜欢什么？我说：《红楼梦》。

她说：那我可以带你去正定，那里有大观园园址。

我说：那可是在河北啊，我们在山东。太远了。

美女医生说：不远，你觉得远它就远，你觉得近它就近。你不是喜欢《红楼梦》吗？

我说：我喜欢红楼，也不想跑那么远去看一个复制的园子。我要看就看真的。我想去南京，找金陵十二钗。

美女医生又问我：你喜欢美女？

我很不以为然：金陵十二钗怎么可能用"美女"这样俗不可耐的词来形容呢！再看她，看我的那小眼神，有些勾引我的意味儿，难道她在说自己是美女？让我喜欢她？——真是可笑！

我立马回绝：我不喜欢！

她说：还有不喜欢美女的？不喜欢你为什么找金陵十二钗？

不可理喻！我就不理她了。突然发现我和她都坐在了一只乌篷船上了，正向南行进。我忙问船家：这是去哪儿？船家说：金陵！

我心里琢磨：要去接林黛玉？想着，见一素衣女子坐在船舷上正看河岸的风景。我仿佛看到是林黛玉，就喊：黛玉……我才发现她还是那个美女医生。依旧穿着白大褂。

美女医生说：我看你根本就不喜欢红楼，整部《红楼梦》

里，哪有称呼黛玉的。

我说：我就喜欢。你看，我还有带的《红楼梦》这本书。说着，我从包里掏出来，崭新的一本。

美女医生连看也不看，说：带着，你也不看，光看手机了。

我狡辩：我就看，我就看！

她说：爱看不看，我是带你来看病的！又不是看红楼的！

我恍然大悟：是啊，我怎么把这么重要的事忘了，这脑子。

于是，我们继续去找老中医。

几经周折，我们竟在一座深山里一个叫"炎黄书院"的地方见到了老中医，我才觉得他肯定是个世外高人。我记得清楚，他身着素衣，发白的胡须，两眼炯炯有神，真有些仙风道骨的味道呢。当时他正给人开方子。后来，老中医静静地给我把脉，许久，才淡淡一句：你没病！

我才不信，美女医生把我这病说得都要死的份了，你却说没病，鬼才信。我说：大家都说我有病，才来找你看的。你快说，我是什么病？

老中医眼一瞪：神经病啊！

我突然想起来，同事也是这么说，他们为什么说的都一样？看来我的确得了神经病？这时我也不发火，而是不迭地点头认同：对对，是神经病，你那学生说是癌了。说着，在我们眼前就浮现出美女医生的样子。

老中医说：老朽绝无此等学生。屁癌！

我四下里找美女医生，却早已不见了她，我问：她哪儿去了？

老中医说：不用找了，她在你们来的路上，掉大河里淹死了。

我不信，哭了好一阵子，然后又问他：我这病怎么治才好？

老中医看着我，直摇头：此乃虚症，不可药治也！

我忙跪下求道：老师傅，您得救我啊！

老中医说：起来，老朽有一服中药。你随我来。

我忙站起身，紧跟老中医。我们来到了一间书房内，环顾四周，各类图书汗牛充栋，从先秦到两汉，从魏晋到唐宋，再到明清，无所不有。我连连惊叹。

老中医说：你先在我这书院里待一个月。这一个月里，你要每日诵读这些书，每日挑水砍柴，打扫院落，闲时可看花开花落，云卷云舒。到时自有良方。

哎妈呀，天天要我做这些？我喜欢《红楼梦》，都整天拿着书不看，这些书让我如何看得下去？！我吓得回头就跑，"咣"一下子撞到门外的一根柱子上，我抬起头，柱子却是那个美女医生的模样……

顿时，我醒了，才知是个梦。只是，头依旧疼。

我在想：我这头疼病什么时候才能好呢？

2017 年 6 月 26 日完稿于南府梅园

跋：沙棘花的精神固守

近几年喜欢上了养花种草，喜欢那一株株静默而又时常给人惊喜的小生命，它们一天天长大，点缀着我的世界，心中不禁充满了喜悦和欣慰。在这些大大小小的盆栽里，唯独对一种植物喜爱有加。

这种植物，与大西北有关。这种植物，与一种精神有关。

我常常站在繁华都市的一隅，目光穿越灯红酒绿、车水马龙，静静地遥望大西北，想象那片广袤而沉默的土地，眼前总会浮现出一片片贫瘠的荒漠，无以复加的干旱，还有长年经久不息的飞沙。然而就在那不毛之地，却生长着一种不起眼的灌木，它内敛含蓄，生命力极其顽强，它们默默无闻地守候着那里，一年一年，用它富于张力的生长创造着生命的奇迹，为这片荒凉的世界注入星星点点的红色的灵动。它会在你两眼枯竭的时候，用一簇簇鲜红的花儿、饱满的果子滋润你干涸的双眸，它会用它的姿态告诉你伟大的含义，它会用它的精神固守给你希望与力量。

它，就是沙棘花。正是我遥望西北的原因所在，与我的精神故乡一脉相承。

喜欢沙棘花，源于一首歌。多年来，伴着那首歌，我的生活以及在文学创作、为文学服务的道路上跋涉，历经了许多酸甜苦辣和悲欢离合，但在真正见到它、了解它的那一刻，我立即明白了，释然了。原来生活的意义不在于结果如何，而是在生命的长河里如何栉风沐雨地前行，就像沙棘在肆虐的风沙中坚强地挺立一样，被改变的只是日渐消瘦的面容，而矢志不渝的则是心中执着的信念，坚守的则是孤独中不灭的希冀。

所以我坚持下来。就像当初见到它、明白它一样。

那么一棵小小的生命，沉默中却折射着亘古不变的哲理，却能洞开一个人的精神世界，给人力量，使其从此不再迷茫，不再踌躇。于是，我昂起头，唱着那首歌大步向前走去，走进我的精神故乡。

于是，我在我的精神故乡里遇到了《沙棘花》中的陈向阳，遇到了《"美女"是条狗》中的云彩、丁文俊，遇到了《传家宝》中的朴忠、朴厚、朴老汉，《歧途》中的陈亚、蓝梅、红杏、绿珠，《迷途》中的二妮、艳玲，还有《回家过年》中的王五和小翠，《回家囧途》中的狗剩和陈佳琪，《连根拔起》中的谭公华、曹利济、刘大牙，《逃跑的小婧》中的小婧，《那年冬天好大雪》里的陈老汉……我与他们在思想的原野上频频交集，他们在我的精神世界里绽放出一朵朵火红的沙棘花，点缀着我寂寞的星空，陪伴着我孤独的岁月，使我的信仰更加坚定，像它一样甘之如饴地坚守着这片我挚爱的热土。

这些故事和这些人使我明白，生活需要信仰与坚守、希望和梦想、坚韧与力量。我常常站立窗前，脑海中浮现出荒漠里一棵棵坚强的沙棘。沙棘花的伟大在于它美丽绽放背后的艰苦和精神支撑，而酸酸甜甜、丰满可爱的沙棘果不正是经历了一段段苦乐年华所得的结果吗？如果没有这些，哪来今天的收获与喜悦。

于是，就有了《沙棘花》这本小说集。

敲完最后一个字，合上电脑，伫立窗前，望着眼前盆栽的沙棘花，耳际里又响起了那首歌：

谁知道火红的／火红的沙棘花／一抔土把它培育／它扎根孤寂／孤寂的荒漠／落落中开花结蒂／一腔酸甜含心里／含心里……

谁知道火红的／火红的沙棘花／一抔土把它培育／给寒春橙黄／给酷暑葱绿／它晚秋默默地坐果／鲜红留给冬季／一腔酸甜含心里／含心里……

（词／凯传 曲／马丁 演唱／那英）

2019 年 9 月 15 日夜于南府梅园